大唐高僧 玄奘

漢傳佛教史上最偉大的譯經師！
雖然沒有大鬧天宮地府，卻比小說還要精采的漫長征途

一個人的 西域歷險

劉燁，李爭平 —— 著

《西遊記》在塑造「唐僧」時，
博採稗官野史中玄奘之「歪曲」形象，
最終寫出了名聞遐邇，卻與史嚴重不符的「唐三藏」。

Xuanzang

那麼，真正的玄奘應該是什麼樣子？

他如孫悟空勇敢，如豬八戒精明，如沙悟淨善良；
十七年的苦心孤詣，最後成就了佛教經典《大唐西域記》。

目　錄

目 錄

目 錄

序言

　　前一段時間，看了紀錄片《大國崛起》，深受啟發。那幾個在歷史上曾經輝煌的大國，無一不是從走出自己的國土開始的，他們到了外面，呼吸了新鮮的空氣，輸入了新鮮的血液，借鑑和包容了別人的文化，進而使自己壯大起來。於是，我想起了一千多年前的大唐盛世，想起了玄奘。

　　說起玄奘，我們可以找到關於他的一大堆頭銜，哲學家、旅行家、翻譯家、佛學大師、中外文化交流的傑出使者等，可我總覺得稱他為「留學僧」的前輩比較親切些。玄奘為中華文化所做的貢獻，已經遠遠超出了他作為一個佛學大師所能做的。他當時可能只是從一個僧人的角度出發，來拯救處於迷茫和水深火熱中的芸芸眾生，他創立了唯識宗，翻譯了大量的佛經，所有這一切，似乎都是從弘揚佛法的角度去做的。但我們翻開歷史可以看到，他的願望並沒能實現，他的唯識宗在經歷了短暫的輝煌之後，在幾十年時間裡便消亡了。玄奘之後的一千多年裡，民眾也依舊承受著眾多的磨難。時至今日，雖然玄奘當初譯好的經卷，大都被束之高閣，但玄奘這個人，卻永遠銘刻在人們的心中，在源遠流長的中華文化中，他留下了重重的一筆。

　　玄奘一生的奮鬥，沉澱在文化中的，最寶貴的，是他那種精神，我們稱之為玄奘精神。魯迅說：「我們自古以來，就有埋頭苦幹的人，有拚命硬幹的人，有為民請命的人，有捨身求法的人，雖然等於為帝王將相作家譜的所謂『正史』，也往往掩蓋不住他們的光輝。這就是歷史的脊梁。」玄奘就是這些人中的傑出者。他西行取經、捨身求法的獻身精神，孜孜不倦、執著求知的學習精神，百折不撓、勵志奮進的進取精神，不慕榮利、

心繫國家的愛國主義精神等，早已融進中華民族意識形態中，成為民族精神和民族文化的重要部分。

　　有感於玄奘精神，便想為玄奘寫些什麼。說起目的，就是讓更多的人來認識這位歷史上偉大的人物，來認識一下這位真正的「唐僧」。

　　本書不是學術著作，我也不是學者型或研究型的人物，而是一個愛聽故事、愛講故事的普通人。事實上，歷史人物一出名，有關他的爭論和「謎」就多起來，就有人引經據典，有人旁徵博引。我明白這些事情我做不來，所以在本書中，有關玄奘的那些有爭議的問題，我一概視而不見，有數個結論的問題，我也是看哪個順眼就拿來用了，不考慮許多。我只想講故事給大家聽，這是一些平凡的故事，講了一位偉大的人物，我們這個時代，需要這樣的人。

劉燁

玄奘生平

　　玄奘（西元六〇〇至六六四年），俗名陳禕，河南洛州緱氏縣（今河南省偃師區）人，父親陳慧，篤尊儒學。玄奘早年好儒，隨父學《孝經》，後跟隨兄長長捷法師於洛陽淨土寺學佛經。玄奘少年即熟讀《法華經》、《維摩詰經》等多種佛經，二十一歲受具足戒，青年時代從景法師學《涅槃經》，從嚴法師學《攝論》，並能升座複述，博得眾僧喝采。後又學《攝論》、《雜心論》、《八犍度論》，以後又進京都長安，師從道岳、法常、僧辯、玄會等名僧學習《俱舍論》、《攝論》，二十四歲時已窮極當時國內現有的佛經。但玄奘仍覺未識真諦，遂生前往天竺取經之願。玄奘為取得真經，也為改變佛教的社會地位，於是借唐朝貞觀之治的大好時機獨自一人西行取經。

　　他冒著生命危險，偷越國境，獨闖玉門關，出關後晝伏夜行，差點被胡人嚮導殺死。後在漠漠黃沙，上無飛鳥，下無走獸，更無水草的荒漠中獨自行走，因打破了水袋差點送命；路遇高昌國被強留而不得不採取絕食手段；穿越帕米爾高原冰山差點摔死；一路上豺狼當道，強盜橫生，多次面臨死亡威脅。

　　在天竺國，玄奘還遇到異教徒的多次挑釁，終因拼死辯難，制《會宗論》、《中觀論》、《唯識》，破小乘論而化險為夷，真可謂逢凶化吉、九死一生。

　　歷經千辛萬苦，玄奘終於到達印度那爛陀寺，拜戒賢法師聽講《瑜伽師地論》。玄奘學成後，又學《中論》、《百論》、《俱舍》、《婆沙》等，歷時五年之久。之後又遍歷東、南印度四年，博學印度佛教的各宗各派，窮盡大小乘佛教的各論經典。

　　返回那爛陀寺後，玄奘開始當眾講經。尤其著《會宗論》三千頌，對瑜伽及中觀兩家的觀點進行了融通，受到廣泛稱譽。是時，玄奘在印度已經名聲很大。後南印度小乘佛教向大乘佛教挑戰，玄奘受戒日王委託作《制惡見論》，使正量部論師多折服。

　　最使玄奘轟動全印度的是貞觀十七年（西元六四三年），印度最有威望的戒日王在曲女城舉辦舉世矚目的無遮大法會，與會僧人數千名，首推玄奘主辯，玄奘以自己的著作《會宗論》、《制惡見論》等任人發難。如果被人駁倒即當眾斬首謝眾，但十八天講解竟無一人敢於挑戰。玄奘終於獲得了全印度佛教各派各宗學術權威的地位，一時間蜚聲中外，獲得了印度本國僧人都得不到的無上榮譽和尊敬。

　　曲女城的無遮大會後，玄奘告別戒日王、戒賢及諸佛門法師，在受到戒日王隆重的歡送後，啟程東歸。他用戒日王所贈的大象載著數百部佛經及若干佛像浩浩蕩蕩返國。

　　貞觀十九年（西元六四五年），玄奘回到長安，上表唐太宗。太宗看後甚悅，賜洛陽親見。唐太宗出於對玄奘的讚賞以及政治需要，建議玄奘著書立說，並下令將長安弘福寺作為玄奘的譯經場所，還派專人協助。

　　玄奘在唐太宗的支援下，一年內便寫出了舉世聞名的《大唐西域記》，得到唐太宗的高度讚揚，並在譯經事業上得到了唐太宗的大力支持。唐太宗還親自為玄奘所譯佛經寫了〈大唐三藏聖教序〉，在之後近二十年的時間裡，玄奘進行著艱苦卓絕的譯經工作，到龍朔三年（西元六六三年），共譯完《瑜伽師地論》、《大般若經》、《成唯識論》等梵文佛經達七十五部，一千三百餘卷。

　　麟德元年（西元六六四年），一代名僧終於走完了他輝煌的一生。

第一回
唐僧離奇出世 玄奘平凡降生

讀完《西遊記》，玄奘往往成為讀者不屑的對象，而且對其頗有微詞。書中的玄奘是一個老實木訥、權高無能的形象，既無長者之風，又無長者之才，實在令人不悅。

事實上，史實中的玄奘與文學作品中的玄奘是大相逕庭的。早在吳承恩著《西遊記》之前，玄奘的形象在民間就已有諸多改變了，而吳承恩在塑造「唐僧」這一形象時，博採眾家玄奘之「歪曲」形象，最終塑造了這一書中與史不符的「玄奘」。

那真正的玄奘應該是個什麼樣子呢？說起來其實很簡單，如果我們把《西遊記》中唐僧師徒四人的所有優點都加起來，再把他們「神」的一面去除掉，那就是真正的玄奘，他聰明、機智，頑強、堅韌；他勤勉、刻苦，勇敢、豁達。

因為大家都知道《西遊記》裡的唐僧，所以我們在講作為旅行家、翻譯家、佛學理論家、中外文化交流偉大使者玄奘的時候，不得不把他們對照著講述，尤其是他們的身世，是必須要進行對比的，看完他們降生過程的區別，或許讀者就不會再把他們看作同一個人了。

先說《西遊記》中唐僧的誕生過程，被記在《西遊記》中的第九回，那是一個離奇而又曲折的故事。

說是唐貞觀年間，天下太平，八方進貢，四海稱臣。忽一日，唐太宗在朝堂上聚集文武眾官議事時，有人提出：「方今天下太平，八方寧靜，應依古法，開立選場，招取賢士，擢用人材，以資化理。」也就是提出議案，要進行科考。唐太宗當時就准了，併發招賢的通知，詔告天下：「各府州縣，不拘軍民人等，但有讀書儒流，文義明暢，三場精通者，前赴長安應試。」

在海州這個地方，有個叫陳光蕊的，看見榜文後馬上回家，把自己想去應考的想法告訴了母親張氏，張氏的回答很有意思：「我兒讀書人，『幼而學，壯而行』，正該如此。但去赴舉，路上須要小心，得了官，早早回來。」後半句「得了官，早早回來」，乍聽之下，很是平靜，仔細一想，真是了不得，只能說張氏對自己兒子的才華是胸有成竹的，就好像他要出去買個什麼東西一樣，「買完了，早早回來。」

來到長安考試的過程也很簡單：「正值大開選場，光蕊就進場。考畢，中選。及廷試三策，唐王御筆親賜狀元，跨馬遊街三日。」看來他的才學確實了得。

接下來是他戀愛成家的過程，文字只有一段，過程僅有一天。

「不期遊到丞相殷開山門首，有丞相所生一女，名喚溫嬌，又名滿堂嬌，未曾婚配，正高結綵樓，拋打繡球卜婿。適值陳光蕊在樓下經過，小姐一見光蕊人才出眾，知是新科狀元，心內十分歡喜，就將繡球拋下，恰打著光蕊的烏紗帽。猛聽得一派笙簫細樂，十數個婢妾走下樓來，把光蕊馬頭挽住，迎狀元入相府成婚。那丞相和夫人，即時出堂，喚賓人贊禮，將小姐配與光蕊。拜了天地，夫妻交拜畢，又拜了岳丈、岳母。丞相吩咐安排酒席，歡飲一宵。二人同攜素手，共入蘭房。」

整個過程中，丞相的女兒還有個心理建設，這個新科狀元竟沒有發一言，或者說沒有容他發一言，事情已經辦完了。現代人不能不羨慕古人戀愛的速度，還有那直接實用的戀愛觀，「見光蕊人才出眾，知是新科狀元，心內十分歡喜」，有貌，有才就行了，別的不管那麼多。這一段中如果說存在難度的話，那就是溫嬌的出色表演「將繡球拋下，恰打著光蕊的烏紗帽」，的確有點難度，冒險成分大了點！

　　說來古人的效率確實高，第二天一大早，陳光蕊就被授予了江州州主，並令他「收拾起身，勿誤限期」。於是小倆口就出發了。

　　他們先回海州老家，一齊拜見母親張氏。張氏道：「恭喜我兒，且又娶親回來。」看來她老人家只想到了光蕊會當官，沒有想到會娶了親回來，這話中明顯有責怪的意思。成親時一言不發的陳光蕊，這時候開始說話了：「孩兒叨賴母親福庇，忝中狀元，欽賜遊街；經過丞相殷府門前，遇拋打繡球適中，蒙丞相即將小姐招孩兒為婿。朝廷除孩兒為江州州主，今來接取母親，同去赴任。」過程詳盡，中心突出，意思是說：成親不是我故意的，是被人砸中了，沒辦法。

　　接下來，他們就去上任，路上接連發生了幾件事，一是陳光蕊放生了一條鯉魚，而這魚卻是洪江裡的龍王。二是張氏身體不好，不想走了，就被安頓在一家客棧裡。三是劉洪、李彪兩個歹人劫殺了陳光蕊，霸占了殷溫嬌，劉洪冒充陳光蕊前去江州上任，其動機不是為當官，而是看到了殷小姐的美：「面如滿月，眼似秋波，櫻桃小口，綠柳蠻腰，真個有沉魚落雁之容，閉月羞花之貌。」四是那被陳光蕊救了的鯉魚龍王，為了報恩，對陳光蕊的軀體採取了保鮮措施，還把他的魂招來，在水府中做了官。

　　劉洪到江州做官，小姐在衙中思念婆婆、丈夫。忽一日，在花亭上

「忽然身體睏倦，腹內疼痛，暈悶在地，不覺生下一子」。讓我們不得不佩服這殷小姐，生孩子也這等俐落。生了孩子沒有人來幫著收拾，卻有人來訓話：「耳邊有人囑曰：『滿堂嬌，聽吾叮囑。吾乃南極星君，奉觀音菩薩法旨，特送此子與你。異日聲名遠大，非比等閒。劉賊若回，必害此子，汝可用心保護。汝夫已得龍王相救，日後夫妻相會，子母團圓，雪冤報仇有日也。謹記吾言。快醒！快醒！』」這就是唐僧的出生過程，這裡南極星君的話有點恐怖，到底這個是陳光蕊的呢，還是南極星君的呢，他明明說「特送此子與你」，唐僧想必是仙種了，不然那唐僧肉也不會有長生不老的功效。既是仙種，命肯定大，在接下來的故事證明了這一點。

「幸喜次早劉洪忽有緊急公事遠出。小姐暗思：『此子若待賊人回來，性命休矣！不如及早拋棄江中，聽其生死。倘或皇天見憐，有人救得，收養此子，他日還得相逢。』但恐難以識認，即咬破手指，寫下血書一紙，將父母姓名、跟腳原由，備細開載；又將此子左腳上一個小指，用口咬下，以為記驗；取貼身汗衫一件，包裹此子，乘空抱出衙門。幸喜官衙離江不遠。小姐到了江邊，大哭一場。正欲拋棄，忽見江岸岸側飄起一片木板，小姐即朝天拜禱，將此子安在板上，用帶縛住，血書繫在胸前，推放江中，聽其所之。小姐含淚回衙不題。」

初看，殷小姐的動作俐落，就是有點玄。不知道她為什麼非要把孩子投到江中去，自己也沒有帶塊木板什麼的，是忙中出錯，也未可知。虧得唐僧不是平凡人才有神助。作者這麼寫，把唐僧寫神了，把溫嬌寫傻了。

之後，這個孩子漂到金山寺，被法明長老救了，還取個乳名，叫做江流，託人撫養。「光陰似箭，日月如梭，不覺江流已長至十八歲。長老就叫他削髮修行，取法名為玄奘，摩頂受戒，堅心修道。」一句話就是十八年，好像這十八年什麼都沒有發生，殷小姐的日子也平靜地過著，殷丞相

也許是太忙，十八年中也沒有想起過這個女兒，劉洪好像也挺適合當官的，十八年也沒有出什麼事，也不升也不降，只有陳光蕊的母親張氏有點變化，因為沒有錢而被趕出去，乞討為生。一切似乎都很安靜，好像都在默默等待著一個孩子的長大，等待著這個孩子來解決一切的事情。

於是，這個孩子長大了，他做了幾件事。

一是到江州的私衙認了母親。二是到洪州找到了自己的奶奶張氏，這時的張氏已經雙目失明，玄奘見到後「就將舌尖給婆婆舔眼。須臾之間，雙眼舔開，仍復如初」。三是到長安見到了自己的爺爺殷丞相，講述了十八年來發生的一切，引得殷丞相夫婦「放聲痛哭」。四是和殷丞相一起，帶著六萬兵馬，還是御林軍，來到江州，抓住了劉洪和李彪。五是到洪江邊，活剮劉洪的心來祭陳光蕊，龍王知道後放出了陳光蕊，陳光蕊見到張氏，闔家團圓。

這個過程中，殷小姐幾次都自殺未遂，直到事情全辦完了，殷丞相退兵，陳光蕊升官，玄奘報答了法明長老，又被送進了洪福寺之後，她才「從容自盡」，真讓人百思不得其解。現在的陳光蕊，因為在龍宮裡用了「定顏珠」，容貌和十八年前應該是一般無二，而殷小姐現在等於是嫁給了一個和自己的兒子一樣大小，比自己小十八歲的男孩，這個心理落差或許是她自殺的直接原因，不然的話就是作者的安排了。

這個曲折的故事，多處令人費解，不敢多想，畢竟是神話，其中的費解之處或許另有解釋，現權且把它放在一邊，我們來看看歷史上真正的玄奘的降生吧。

西元六〇〇年，即隋文帝開皇二十年，在洛州緱氏縣（今河南偃師）東南遊仙鄉中的一個村莊裡，一戶陳姓官宦家中誕生了一個男嬰，他就是

後來的玄奘。

　　玄奘所在的陳氏家族，是一個官宦家庭，他的高祖和曾祖父，分別做過北魏的太守，他的祖父陳也在北齊做官，而且官至禮部侍郎，可以說已經是很大的官了。他的父親陳慧，身高八尺，一表人才，年輕時就已熟讀儒家經典，還被推舉為孝廉，是個遠近聞名的賢士，後被推舉出來做官，擔任過縣令的職務。可他生不逢時，當時正處於動亂不堪的隋末，戰爭頻仍，政治敗壞，官場一片混亂。於是，陳慧毅然辭官返回鄉里，過起了邊耕邊讀，養女教子的田園生活。玄奘的母親宋氏，也是官宦之後，生有三男一女，玄奘是最小的一個。

　　因為後來的玄奘寄身佛門，關於他的記述都是佛門中的弟子所寫，當時的人們認為出了家就和自己的家庭沒有什麼聯繫了，所以他的大哥和三姐的名字都沒有被人記下來，只有他的二哥長捷因為也是出家人，才留了個名。其實，玄奘的家庭觀念還是很強的，他後來名聲大噪後，還為他的祖上移了墳，作為一代名僧，如果沒有家庭的觀念，沒有中華文化中孝的精神，他是名不副實的。

　　玄奘本姓陳，玄奘是他出家後的法號，他的弟子一般尊稱他為三藏，日本的研究者有人稱之為玄奘三藏，自從《西遊記》問世後，老百姓開始稱之為「唐僧」了，但在說唐僧的時候，心裡想的卻是孫猴子的師父，而不是這個旅行家和翻譯家。

　　玄奘原名陳禕，自幼聰穎過人，酷愛讀書，而且所讀之書很快就能記誦，遠遠超過同齡的孩子。他在五歲的時候母親就去世了，這個打擊對他來說是巨大的，他長大後那與眾不同的性格和超乎常人的自立和頑強的意志力，可以說與這時候家庭的變故不無關係。

從七歲開始，他的父親陳慧開始教他學習經書，這時的他已經不再滿足於簡單的記誦了，許多內容他已經能領會其中的含義，遇有不懂的地方，他會提出疑問，一天天的，他提出的問題也越來越多了。

在他八歲的一天，父親給他講解《孝經》，當講到「曾子避席」一節時，只見小陳禕猛然站起來，父親問他要幹什麼，他說：「曾子聞師命避席，我現在聽父親教誨，怎麼能在這裡安坐呢？」陳慧聽了非常高興。

在慧立的《大慈恩寺三藏法師傳》中，對少年玄奘有一個概括的描述：

「自後備通經典，愛古尚賢，非雅正之籍不觀，非聖賢之風不習，不交童幼之黨，無涉閭閻之門。雖鐘鼓嘈囋於通衢。百戲叫歌於閭巷。士女雲萃其未嘗出也。」

這可能是玄奘的弟子們對他童年的推測，一個成長中的七八歲的孩子，不找其他的孩子玩，天天閉門靜坐，對所有的娛樂活動都毫無興趣，對外面的熱鬧亦無動於衷；並且知道什麼書能讀，什麼書不能讀，什麼行為能學，什麼行為不能學。如果真是這樣，那可是老成得可怕了。對照他後來的行為，有一點肯定是真的，那就是他孤傲的性格和一旦下定決心就會義無反顧地付諸行動的行為習慣。

離玄奘家的不遠處，有一座名為緱山的小山，陳慧經常講給玄奘有關於那個緱山的傳說。

緱山原名叫緱氏山，傳說王母娘娘曾在此地修道，因王母娘娘姓緱，因而得名，後人簡稱緱山。別看這個山小，相傳在遠古時候，緱山四野古木參天，風景迷人，珍禽異獸時時出沒於叢林之中。一天，周靈王的太子晉來到緱山狩獵。鹿群受驚四散，太子張弓便射，一鹿中箭奔逃，太子緊追不捨，一直追到黑龍潭附近，白鹿忽然消失。驀然間，前面出現一個山

洞，洞口肅立著一位鶴髮童顏的老翁。太子晉下馬向老人施禮並詢問逃鹿去向。只見老人解下腰間的葫蘆，拔去塞子，將一小鹿倒在手掌心上，略微翻掌，小鹿飄然落地，迅速復原，身上還插著太子晉射中的箭。老人從小鹿身上取下那隻箭，傷口即時癒合。目睹此情此景，太子晉知道遇上了世外高人，便請求仙翁收自己為徒。老人遂授太子一柄寶劍，囑咐他回到宮中去，先殺掉自己的妃子，以斷絕塵念，然後將劍懸於午門之上，再來緱山修煉。

太子晉回到宮中，按老人所講殺掉了自己的妃子，懸劍於午門後回到緱山，經過多年修煉，果然得道駕鶴升仙而去。

周靈王以為太子自縊於午門，萬分悲痛。念太子生前酷愛緱山，便將那柄寶劍作為他的遺體葬在緱山。

有一年，周靈王駕臨緱山，夜晚空中金光燦爛，笙樂齊鳴，太子晉駕鶴自空中徐徐降落。父子相見，始知原委，於是命人將緱山的太子塚重加修繕，並更名為「葬劍塚」。這座古塚在風雨中屹立了千百年。那位當年給太子寶劍的老人，就是仙人浮丘公。

每當陳慧說起這個故事，玄奘都會嘆息不已，他是為太子晉的妃子而嘆息，你得道也好，升仙也罷，幹嘛非要殺掉自己的妃子呢？

離玄奘的家鄉不遠，就是洛陽，那裡有中國最早的寺院 —— 白馬寺，還有北魏以來留下的龍門石窟，皆為佛門聖地。當時的中原人非常信奉佛教，自東漢明帝時，佛教傳入中國，在魏晉南北朝幾百年的戰亂和社會動盪中，人們更需要一個精神支柱，於是佛教逐漸發展、流行起來，並且有了深厚的社會基礎。到隋唐時期，不論是貴族官宦，還是平民大眾，對佛教的崇信達到極盛，僧尼的人數劇增，有時甚至達到數十萬人，壯麗

的寺院建築遍於全國各地，大小寺院達到上萬座。雖然佛教在北朝曾被北魏太武帝拓跋燾和北周武帝宇文邕兩度禁止，但並未對佛教的發展構成毀滅性的打擊，相反，每一次禁佛、滅佛的運動都為隨後的崇佛聲浪所淹沒。隋王朝統一全國後，興復佛法，各地的佛寺紛紛恢復和建造，對於佛教的理論研究也很活躍，逐漸形成許多宗派。

陳慧夫婦都虔心向佛，他們的二兒子陳素，就是玄奘的二哥，受父母的影響，很小的時候就在洛陽淨土寺當了沙彌，法名長捷，因為小時候陳慧的教育為他奠定了很好的文化基礎，所以他入佛門不久，就在當時的佛學界有了一定的名氣，他除精通佛經外，還對儒家的《尚書》、《左傳》和道家的《老子》、《莊子》等經典瞭若指掌。在這樣一個理佛氣息濃重的家庭中，少年時代的玄奘很早便對佛學產生了濃厚的興趣。

我們為什麼稱玄奘出家的二哥為沙彌呢，因為他這時還不是和尚。在佛教初創時，教團組織有了一定的規模，先是有了「四眾弟子」的說法，即比丘、比丘尼、優婆塞、優婆夷。比丘指出家修行的成年男性，來到中國後稱為和尚，比丘尼是出家修行的成年女性，即我們俗稱的尼姑，優婆塞是指男居士、優婆夷則指女居士，所謂的居士就是不住在寺廟裡，而住在家中，戴髮修行的人。後來，隨著佛教的進一步傳播，影響越來越大，教團僧眾的成分越來越複雜，就出現了「七眾」的說法，是在「四眾」之上加上了沙彌、沙彌尼和式叉摩那三類人。沙彌指未成年的出家男性，一般指七歲之上，二十歲之下的男性，沙彌尼指未成年的出家女性，式叉摩那則指已結過婚的出家婦女。已婚婦女出家，兩年內稱作式叉摩那，目的是檢驗其是否懷孕，如無身孕，兩年期滿自然轉為比丘尼。玄奘的二哥陳素出家的時候還是個少年，自然不能稱為和尚，而只能稱之為沙彌。

二哥的出家，對玄奘影響非常大，他多次提出也要出家，但都沒有被

應允，當他十多歲的時候，一個巨大的變故改變了他的命運，使他出了家，也是不得不出家，願望實現了，可他沒有半點高興，這是為什麼呢？

第二回
逢亂世父母早喪 說佛祖玄奘出家

　　話說玄奘五歲時母親離開人世，不久哥哥又出了家，姐姐也遠嫁他鄉，玄奘十歲時，父親也去世了，父母雙亡的他頓時生活沒有了著落。於是，他來到洛陽的淨土寺，找到了他的二哥長捷，並跟隨他開始學習佛教經典。

　　這時已到了隋末，天下大亂，各地的農民起義此起彼伏，各種戰事接連不斷，生靈塗炭，百姓的痛苦已經是無以復加。玄奘此時研究佛法的興趣正濃，青燈黃卷伴他度過了幾年苦讀的生活。他起初讀的是《維摩詰經》和《法華經》，很快便把這兩部經讀通了。

　　淨土寺中有位長老叫景法師，此人學識淵博，很受玄奘愛戴，玄奘經常到他所在的禪房中問這問那。十歲的玄奘還是個孩子，可寺院中艱苦的生活沒有把這個孩子壓垮，相反，他對佛學、佛經有著無比的興趣，這使景法師等人非常驚異，他們經常在寺中做完必需的功課後，講一些佛經上的故事給玄奘聽。玄奘也很用心，凡景法師所講的內容，一聽就能記住，一講就能理解，還常常提出一系列的問題來。

　　一天傍晚，玄奘又來到景法師的禪房中，這個時間是平民百姓吃晚飯的時間，但在那時的寺廟中，僧人都秉持著「過午不食」的戒條，如果午後吃飯被稱為「非時食」，是犯戒的，僧人們都把這個時間用來討論佛法或做「功課」。這一天，在讀經之前，玄奘問了景法師幾個問題：

「師父，佛經上說如來佛祖是『甘蔗種』，還說如來佛祖是『釋迦』族人，這是怎麼回事呢？難道不矛盾嗎？還提到在佛祖得道之前有個『四門遊觀』，我不太清楚，請師父解釋一二。」

景法師看著這個好學好問的少年，心中喜歡，便開始對玄奘等眾人講解。

當年景法師講了些什麼我們不得而知，而玄奘的問題我們不妨在這裡講一講，玄奘所問的，其實是有關佛教起源的一系列美妙的傳說。

人們常說的如來佛祖，如來並不是他的名字，他姓「喬達摩」，名叫「悉達多」，據說是甘蔗王的後裔。得道後人們又稱他為釋迦牟尼，關於釋迦牟尼種族的來歷，佛教徒中流傳著這樣一些故事：

很久很久以前，在印度有許多小國家，其中有個叫「耳生」的國王，倒行逆施，為非作歹，使他的臣民怨聲載道。他有兩個兒子，一個叫「喬達摩」，一個叫「波羅墮奢」。喬達摩看不慣父親的所作所為，就藏進深山出家修行。他找到一個名叫「黑色仙」的仙人，跪著用頭頂禮仙人足，請求仙人收他為弟子，黑色仙見他十分虔誠，便答應收他為徒。

喬達摩脫去王子華服，換上修道人的鹿皮衣，嚴守戒律，以野果、樹皮、草根為食，苦練修行。漸漸地，因為營養不良而身體不支，喬達摩病倒了。無奈之下，喬達摩請求黑色仙允許他到有人煙的地方去乞食，行前黑色仙告誡道：「修行人必須隨時隨地克制自己，不要對外界聲色犬馬之物產生愛慕之情、非分之念，只要能做到這些，那麼，無論是在山林中修行還是在城市裡修行，都是一樣的。」於是，喬達摩來到補羅多城，並在附近林中蓋了一間草房，每天乞食、修行。

一日，補羅多城的一名惡少將一個妓女誘殺在喬達摩所住草房附近的

林子中，並把殺人凶凶器偷偷丟在草房旁。就這樣，喬達摩就糊裡糊塗地被人誤認為凶凶手而捆綁起來，押送到王宮，這時他的弟弟已繼承王位，就是波羅墮奢。波羅墮奢和他父親同樣昏庸，既不問情由，也不審「案犯」，大手一揮便下令對喬達摩施以酷刑、遊街示眾。喬達摩最後被綁坐在一根削尖的木樁上，任由木樁慢慢刺入體內。這是極殘酷的刑罰。喬達摩被行刑時，正好黑色仙出山，這時的喬達摩已奄奄一息。他用自己的最後一口氣，祈求黑色仙讓他死後得一好果位，比如能升天之類的。但按婆羅門教的規矩，凡沒有子嗣的人，死後只能投胎為鬼或畜生。黑色仙為滿足喬達摩最後的願望，一面呼風喚雨，施展神通，一面命喬達摩展開宿命通，即讓喬達摩回想前生夫妻恩愛的景象，不知不覺間，兩顆生命的種子自體內流出，落到地上，變成兩個蛋。陽光暖暖地照著，蛋很快裂開了，蹦出兩個活潑可愛的孩子，倏忽之間，便鑽到附近的甘蔗林中。

喬達摩不久便死去了。那兩個孩子後來被黑色仙找到並撫育成人。人們稱這兩個孩子是「日種」，因為他們是太陽孵化成的；還稱他們為「甘蔗種」，因為他們一出生便跑進甘蔗林，黑色仙又是在甘蔗林中找到了他們。

波羅墮奢死後，因其無子，沒人繼承王位，大臣們便找到了這兩個孩子。先讓長子繼位，長子死後，次子繼之，他被後人尊為「甘蔗王」，也就是釋迦牟尼先世的祖先，釋迦先世也因此被稱為甘蔗王的後裔。

甘蔗王的後代後來形成許多家族，釋迦牟尼所在的一支被稱為「釋迦族」。

為什麼被稱為「釋迦」呢？這裡也有一個傳說。

又過了不知多少年，甘蔗王的王位傳到了「軍將王」這一代，軍將

王原有四房夫人，每房都育有一子一女，其中長子名叫「火炬面」。後來在一次不幸的事件中，四位夫人同時死了。軍將王又迎娶了鄰國的一位公主，不久生下一子，取名「愛樂」。軍將王歲數大了，開始考慮冊立嗣君，這令他左右為難。長子火炬面德行兼備，按常理應立為儲君，但愛樂的外公所掌管的國家兵強馬壯，聞信後就以強兵壓境相要脅，逼迫軍將王冊立愛樂。軍將王無奈，將愛樂立為王儲，將四位王子逐出國去。

　　四位王子分別帶著妹妹流浪到了恆河岸邊，擇地而居，開荒種地，採收漁獵，日漸富庶。但四位王子皆已到婚配年齡而找不到伴侶，心中不免愁苦，四位公主此時也長得楚楚動人，但也因為這個地方人煙稀少而不得婚配。這種狀況被家園附近一名叫迦毗羅的仙人得悉，他指點道：只要不是一母所生，兄妹之間可以通婚。王子們聞此，喜出望外，他們打消了顧慮，分別與異母妹妹成婚生子。沒幾年，孩子們的嬉戲笑鬧聲驅走了往日的死寂沉悶，但也攪得迦毗羅仙人無法靜心修行。王子們見此，欲遷徙他鄉，仙人便以金瓶淨水為其圈地。王子們就在仙人圈定的土地上建起了「迦毗羅衛城」，並漸漸強大起來。軍將王不久就知道了這些事，他連連誇獎四位王子「能幹」。自此之後，人們就將四位王子繁衍的這一支稱作「釋迦」族，因為「釋迦」在梵文中的意思就是「能幹」。

　　又過了不知道多少年，釋迦族出了一位很了不起的人物，這就是釋迦牟尼。

　　釋迦牟尼，意為「釋迦族的聖人」，是他成道後人們對他的尊稱。釋迦牟尼還常常被簡稱為佛陀，意為「覺悟者」或「智者」、認識真理的人。

　　釋迦牟尼出生在古印度的迦毗羅衛（今尼泊爾與印度的邊境地區），其父名叫「首圖馱那」，漢譯淨飯王，是迦毗羅衛的國王，母親名叫「摩訶

摩耶」，她生子七天之後便去世了，釋迦牟尼由其姨母摩訶波闍婆提撫養成人。

按佛經中的說法，釋迦牟尼在此生之前，已經經歷了無數世的艱苦修行，最終成了菩薩，上升到兜率天宮之中。為傳播佛法，普渡塵世眾生，他以神通天眼四處觀察，尋找投生此世的最佳機緣。

找來找去，菩薩選擇了「具備六十種品德」的迦毗羅衛城淨飯王家為投胎地。在春末夏初，一個冷暖相宜的正午，他化作高大威猛的「六牙白象」身形，追逐太陽的光芒從右肋進入摩耶夫人腹中。當時摩耶夫人正在午睡，忽夢白象入懷，醒時已是有孕在身。經過十月懷胎，摩耶夫人臨盆。這天，迦毗羅衛城枯枝發芽，園中花木自然生果，陸地長出車輪大的蓮花，地中寶藏破土躍山，滿城香氣遍布，七寶裝飾的寶車在空中出現等，有三十二種瑞象出現。按當時印度習俗，摩耶夫人須回娘家生產，當她行至藍毗尼園一株婆羅多樹下休息時，生下一個男孩，取名「悉達多」，這就是那投身凡世的菩薩。

釋迦牟尼出生後，其父淨飯王非常喜愛。按照當時印度的風俗，凡生子一定要請相師驗相，以便確定孩子以後應該從事的事業及其成就。婆羅門仙人阿私陀是迦毗羅衛一帶著名的看相先生，據說是每言必中。淨飯王以重禮聘請，替子看相。結果令人非常吃驚，在這個孩子身上共有一百一十二個特異之處，其中三十二處極為清晰，阿私陀稱之為「三十二相」。另外八十處雖然細微，仍可辨認，阿私陀稱之為「八十種好」。所謂相、好，指的都是身體上不同平常的特徵。

釋迦牟尼身上所特有的，迥異常人的特徵有：腳心平滿，行立安穩，腳心肉紋呈現車輪形狀，十指纖長，手足柔軟，垂手過膝，全身金色，放

光十丈，眉間生有白毫，舌根巨大，能左右舔到面部等。阿私陀仙人據此認為，釋迦如果繼承王位，必然會成為「轉輪聖王」——獲得天佑的賢明君主。如果出家修道，精勤不怠，直至悟道成佛，教化人間。他其實不知，這是菩薩轉世，怎麼會甘心在這裡做一個普通的國王呢？

淨飯王聽了阿私陀仙人的預言之後，非常擔心悉達多長大成人後會放棄王位，出家修行，所以他對悉達多進行了嚴格的教育和管制。他教給悉達多各種婆羅門知識、禮儀以及「治國」之術；建造幾處宮殿供他單獨居住，禁止他隨便出宮接觸平民百姓；在他十七歲時，給他娶了一個非常漂亮的女子，並選送幾百名藝女，弦歌笙舞，希望以聲色籠絡住他的凡心。

有一天，悉達多想出城遊玩，向淨飯王提出懇請。淨飯王以為悉達多出城遊玩，是去尋求世俗之樂，不會引發出家之念，便同意了。於是，悉達多命馭者套上馬車，出城遊覽。

悉達多先出東城門，遇上了一位龍鍾老者，白髮蓬亂，牙齒落盡，雙目昏暗，兩耳聾聵，拄杖而行。悉達多吃了一驚，忙問這是什麼人，馭者說是老人。悉達多問：「我是否也會成為老人呢？」馭者回答：「不但是你，天下的人都會有老的一天。」悉達多立即悶悶不樂，心想，人生過得真是太快了，就像風像水一樣，流過之後便再無回期，真是太苦了啊。太子失去了遊玩的興趣，駕車鬱鬱返回了宮中，去思考人生易老的問題。

又一天，悉達多出南城門，遇上了一個病人，腹部水腫，形銷骨立，氣喘呻吟躺在道旁。馭者告訴悉達多：「這是病人，已經活不了幾天了！」悉達多說：「一切都是無常的。我顯然也會這樣，有生病的那天。」心中不快，便駕車又回到了宮中。

後來，悉達多出西城門，看到了一個死人，家屬在邊上嚎啕悲啼，狀

極悲慘。一連目睹人老、病、死的磨難，而且誰都免不了這一遭，悉達多開始思索解脫世人痛苦的辦法。

又一天，悉達多出北城門，遇上了一位衣服整齊，手持法器的叫比丘的人。比丘自稱，自己一生絕情去欲，心地慈悲，潛心修行，以普渡眾生為己任。悉達多聽後心中豁然開朗：「我也要過這樣的生活。」

這是佛教傳中有名的「四門遊觀」的故事。當釋迦牟尼四門遊觀之後，便下定了出家修道，拜師尋法的決心。他向淨飯王提出請求。淨飯王心中十分不捨，千方百計勸阻他，但悉達多矢志不渝。一天深夜，他終於聽到了天神的召喚：「菩薩出家時刻已到。」悉達多於是潛出寢宮，喚醒車夫，套上白馬，悄悄來到城門腳下。天神早已來此接應，他托起白馬，轉眼便躍到城外，太子讓車夫回宮轉告父王，自己獨自一人出家修道去了。

釋迦牟尼出家後，到了摩揭陀國，先後追隨數論派先驅修習禪定。不久，他發現，禪定無法解決他心中的根本問題，即人生生老病死的苦難問題。於是他又漫遊到尼禪連河畔著名的伽闍山叢林進行苦修，前後達六年之久。

這六年中，釋迦牟尼奉戒可謂嚴格刻苦。然而得到的卻是消瘦羸弱，猶如枯木的身體，佛法真理則一無所獲，釋迦牟尼認識到修苦行無用，便毅然放棄苦修，來到尼禪連河畔一棵畢缽羅樹下，結跏趺坐，入靜思維。爾後接受一位農婦乳糜供養，體力恢復，又到尼禪連河中洗去體垢，容光煥發。

傳說，釋迦牟尼剛落座，天地震動，霞光如幻，攪得魔王波旬心神不寧。波旬知是釋迦修道所為，於是大怒。他先遣四個精於惑術的女兒前去引誘釋迦牟尼，釋迦牟尼不為所動。魔王見此招失靈，變本加厲，又召來

四部十八億小鬼，變成各種怪物身形，刀槍齊舉，寒光凜凜，噴火吐焰，紅透中天，但釋迦牟尼靜思入定，無畏無懼，兀自端坐悟道，任憑小鬼來擾，自己卻毫髮未損。最後魔王鬼卒不戰自潰，紛紛從空中墜落，化作段段焦木。釋迦牟尼在降伏魔鬼之後的一天，忽然「心地光明」，覺悟到人生苦、集、滅、道的四重真理，這一年，他三十五歲。

上面這些故事，或真或假，有許多宗教的成分，也有歷史的成分，這些故事對當時的玄奘來講，是很有吸引力的，故事中所提到的許多印度的人名、地名，玄奘後來遊學印度時大都參拜過，這與他從小就受佛教經典的薰陶有直接的關係，也是他後來矢志西行的動力之一。

以上就是玄奘求教景法師的關於佛教起源的神話故事。

在淨土寺過了約三年時光，這時的玄奘已經十三歲了。有一天，玄奘聽寺裡人說朝廷派大理寺卿鄭善果到洛陽來了，說是又要剃度二十七位出家人，在當時，一旦當了僧人，就可以不納糧納稅，不服徭役。在兵荒馬亂的年月，為免除兵役、苛捐雜稅和徭役，遁入佛門是一個很好的選擇。何況玄奘此時早已對佛經佛法如癡如醉，那種渴望的心情可想而知。

為了統治階層的利益，帝王不允許人們隨意出家，當時設有僧官，安排多少人出家是有規定的，沒有政府的允許，私自出家是犯法的。鄭善果到洛陽要度二十七位僧尼，而當時精於佛業的少年行者有數百人，得到錄取的可能是很小的。

玄奘當然也去報了名，值差的官吏嫌玄奘的年紀太小，沒有錄取他。玄奘很不甘心，他每天早早起來，來到鄭善果辦公的官署門外徘徊張望。沒幾天，他就引起了鄭善果的注意。鄭善果雖是當時朝中的一個普通官員，但他很能識人，有人稱他為「伯樂」。

鄭善果讓人把玄奘叫過來，問他說：「你總在這裡徘徊，是不是想要出家？」

「我報了名，只因為才疏學淺而未有結果。」

鄭善果又問他：「你小小的年紀，出家後你想做些什麼呢？」

他從容不迫地說：「我要承繼如來佛祖的事業，弘揚佛學大法，普渡眾生。」

鄭善果連連稱奇，脫口稱讚道：「大氣魄，大氣魄，小小年紀，抱負不小，今後要好好努力才行。」

回身囑咐值差的官吏收下這個孩子，並對同僚說道：

「一個人背誦經文至滾瓜爛熟，並不是多麼困難的事情，關鍵要看他的風骨。我看這個孩子既聰慧又善良，志向又遠大，難得，真是難得。我今天剃度他，他日定能成為佛門中的『偉器』，只可惜我老了，怕是看不到那一天了。」

鄭善果的這番話，很快就傳了出去，從這時起，寺裡寺外的人們開始對這個小沙彌刮目相看。

此後不久，玄奘便領到了度牒，而且就在他哥哥所在的淨土寺出了家。在戒壇上，剃度師為他剃去頭髮，並為他披上一件小號的袈裟，寺中住持（住持就是方丈，為什麼稱方丈呢，原來在寺院中，一寺的住持可以單獨居住，而下面各級僧人都只能聚眾而臥，住持所住的屋舍一般建為一丈見方的大小，所以後人常將一寺的住持稱為方丈）對他說：

「你今為沙彌，應持十戒，你可知道是哪十戒？」

玄奘對此早已爛熟於胸，於是答道：

「十戒乃是：一不殺生，二不偷盜，三不邪淫，四不妄語，五不飲酒，六不非時食，七不塗飾香鬘，八不觀聽歌舞，九不眠坐高廣大床，十不受金銀。此十戒弟子能持。」

住持讓他在佛前發願，將這十戒一一應允。「我為你取個法名，就叫『玄奘』吧。」玄奘行禮拜謝。從這時起，他便成了玄奘。

受戒儀式結束後，剃度使發給他「戒牒」和「同戒錄」，因為年齡不夠，他還不能算是一個真正的僧人，必須等到二十歲以後，受了具足戒後才可。不過從這時起，玄奘已成了一名佛門弟子，每天和哥哥吃住一寺，早起晚睡，灑掃庭院，誦讀經典。

之後不久，景法師開始講授《涅槃經》，玄奘畢恭畢敬，執卷伏膺，廢寢忘食。他還跟著嚴法師學習《攝大乘論》，他聽了一遍差不多就理解了，之後自己再鑽研一遍，就完全記住了，升座複述，對於經義分析得仔細、透澈。由此，大家對這個小沙彌都讚嘆不已，師友無不對其愛敬之至。以後的幾年，玄奘一直都在淨土寺修行，研習佛經，並四處聽講。他不僅刻苦用功，還能獨立思考，很快成了同輩中的佼佼者。

正當玄奘守著這塊淨土研習佛法時，世俗社會發生了一系列的變故，並將年輕的玄奘逼上另一條路，一條九死一生的漫漫征程。

第三回
越秦嶺成都受戒 渡三峽荊州講學

　　就在玄奘剃度的前一年（西元六一一年），隋朝爆發了全國性的農民大起義。到玄奘十八歲（西元六一七年）時，隋朝封建統治已經被農民起義衝擊得搖搖欲墜。太原府留守李淵，與其次子李世民，利用這種情勢起兵攻入長安，約法十二條，以代王楊侑為傀儡皇帝，李淵自為大丞相。第二年春天，四面楚歌的隋煬帝在江都（今江蘇揚州）被部下宇文化及所弒。同年五月，李淵廢黜了傀儡幼帝，在隋王朝的廢墟上，建立了大唐帝國。

　　此時，東都洛陽在隋朝殘餘勢力王世充的統治下，面臨著隨時被瓦崗農民軍破城的危險。連年的戰亂，人民已經逃亡大半，洛陽城中到處是斷壁殘垣。此時，僧人們的吃喝都成了問題，更談不上談經說法、講學論道了。當年，煬帝曾在洛陽建四個道場，召天下名僧住持和居住，那時候，景、脫、道基、寶暹等著名的大德高僧都聚集於此。天下大亂後，國家對道場的投入就中斷了，這些大德高僧紛紛走散。

　　西元六一七年，玄奘十八歲，這時的他已經在洛陽僧眾中小有名氣，他所懂得的經卷和理解的教義，已經遠遠超出了一個小沙彌所能掌握的。幾年的青燈黃卷，並沒有擋住他瞭望外面世界的目光，他關心著外面所發生的一切。根據當時的情況，他對哥哥長捷提議說：

　　「我們去長安吧，在這裡已經無發展可言，況且很危險！聽說唐主已

占領長安了，天下人歸之若歸父母，我們不妨也投奔長安吧。」

兄弟二人一拍即合，他們收拾好行囊，辭別師友，夾雜在逃難的人群中，於這一年的夏初抵達長安。

到了長安，兄弟二人大失所望。長安城有個大莊嚴寺，為長安城中最大的寺廟，這裡容留了不少逃難來的僧人。玄奘兄弟也投奔於此，雖順利地寓居寺內，可這並非玄奘所希望的，他要學習佛法，這裡卻沒有這個環境。他們仔細一想才發現，此時來長安時機不成熟。

這時的長安政權 —— 國基草創的唐王朝還立足未穩，隋朝殘餘勢力仍在負隅頑抗，各地農民起義軍風起雲湧，雄居大漠的突厥也虎視眈眈。李唐政權把主要精力都放在了軍事上，四處征戰，根本來不及關心教化問題。

沒有政權的支持，長安城各寺院也都艱難維持，根本談不上去研習佛法，也就沒有合適的講席，這對於以學習和探討佛法為旨歸的和尚來說，確實是一種遺憾、一種難以忍受的狀況。玄奘更是這樣，他在莊嚴寺住了幾天，沒有人講經，沒有什麼法事，連該做的功課也不成樣子，天天無所事事。對於立志求學的玄奘來講，這種日子簡直就是一種煎熬！

一天，他實在是忍不住了，就對哥哥長捷說道：「長安既沒有法事，又不設講座，整日虛度，實在可惜，聽說高僧大德們現在大都已經到了蜀地，我們還不如到蜀地受業呢！」

長捷也有這種想法，可他也有些顧慮，因為當時去蜀地的道路是非常艱險的，但猶豫之後，他也同意前去，於是兄弟二人便經子午谷，越秦嶺，經劍閣到漢川（今陝西南鄭縣）。

這一路現在看來不是很難，但對於那個時代的交通狀況來講，不僅僅

是艱難，還是非常危險的，許多年後的李白專門有一首〈蜀道難〉，就寫到從關中到蜀地的艱難情形，其中有幾句寫了劍閣一帶路途的艱險：「劍閣崢嶸而崔嵬，一夫當關，萬夫莫開。所守或匪親，化為狼與豺。朝避猛虎，夕避長蛇，磨牙吮血，殺人如麻。」這一段經歷可以說是玄奘遊歷人生的開始，為他後來的西行取經的旅行累積了一定的旅行經驗。

一到漢川，兄弟二人便喜出望外，在這裡他們遇到了流寓此地的兩位大法師，一位是赫赫有名的景法師，另一位是空法師。他們就像在沙漠中看到綠洲一樣，總算是找到能授業的人了。兄弟二人在這裡住了下來，每日裡把他們這幾個月來學習中的疑惑向兩位前輩請教。

在長安時，玄奘聽人說，如來佛並不是世上唯一的佛，在他之前還有六個。在佛經裡也提到了這事，但他還是有些不明白，現在有了機會，他就把這個問題提了出來。

「師父，能否把過去七佛的事講一講，我想知道一些更遠的事情。」

景法師和空法師相對笑笑，接著由空法師為他們講解：

我們現在生活的這個世界，處在不斷的「生」和「滅」的循環變化之中，每一次這樣的循環稱為一「劫」，每一劫少說也要上千萬年的時間。

「過去七佛」，是指自從有天地以來出現過的七位得道的仙人。他們分別是在過去第九十一劫傳播佛法的毗婆尸佛、在第三十一劫傳播佛法的尸棄佛和毗舍浮佛，以及在賢劫（即我們現在生活的這個劫）出現的拘留孫佛、拘那含牟尼佛、迦葉佛和釋迦牟尼佛。

毗婆尸佛，出身於剎帝利種姓，毗婆尸佛身量極高，達六十由旬（由旬是長度單位，換算成現在的長度大約為七千三百公尺，古人真有想像力），身上發出的光芒可照射一百二十由旬。他成佛後，曾舉行過三次法

會，先後度二十七萬人出家，修成阿羅漢。毗婆尸佛在世時，人壽極長，平均能活八萬歲。

尸棄佛，在過去的第三十一劫，他也出身於剎帝利種姓。他身長四十由旬，發出的光芒能照射四十五由旬。他成佛後也曾舉行過三次法會，共度二十四萬阿羅漢。他在世時，人大都能活七萬歲。

毗舍浮佛，出生在賢劫，也就是我們這個劫，也出身於剎帝利種姓。毗舍浮佛身長三十二由旬，背光照射四十二由旬。他成道後舉行過兩次法會，共度十三萬阿羅漢。當時人壽六萬歲。

拘留孫佛，出生在賢劫，出身於婆羅門種姓。拘留孫佛身長二十五由旬，圓光照射三十二由旬。他成道後舉行過一次法會，共度四萬阿羅漢。他在世時，人壽五萬歲。

拘那含牟尼佛，出生在賢劫，出身於婆羅門種姓。拘那含牟尼佛身長二十五由旬，圓光照射三十二由旬。他成道後舉行過一次法會，度三萬比丘為阿羅漢。當時人壽四萬歲。

迦葉佛，出生在賢劫，出身於婆羅門種姓，族姓仍是迦葉，迦葉佛身長只有十六丈，圓光則有二十由旬。他成道後舉行過一次法會，度二萬比丘為阿羅漢。當時人壽二萬歲。

再有就是佛祖釋迦牟尼了，這就不用說了。

過去七佛中的每一個佛，都創立過一代佛法。每代佛法都有一定的存世時間，最後全都滅亡。每代佛法的住世時間都不一樣。整體來說，佛的年代越早，所創佛法住世的時間也就越長；年代越晚，他的佛法的住世時間就越短。過去七佛中，前六佛所創佛法早已滅亡，現在住世的是釋迦牟尼佛創立的佛法。

聽完空法師的講解，玄奘呆在那裡發怔，看來有些東西他是將信將疑的。這一代不如一代的過去七佛，多少讓他有些失望。忽然他問兩位法師：「七位佛祖怎麼都降生於天竺，我華夏如此廣博人地，不曾產生過一位如此仙人嗎？」

兩位法師被問了一愣，景法師道：「七佛都生天竺自然有他的道理，至於為什麼，老僧也不明白，這個還有賴你們來探討。」

兄弟二人在漢川住了一個多月後，才與兩法師依依惜別，知道兩位法師不久也要到蜀地去，他們便相約到成都再會。

成都當時稱益州，號稱富庶之國，又未遭戰亂之苦，人煙稠密，街市繁華，寺院也不少。自隋末開始，各地來遊的高僧大德，到處開壇說法。西元六一八年冬，玄奘與長捷抵達成都，住進了多寶寺。在這裡他們兄弟珍惜時間，精勤向學。寶暹法師講授《攝論》久負盛名，道基法師對《毗曇》深有研究，還有一位道振法師是《迦延》的研究專家，玄奘一一拜師求學，用了不到三年時間，玄奘便把這幾部重要的經典學通。

玄奘早就聽說過，寶暹法師曾經去過天竺，在那裡求學多年，最後帶了佛經回來。他特意向寶暹法師求問天竺的事情，從寶暹法師那裡，他初步了解了佛教發源地天竺的一些情況，同時也萌生了一個念頭 —— 有機會去天竺看一看。

由於當時天下戰亂，加上各地饑荒不斷，從四面八方投奔成都的僧人非常多，和玄奘一起聽講的僧人常常達數百人之多，可是沒有一個人能像玄奘那樣刻苦學習，而又能融會貫通，他這種好學不倦的精神、超常的記憶力和領悟能力，深為同席諸侶所折服。在一起討論佛學，辯經問難時，玄奘總是最出色的一位。那些開壇授業的高僧大德對玄奘無不極口稱賞。

道基法師是當時最有威望的大德之一，他曾對人說：「我到過許多講堂說法授業，還從來沒見過像玄奘這樣悟性超凡的人，他將來必能做一個弘揚佛法的大師！」這樣一來，玄奘的聲名就傳揚開來。

後來，玄奘又和哥哥搬到空慧寺居住。哥哥長捷體貌魁偉，學問也日益淵博，蜀地的人對他非常仰慕，唐益州路總管竇軌、益州行臺民部尚書韋雲起對他尤其敬重。清雅的談吐，美妙的詩文，淵博的知識，是弟兄倆所共有的優點，已成年的玄奘從悟性和機敏上更勝長捷一籌，他以窮究宇宙玄理和傳繼佛祖事業為志向，以匡振教門中頹廢的綱紀為己任，刻苦研讀，慎思慎解，長進飛快。當時的成都人讚譽他們兄弟二人為「雙驥」。

一天，玄奘到另一寺中聽講座回來，路上見到一個衣衫破爛不堪的人倒在路邊。他仔細上前一看，竟是一個奄奄一息的男子，只見他身上長滿了瘡，惡臭難聞，還招來不少蚊蟲。路人好奇，都近前來看，卻馬上又掩鼻而去。

玄奘見到這般情景，二話不說，背起這人就回到寺中。他給這男子擦拭傷口，洗淨身體，換了衣服，還為他煮粥送食。沒幾天，這男子身體漸漸復原，瘡口癒合，面色有了些紅潤，只是這麼多天來，他一言不發，問什麼都不講。

忽然有一天，男子對玄奘說：「師父，多謝！」

玄奘見男子說話，很是驚訝，還沒有等他開口，男子又說了：「師父救我，無以為報，祖上傳我一經，稱為《般若心經》，此經可避諸邪，能逢凶化吉，我今口傳與你，望你能常默念此經。」

說罷，男子就將這《般若心經》口傳給玄奘，玄奘又是驚奇，又是激動，只聽一遍，便將這《般若心經》記在心中。等玄奘到大殿中做完功課

回到男子的屋中時，已經是人影皆無，玄奘很是詫異。

這《般若心經》全名是《般若波羅蜜多心經》，是現在學佛的人首先要讀的經文，它把佛教的教義教旨用二百多字概括起來，非常簡明。玄奘從印度取經回來之後，又重新把這部《般若心經》翻譯了一遍，現在我們看到最多的《般若心經》譯本就是玄奘譯的，文字不多，我們把它列在下面。

觀自在菩薩，行深般若波羅蜜多時，照見五蘊皆空，度一切苦厄。舍利子，色不異空，空不異色，色即是空，空即是色，受想行識，亦復如是。舍利子，是諸法空相，不生不滅，不垢不淨，不增不減，是故空中無色，無受想行識，無眼耳鼻舌身意，無色聲香味觸法，無眼界，乃至無意識界，無無明，亦無無明盡，乃至無老死，亦無老死盡，無苦集滅道，無智亦無得，以無所得故，菩提薩埵，依般若波羅蜜多故，心無掛礙，無掛礙故，無有恐怖，遠離顛倒夢想，究竟涅槃。三世諸佛，依般若波羅蜜多故，得阿耨多羅三藐三菩提。故知般若波羅蜜多，是大神咒，是大明咒，是無上咒，是無等等咒，能除一切苦，真實不虛，故說般若波羅蜜多咒，即說咒曰：揭諦，揭諦，波羅揭諦，波羅僧揭諦，菩提薩婆訶。

玄奘二十一歲（西元六二〇年）時在成都空慧寺受具足戒。受具足戒是僧尼出家的最後階段，是最難過的一關。佛教用以約束僧尼的律條甚多，有無數苛細的清規戒律，常說的就有所謂比丘二百五十戒，比丘尼三百四十八戒等。受具足戒的早晚和是否順利，在當時僧眾的心目中有著重要的意義。僧尼受戒後，經國家有關機關檢驗後發給衣缽，並發給度牒，造帳入冊，始獲得免徭役的特權。

受具足戒後即可坐夏學習律法。坐夏學律是印度佛教徒遵從釋迦牟尼

的遺法，每年在雨期三個月間，禪定靜坐，謂「夏坐」或「雨安居」、「坐臘」，中國（包括日本）的僧尼則於農曆四月十六日入安居，七月十五日解安居。

剛受具足戒的玄奘正好遇到坐夏，這時的玄奘學習更加刻苦，他飽覽經論，過目不忘，沒有多久，成都各大寺院所藏經論都被他鑽研了一遍。玄奘是個對知識從不滿足的人，這時，他的目光已由成都開始向外擴展。

玄奘在成都的幾年中，唐王朝先後削平了竇建德、王世充、李子通等割據勢力，又先後破梁師都、劉黑闥、徐圓朗等勢力，李唐政權已基本穩定。此時也可以騰出手來致力於教化之事。於是在京師長安修建了會昌、勝業、慈悲、證果尼等大寺院，而且都很壯美。朝廷又建十大德之制，各地名僧紛紛應召而來。

消息傳到成都，玄奘很想赴京深造，他把想回到長安去的願望跟哥哥提出時，遭到哥哥的反對。

之後又有人對他說那位對《成實論》頗有造詣的道深法師在趙地（今河北趙縣）設壇講學，他心中也十分嚮往。有一天，他把想去趙州學習《成實論》的想法再次向哥哥提起，哥哥卻以路途遙遠、戰事未寧，不忍別離為由，堅決反對。玄奘清楚，他們二人現在已經在成都的佛教界有了很高的威望，這裡的生活與其他地方相比，要富庶和安逸得多，哥哥怕是留戀這些才不願進取的。

他多次勸說哥哥一起雲遊求學，遺憾的是，長捷說：「你要學的東西這裡都有，經、律、論，什麼都不缺；佛、法、僧，一樣都不少，有高僧大德以資請教，何必四處漂泊呢？不如在這裡潛心研讀，也定能成正果。」

玄奘無奈，聞聽此言後自此再也不提遊學之事，但他暗下決心去實現自己的計畫和理想。

　　西元六二二年初春的一個早晨，玄奘悄悄留卜一封信，然後背起行囊，靜靜地離開了空慧寺，走向江邊的碼頭。那裡有幾位荊州客商正焦急地等著他。他們都曾在空慧寺聽過玄奘講法，也是這廟中的施主，他們對玄奘極其敬佩。他們早已把玄奘的名聲傳揚到長江下游兩岸，他們也多次給玄奘講述長江下游一帶的見聞。玄奘曾將自己想浮江而下，遊歷荊楚，北上趙地的打算向他們訴說，並得到了他們的熱烈回應。這日，他們要把一批貨物販往荊州，玄奘正好可以搭船而行。

　　他們浮江而下，渡過了驚心動魄的七百里三峽，不幾日便到達了荊州。玄奘當時沒有多想，他哪裡知道，他和兄長這一別，從此再也沒有機會見面。

　　荊州就是今天的江陵，從晉代開始，這裡的重佛的風氣就非常濃厚，東晉的法顯、覺賢在此譯經，之後南齊的劉虯於此著《善不受報頓悟成佛義》。還有智遠、慧嵩等高僧在此講經說法，是三論學派僧侶薈萃之地。代智又在此地玉泉寺先後講解《法華玄義》、《摩訶止觀》，它還是天臺宗圓熟教義的所在。玄奘早就有意來此地，今日恰好經過，於是便棄舟登岸，到荊州第一大剎天皇寺掛單。

　　僧人除了在坐夏期間外，其他的時間可以向寺中方丈請示去雲遊。雲遊的過程中一般不允許住在平民家中，要求住在寺院中，也可住在尼姑庵中，但在庵中過夜是不能睡臥的，只能在大殿上打坐到天亮。雲遊過程中住宿在哪個寺，就稱為掛單。

　　早已在荊州聞名的玄奘法師來天皇寺掛單，僧俗眾人無不歡欣。應僧

俗所請，自夏至冬，玄奘在天皇寺開講《攝論》、《毗曇》各三遍，譽騰荊州。當時的荊州暫由漢陽王李瓌都督，政務清靜。他聽說玄奘法師講經天皇寺，敬佩萬分，親自來聽講，每次開講前都帶頭上香，之後還多次施捨，贊助無數。他還親率群僚及僧俗有德之士，與玄奘辯詰酬對，眾人無不辭窮意服，漢陽王稱嘆無限，敬佩萬分，向玄奘施捨巨財，而玄奘則一無所取，全部捐給天皇寺。

　　荊州的輝煌，並沒有給玄奘帶來過多好心情，當冬季來臨時，他懷著憂慮重重的心情，又出發了。名噪一時的玄奘，到底有什麼可憂慮的呢？

第四回
趙州橋師徒痛別 大覺寺萌意西行

　　玄奘自從荊州出來，心情一直很沉重，這不禁令人疑惑。作為一個年青的僧人，他的成就可以說是無以復加了，在他之前、之後，沒有人在他這個年齡上如此輝煌，無論走到哪裡，都是一片喝采，僧俗兩道中不乏崇拜者。那他還有什麼可憂慮的呢？

　　此時，玄奘所思慮的是兩件事：

　　一是佛教本身的宗派問題。到唐初的時候，佛教在中國已經有了許多的宗派，其中比較大的就有三論宗、華嚴宗、淨土宗、天臺宗、律宗、禪宗等，每一宗下還有許多的小派，如果把他們列成表系的話，可以說是非常壯觀的。宗派多了按理說是好事，可內訌頻仍，這無疑消耗了自己的能量，也使廣大的俗眾無所適從。

　　二是李唐政權對佛教的態度。李淵父子自稱是道教祖師李耳的後裔，李耳就是老子，因為同是李姓，可以為自己的門楣塗上神聖的色彩。這樣，李唐王朝就自然而然地抬高道教地位，道教徒備受尊崇，而佛教徒則屢受裁抑。當時李淵在位時，曾在一些人的煽動下頒詔質問僧尼：

　　「棄父母鬚髮，去君臣之章服，利在何門之中，益在何情之外？」

　　意思是說，父母給的鬚髮你都不要了，君臣間相見時應該穿的衣服你都沒有，這樣合情合理嗎？

之後，他就下令減省諸州寺塔、淘汰寺僧。因為當時政權不穩，再加上許多僧人的激烈反對，這一措施未得到有力的執行。

後來有一個叫傅奕的大臣，給李淵上疏，其中講了許多佛教對國家的危害，還提出了具體的限佛措施。

雖說李淵當時沒有採取傅奕的建議，但從中可以看出李唐王朝初期對佛教的態度是不友好的。

玄奘深深感到一種危機，他在荊州時得到的消息比在蜀中要多，屢次聽人講起這些事，不能不讓他憂心忡忡。一是佛教內的宗派紛爭，對教義解釋的雜亂，一是道教的步步相逼和統治者的曖昧態度，一個內憂，一個外患，當時已經將普渡眾生為己任的玄奘，不能不為之煩惱。

玄奘自荊州繼續沿江東下，按計畫遊歷揚州、吳會等地。揚州也是當時佛教中心之一，吳會為南朝涅槃、三論與成實學派的重要地區。玄奘在蜀中所學大都是瑜伽學派的內容，對於其他的學派，他不但不排斥，反而很有興趣。

在蘇州，有一位六十歲高齡的智琰法師，玄奘專程去拜訪了他。智琰字明璨，是隋代佛教成實派的代表人物。他對《涅槃》、《法華》、《維摩》等經典的研究非常深厚。當時智琰是東寺的住持。

玄奘來到東寺掛單，了解到智琰每月都要集會一日，建齋講觀，聽講的信徒有五百多人。玄奘和智琰一見如故，一起研學佛典，討論佛理，相處甚是融洽，沒幾天，智琰對這位少年僧人的學問有了深刻印象。他積極地召集了一批能「解窮三藏」的名僧一起與玄奘討論佛學，似乎想試試這位少年才俊到底有多大的本事。玄奘對此毫無異議，更無懼色，眾人執經辯難，玄奘從容應對，還不時妙語連珠，引得眾人嘖嘖稱讚。智琰在一旁

故作鎮靜，卻是汗不能禁。他發現玄奘確是學問廣博，妙辯無極。未等眾人辯完走散，他便獨自一人回到禪房。悶坐片刻，深感自己難以企及，又想到自己偌大的年紀，怕是一生也難達如此境界了，於是潸然淚下，悲嘆自己是「桑榆末光」，而玄奘是「太陽初運暉」，一種老之將至，有心無力的感慨油然而生。從此以後，他對玄奘是「執禮甚恭」。而玄奘對智琰也極尊敬，兩人終成忘年之交。

玄奘在智琰處研習佛法幾個月，之後他北上相州，相州在今天的河南安陽一帶，當時這裡的佛事很興盛。相州有個著名的法藏寺，它是隋朝僧人信行創立的三階教的大本營。信行是相州人，十七歲在法藏寺出家，博覽經論，受具足戒後，開始創立自己獨具特色的三階教理論體系，他認為佛滅後第一個五百年是「正法」時期，第二個五百年是「像法」時期，而現世是「末法」時期。在末法時期，眾生所住都是「穢土」，因居穢土，所以眾生「根性低劣」，因為根性低劣，修行的方法自然也就不能和「正法」、「像法」時期的眾生所用方法一樣，這時的「法」也不能再分大小，人也不能再分「聖」和「凡」，要普敬一切法，普敬一切人。

三階教給人印象最深的不是它的教義，而是他們修行的方式。玄奘到法藏寺後，所見所聞令他瞠目結舌。

只見寺中僧人，全都從事苦役苦行。他們每天只吃一餐，還不在廟中吃飯，而到外面去討飯。修頭陀苦行，這個頭陀行可不好修，就是在路上不管碰到什麼人，不管是男女老幼，都要跪下磕頭。玄奘來時，信行已經圓寂，只見到了信行的弟子靈琛。這個靈琛和尚苦修的功夫不亞於他的師父，只見他面色黝黑，彎腰駝背，渾身上下皮包骨，衣衫襤褸。見玄奘來到，還硬撐著要行頭陀行，被玄奘一把扶住。再看他身後的那些徒弟們，形容枯槁，面容憔悴，骨瘦如柴。玄奘對他們這種苦行做法雖不贊成，但

對他們苦行利他的精神卻頗為同情。

後來玄奘回到長安才知道，這三階教發展卻是很快，他們勸人行十六種「無盡藏」行，也就是勸人布施，凡是加入無盡藏的，每天至少要舍「一分錢或一合粟」。這一理論的提倡，使得三階教的經濟實力大增，在很短的時間內，他們在長安就建立了許多新的寺院。他們對財物的大量占有，引起了統治者的不滿，之後不久，就被封殺了。

玄奘到相州來，還有一件重要的事，就是師從慧休法師學習《雜心論》。《雜心論》又稱《雜阿毗曇心論》。慧休法師是遍讀諸經的佛學大師。他的住寺在相州南街的慈潤寺。玄奘在這裡學習了幾個月，對小乘毗曇學進行了深入研究，這對他後來開創法相宗是十分有益的。

說到這裡，我們得提一提大乘和小乘的問題了。這大乘和小乘，和玄奘所學佛法關係重大，玄奘所學基本上都是大乘佛教內容，但他對小乘佛教內容也很精通，後來到印度後，在辯經問難中，大小乘都精通的玄奘取得了得天獨厚的優勢。

在吳承恩的《西遊記》中，也提到過大乘和小乘兩個教派的問題。在描寫唐太宗舉辦「水陸大會」超渡眾鬼時，各地高僧和京師官民雲集長安化生寺，聽壇主唐僧講演諸品妙經。這時化為癩和尚的南海觀世音菩薩近前來，拍著寶臺厲聲高叫道：「那和尚，你只會談『小乘教法』，可會談『大乘教法』？」玄奘聞言，心中大喜，翻身跳下臺來，對菩薩起手道：「老師父，弟子失瞻，多罪。見前的蓋眾僧人，都講的是『小乘教法』，卻不知『大乘教法』如何。」菩薩道：「你這小乘教法，度不得亡者超升，只可渾俗和光而已；我有大乘佛法三藏，能超亡者升天，能度難人脫苦，能修無量壽身，能作無來無去。」正因為這「大乘佛法」，才引出了唐僧的西天

取經。

　　而事實上，玄奘當時最精通的應該是大乘佛教的內容。菩薩所謂小乘佛教「度不得己者超升」，大乘佛教「能超亡者升天，能度難人脫苦」等說法，基本上反映了小乘佛教和大乘佛教兩大派系的不同特徵。佛教所謂「乘」，意為乘載物，如車、船等運載工具，也引申為運載或道路。按大乘佛教說法，「小乘」佛教的車子載重量小，路窄，只能運載少數人超脫苦海到達涅槃彼岸，所以叫「小乘」；「大乘」佛教的車子載重量大，路寬，能載無量眾生，從苦海的此岸到達解脫的彼岸，所以叫「大乘」。佛門的「普渡眾生」、「人人皆可成佛」等觀點就是出自大乘佛教。

　　從西元一世紀起，大乘佛教在印度本土興起。原因是日益增多的佛教徒不願受上座部（即小乘佛教）的嚴格戒律約束，而上座部也不允許外道思想污染佛陀教義，這樣，多數僧眾就流向大眾部（即大乘佛教）。大眾部戒律相對寬鬆，也易容納新奇思想和外道異說，於是大乘佛教趁機興起。一部部大乘經典相繼出世，如《般若經》、《法華經》、《華嚴經》、《無量壽經》等都是很重要的大乘經；同時也湧現了一些大乘法師，如龍樹、無著、世親等。龍樹及其弟子提婆開創了大乘佛教的中觀學派，無著、世親兄弟則開創了大乘佛教的瑜伽行派。瑜伽行派又稱唯識學派，玄奘從印度取經回國後，大量翻譯的就是此派的著作，並據其學說創立法相宗。

　　玄奘在相州跟從慧休學完《雜心論》後，又北上到了趙州。掛單在趙州的觀音院（今柏林禪寺），拜道深法師為師，研習《成實論》。《成實論》大概成書於西元二世紀中葉，是印度佛教小乘中最後的經典之一，也是從小乘過渡到大乘空宗的一部重要著作。《成實論》包括了佛教許多基本哲學範疇，是佛教徒初學的佛教手冊。此論經鳩摩羅什譯成中文後，在南朝齊、梁、陳間，逐漸形成成實學派，至隋時，由於天臺宗（天臺智者大師

智立，又稱法華學）興起，成實學派漸入衰落。而道深是隋唐之際成實學派的大師。

玄奘隨道深共學習了十個月，這十個月中，他足不出寺，白天向道深討教，晚上就挑燈讀書。十個月下來，便對《成實論》完全理解了。

一日，早課完畢，道深法師將玄奘叫到自己的禪房，坐下許久沒有說話，玄奘看出來，老人家似乎有什麼要說，又不好啟齒。

「師父，您有什麼訓示請儘管道來。」玄奘先開了口。

「玄奘法師，千萬不能這樣講，你歲數雖幼，但學識並不在我之下，我今有一事相求，萬望法師不要推辭。」

「師父有話儘管道來，玄奘盡力而為就是。」

「你來我寺中已近一載，這裡的情形你早已知曉，我年近老朽，可這寺中僧眾，竟無一人能承我衣缽。徒兒不少，可是能如法師這樣精進者，未見一人。我擔心，這偌大觀音院，怕是於我圓寂後香火漸歇。我意欲求法師屈尊住持此寺，萬望不要推辭。」

聽了這話，玄奘心中無比激動，一來是他感激道深法師的一片真情，二來是自己已學通諸法，另有打算，怎麼會把腳步停留在這樣一個小小的寺院呢？

思量片刻，他把自己還想到別處遊學，並將佛法光大的想法如實告訴了道深，道深聽後，嘆了口氣，對玄奘道：「其實我早知你意，只是我不甘心而已。」

秋風吹拂著北方的田野，趙州橋頭的晨光中，玄奘和智深法師，一老一少，執手而別，別離時智深法師老淚縱橫，玄奘也淚溼袈裟。

之後，玄奘直奔長安而來。

在長安眾寺當中，有座大覺寺，寺內住持道岳法師遠近聞名。他精通《俱舍論》。《俱舍論》為《阿毗達磨俱舍論》的簡稱。它是世親根據《大毗婆沙論》，參以小乘經量部的教義，對於小乘有宗的《婆沙》教義有所修訂而作。「俱舍」義為包藏，是說它包藏了阿毗達磨的根本要義。它是一部總結小乘各種學說向大乘有宗過渡的重要論著，詳盡地描述了佛家的時空觀念等重要思想。真諦把它譯成中文二十二卷。道岳本人著有《俱舍論疏》二十二卷，成為唐初研究俱舍論的大家。

玄奘到長安後，就到大覺寺掛單。他拜道岳為師，學習《俱舍論》，別人三遍五遍都學不懂，他一遍就能領會要旨，經他看過的經論，他均能爛熟於心。長安還有法常、僧辯兩位大德，他們「解究二乘，行窮三學」，被譽為「上京法匠」，徒侶眾多，中外聞名。玄奘又分別向他們學《攝大成論》和《俱舍論》，深得其精髓。法常和僧辯極為嘆賞，他們對玄奘說：「你可稱得上是我佛門千里駒了，佛學的振興看來要由你去完成了。」玄奘還向大德玄會學習《涅槃經》，僅一遍，就深得其旨。玄會對他說：「人們讚譽你是佛門千里駒，此言不虛。你可要努力呀！不要辜負了大家對你的期望。」

玄奘所學，雖然囊括《涅槃》、《成實論》、《攝論》、《俱舍論》等諸多佛學經典，但他更加感興趣的卻是《攝論》和瑜伽行學派的思想。玄奘以前，翻譯這一典籍的，主要是南北朝時期的真諦。然而，真諦的翻譯，不僅數量少，而且品質差，幾部經讀畢，玄奘感到其中許多地方的翻譯很不合適。

這時有一個天竺的僧人來到長安，名叫波頗。來到長安後，玄奘幾次去向他請教，釋疑解難之餘，波頗還向玄奘介紹自己曾經就學過的那爛陀寺，對於這個寺，玄奘極感興趣。

因該寺院南面花園中有一池，傳說池中有神龍那爛陀而得名。如來生前宣揚菩薩道時，國王為其建此寺院，由於鰥寡孤獨者常常從這裡獲得施捨，所以人們又稱其為施無厭寺。最初，由五百商人用十億金錢買下附近的庵摩羅園，施捨給佛祖如來在此說法三個月，多數商人最終都得到正果。如來涅槃後，當地國王鑠迦羅阿逸多敬戀佛祖，在這裡建造伽藍（寺廟）。其後，三世國王恒他揭多、四世國王婆羅阿迭多、五世國王伐闍羅以及中印度王六帝相承，各加營造，使之成為全印度規模最大的佛教寺院，僧徒主客常有萬人，同時兼學大乘十八部以及《吠陀》、因明、聲明、醫方、術數。全寺能解經、論二十部者千餘人、三十部者五百餘人、五十部者九人。那爛陀寺持戒嚴謹，建寺七百餘載「未有一人譏過者。國王欽重，舍百餘邑充其供養，邑二百戶，日進稅米、酥乳數百石。」目前住持戒賢法師精通三藏，三十歲時即代表護法大師破除異道，當時的國王專門建造寺廟酬謝他。接替護法大師主持那爛陀寺以來，佛法上兼收並蓄，提倡博採眾長，不主張專講一宗一派。寺內每日開講筵百餘所，「學徒修習，無棄寸陰。德眾所居，自然嚴肅。」波頗所講的這一切，無不令玄奘心馳神往，他發下宏願：今生今世，一定要去朝聖那爛陀！

於是，玄奘開始了他西遊的準備工作，正當他全身心地籌劃時，一紙詔書來到他面前，面對朝廷的詔書，他呆呆地發愣，到底這詔書上寫的是什麼呢？

第五回
領詔辭就莊嚴寺 占籤偷渡玉門關

　　玄奘正在積極準備西行的物品，這時突然來了一道詔書，原來是長安城中的一個大寺——莊嚴寺的住持圓寂了，當朝的宋國公蕭瑀和一批大臣上書，推舉玄奘到莊嚴寺做住持。玄奘聽完詔書非常驚訝，這時的他一心想的是西去天竺取經，根本沒有當什麼住持的心理準備。他謝了恩，回到自己的禪房。

　　當晚，玄奘寫了一份表章，婉言謝絕了朝廷的美意，第二天就呈給相關的部門。

　　這時玄奘已經為自己西行做了近半年的準備，他知道西行的艱難，所以在身體上下了很大的功夫。冬天，他三更起身，只穿一件袈裟便到城外繞城而行，直到天色放亮才回寺中做功課；夏天，他穿著和冬天同樣的裝束，在烈日下疾行，而且常常是一天，甚至兩天，水米不進；無論冬夏，他都用冷水洗澡，以此來磨練自己的意志。

　　許多人知道玄奘的志向，在他周圍有一批人，也和玄奘有著相同的願望，想到天竺去取真經。這些人經常聚在一起，交流各自得到的有關天竺的消息，探討西去的相關事情。

　　當時官府有規定：「凡出關者，先經本部本司請過所，在京則省給之，在外則州給之；雖非所部，有來文者所在給之。」這裡所說的「過所」，就相當於今天的「護照」，就是說，唐代人們的旅行，事先必須向官府申

請，未經政府批准私自出關，將會受到嚴重的處罰。

於是，玄奘一干人於貞觀元年，即西元六二七年，向朝廷正式提出赴印度的申請。可是他們申請的時機不好，當時的長安西部不遠，尤其是隴西一帶，經常受到吐谷渾和突厥的侵擾，朝廷正在考慮對西域的幾個國家用兵，這時肯定不會批准他們的申請。果然，屢次申請，得到的都是斷然的否絕，這樣一來，「諸人咸退，唯法師不屈。」大家都打了退堂鼓，只有玄奘仍默默地準備著。

當時的長安是個國際大都市，來自日本、韓國、天竺等國的商人僧侶隨處可見，這對玄奘是個很好的機會。他找到許多印度商人和僧侶，向他們學習語言，這時他已經下定了偷越國境西行的決心。

一天，莊嚴寺的一位老僧人來找玄奘，把一本書遞到他手裡，一句話也沒說就走了。玄奘很驚奇，這老人他也認識，平時老人說話很少，玄奘也沒有多想，等他翻開書一看，極為歡喜，一路跑著回到自己的禪房，翻開書如飢似渴地讀起來。這是一本什麼書讓玄奘如此著迷呢？原來這是前輩法顯所寫的《佛國記》，這本書他早就聽說，今天一見，能不高興嗎？

讀著《佛國記》，他想起當年景法師給他講過的法顯的故事。

法顯是東晉時人，十幾歲就做了沙彌，二十歲受了具足戒後，在長安城的寺院中修行了幾十年，在他六十歲的時候，一個偉大的計畫開始實施，他決意要西行求經。

法顯西行的原因很簡單，因為當時佛教傳入中國不久，許多經卷和律藏不全，人們時常會違背戒行，但找不出合適的律條來約束他們。於是，法顯就萌生了西行的想法。法顯與一個名叫道整的人十分投契，有時候，當談到漢地律藏不全的問題，二人感受幾乎相同，又談到希望有一天能西

去天竺取回真經的願望時，二人更是一拍即合。

　　在法顯西行前，有人告訴他說，西去的路途漫長而艱辛，不但有號稱殺人魔窟的大沙漠，更有連鳥也難以飛過的雪山，你一個六十歲的老人，又何談西行求法？聽了這話，法顯不為所動，而是加速了西行的準備。他和道整等一行五人，自長安出發，開始了漫長的西行征程。不久，他們到達甘肅的張掖市，與另外五名西行的僧人會合，於是，十人結伴而行，繼續西天之旅。

　　西行之路，步步艱難，等最終到達印度時，就只剩下法顯和道整二人了，其他的人都在路途中遇險身亡。當他們踏上這片神聖土地的時候，所見所聞讓他們大吃一驚，原來這裡的僧人千百年來一直是口口相傳，並無佛經可寫，為了把這些存留在印度僧人腹中的律藏帶回國內，法顯不得不在摩訶衍僧寺暫時居住，一邊學習天竺語，一邊與這裡的僧人進行密切的接觸。十五年的時間很快過去了，異地的生活並沒有改變法顯當年西行的初衷，帶著抄寫好的《摩訶僧祇眾律》以及《十誦律》等經卷，法顯開始做著回國的準備。他去找道整，道整卻說：「我若再回中國，只怕會像來時的其他八人一樣，把屍體留在大沙漠或雪山了！」

　　道整的話也提醒了法顯，他思索再三，選擇了另一條回國的路途。

　　一年的秋天，法顯在獅子國搭乘一條商船泛海東行，開始了他歸國的征途。海上的航行的確別有一番風味，七十五歲的法顯陶醉在綺麗的海上風光中。然而，天有不測風雲，一天商船突遇風浪，眼看就要顛覆，偏偏商船上有一位排佛的外道，外道說，要想商船不沉沒，必須要把這個比丘扔到海裡去。商人們聽信了這個外道的煽動，一些人一哄而上，就要將法顯扔進大海。這些人的行為遭到另一位商人的反對，這位商人在國內時曾

做過僧人的施主，施主用身體護住了法顯，一邊大聲地說，大家都不要聽信那人的妖言，法師為人天師範，和這場風浪沒有一點關係。如果大家一定要把這位法師扔進海裡，就請先把我殺了吧。法顯對天默禱說，如果我帶回去的是真正的大乘佛法，就請讓這場災難盡快過去吧。說也奇怪，過了一會兒，風浪果然漸漸地止了，於是商船繼續向東航行。

在海上航行了九十多天，商船終於到達一個海岸，一踏上岸上的土地，當看到岸上的岩石上刻著「青山無恙」的漢字時，法顯知道，已經是踏上青州（今山東青島）的土地了。法顯再也抑制不住自己，他撲到那塊岩石上，頓時老淚縱橫。想想十五年前他和道整等人從長安開始西行，途中五人而成十人，後來十人而成二人，現在就只剩下他一人回到國內，而此時他已是一個七十五歲的老人了。所幸的是，他所帶回來的四十多卷律藏完好無缺。

法顯所譯的佛經，玄奘是很熟悉的，這本《佛國記》提醒了他，西行的道路是曲折艱險的。同時，法顯的壯舉也激勵著他，他暗下決心，法顯一個六十歲的老人都能西行取經，自己這麼年青，有什麼理由不去呢？

在長安城中，有一個術士，叫何弘達，這人斷事很靈驗，人們都很信服他。玄奘找到何弘達，把自己的心事說了，問何弘達自己此行是否能如願取得真經。何弘達肯定地對他說：「法師此行一定能夠成功。你好像是乘一匹又老又瘦的棗紅馬，馬鞍雕漆帶鐵……」聽了何弘達一席話，玄奘更堅定了西去的決心。

八月裡的一天，聽說一個名叫孝達的僧人入京學《涅槃經》，正準備返回秦州去。玄奘打算與其同行。就在出發前一天的晚上，玄奘做了一個夢。他夢見大海中小須彌山，山上到處是寶物，極其美麗。他想登上山

峰，只見眼前波濤洶湧，和須彌山之間隔著如沸騰般的大海。他似乎是站在波濤之上，然而卻沒有船筏，他毫不畏懼，堅定地向山腳邁步。當他的雙腳剛踩著海水的時候，一朵碩大的白蓮花忽地從水中湧出，正好托住他的雙足！他的另一隻腳又邁步向前，腳一落，就又有蓮花相托，他加快腳步，也還是步步蓮花。回頭再看，腳抬起的地方，蓮花便不見了。步步生蓮花，蓮花托雙足。他仰視山峰，陡峻難攀。他縱身騰躍，忽有旋風颯至，輕輕托著他升到山頂。往四面一望，平坦如鏡，海天茫茫。

唐貞觀元年（西元六二七年）秋，長安一帶、關東、河南、隴右等沿邊諸州，受到霜災和雹災的襲擊，莊稼絕收，關中一帶的飢民，甚至有賣兒賣女的情況發生。朝廷無力救災，就發出榜文，讓百姓「隨豐就食」，所謂隨豐就食，就是說哪裡有糧食就往哪裡去，於是路途上逃荒的人群絡繹不絕。玄奘出發的這一天，正是人多的時候，這對玄奘來說是個大好的機會，他收拾好行囊，混在災民的隊伍裡，出長安城，向西而去。

玄奘和同行的孝達一直來到秦州，秦州是孝達的目的地。當玄奘向孝達問起西行的路徑時，孝達也一無所知。在孝達所在的寺院中住了一宿後，玄奘便隨一隊商人向蘭州出發。

走過蘭州，到九月初時，玄奘來到了涼州。涼州是河西的大都市，為唐朝西陲的國防重鎮。從這裡出發經張掖、酒泉等地直通西域，為中西交通的咽喉要道，各國商侶往來，涼州是必經之處。當時鎮守涼州的，是新到任的都督李大亮。

玄奘抵達這裡，停留了一個多月。他為什麼要在這裡待這麼長的時間呢？在這裡他有幾件事要做。一是要打探西去的路徑，如果路途不熟，肯定到不了天竺。二是他到涼州後，這裡的僧俗聽說玄奘到來，非常興

奮和熱情，他們邀玄奘在這裡講學，於是玄奘便在這裡開講《涅槃》、《攝論》、《般若》等經論。他在這裡講經除了當地的僧俗熱情外，還有自己的目的，這裡有許多西域人，他們也都會來聽玄奘講經，聽完後，無不欽佩他年少才高。玄奘欲前往印度求法的志願肯定會由這些商人四處傳揚，他們回國後，也會向本國國王報告，這樣玄奘的路途上就會多幾分順利，少幾分麻煩。果然，在他講完了一個月的經後，玄奘西行求法的消息，不久就在西域諸國不脛而走，到處哄傳了。這些西域的國王與國民，無不歡欣鼓舞，引頸東望，他們都在盼望著玄奘的到來。

有一件事是玄奘沒有料到的，那就是李大亮。這李大亮剛到涼州不久，玄奘講經，並欲西行的消息傳到他的耳朵裡，李大亮很是敏感，於是令人將玄奘找來。

李大亮見了玄奘，單刀直入：「聽說法師要西去，可有過所？」

玄奘一怔，還沒有等他答話，李大亮又說了：「如果沒有過所，是不能西去的，西邊在打仗，現在西去是違反朝廷法令的，法師切記！你回去吧。」

就這樣，沒有容玄奘說一句話，就被送了出來。回去的路上，玄奘想，這可怎麼辦，已經被人盯上了，怕是難以脫身了。

當天晚上，玄奘正在打坐，突然一個小沙彌來找他，說有人想見他，出去一看，是兩個小沙彌，一問才知道，他們都是這裡慧威法師的弟子，一個叫慧琳，一個叫道整。

慧琳說：「我師父慕法師的大名，知師父西行受阻，今特讓我們二人幫助師父西行。我師父本想親自前來，又恐有不便，便讓我們直接來見。」

玄奘聽後十分高興，立即帶好隨身的行裝，在慧琳、道整的幫助下偷偷混出涼州。一路上，為了不被別人發現，他們白天躲在樹林或草叢中，天黑之後才開始行路，就這樣走了七天時間，他們來到了另一個邊境的城鎮——瓜州。

　　瓜州刺史叫獨孤達，聽說玄奘到來的消息，他非常高興，把玄奘請到衙中，對他照顧得十分周到。玄奘到了瓜州後沒有馬上西行，一來是他的馬死了，他要再買一匹，二是他要打聽西去的路途。經多方打探，玄奘了解到：往瓜州北行五十餘里，有一條瓠𬬻河，此河不寬，可是水深湍急，而且也沒有橋梁，上游的玉門關為西出必經之地。玉門關外置有五座烽火臺，稱為五烽，五烽間各相距百里，均有士兵把守，沿途全是沙磧，絕少水草。只有五烽有水源，過了第五座烽火臺外，再越過莫賀延磧，就到了伊吾國。

　　聽了這種情況，玄奘不禁有些氣餒。他在瓜州耽誤了一個多月，一直在尋找著繼續西行的辦法。

　　玄奘不知道，在他離開涼州之後不久，李大亮又問起了玄奘的事，仔細一查才知道，玄奘並沒有回京城，而是向西去了，於是李大亮馬上派人飛馬到瓜州來。

　　一天，一個叫李昌的州吏派人來請玄奘。玄奘隨人來到州府，李昌屏去左右，遞過一份蓋有涼州府朱紅大印的訪牒，所謂訪牒，就是現在所講的「通緝令」，上面赫然寫著幾行字：「有個法號玄奘的僧人，想入西域。望沿邊州縣認真檢查出境人員，一經發現，立即捉拿遣歸。」看完後，李昌問：「法師是不是訪牒上所說的玄奘？」

　　平生未說過謊的玄奘，一時不知如何開口，說謊吧，那就犯了戒，不

說謊，那就只能等被送回京城了，一番辛苦就白費了。

只聽李昌輕聲說：「法師請說實話。我也崇信佛教，即便你就是這高僧，我也會為你想辦法的。」玄奘聽李昌這麼說，才一五一十地講出自己的來歷及打算。

李昌聽完之後，一邊說「難得難得」，一邊當著玄奘的面將訪牒扯成碎片，低聲對玄奘說：「法師趕快設法離開此地。」

走出州府，玄奘的心情更加沉重：從涼州送自己來的道整，到瓜州後沒幾天，便告辭前往敦煌去了，慧琳年齡小，玄奘看他也不是能長途跋涉的人，幾天前就已經讓他回涼州去了。雖然已經買到一匹馬，但仍苦於無人引路。玄奘懷著重重心事回到掛單之寺，來到彌勒像前祈請，祈求菩薩引導自己度過目前的難關。

翌日晨，寺僧達磨急急來報信：「玄奘法師，恭喜恭喜！」「貧僧何喜之有？」玄奘問。「昨晚我做了一個夢，夢見法師乘一蓮花向西而去，這還不是喜嗎？」

玄奘心中暗暗高興：此乃繼續西行的徵兆啊！嘴上卻平靜地說：「夢境多是虛幻的東西，不足為信、不足為信。」

玄奘對於達磨的夢寧願有幾分相信，他就又到道場向彌勒佛禮請。不一會兒，一個又高又大的胡人前來禮佛，他看到玄奘在那裡行禮，也照著樣子跟著做。交談之下，玄奘得知他姓石名槃陀。石槃陀態度虔誠地表示願意受戒，玄奘為他授了五戒，叮囑他不要殺生、不要偷盜、不要邪淫、不要妄語、不要飲酒食肉，從此便是佛門弟子。石槃陀受了戒感到非常高興，說了一會話，便告辭而去，不一會兒，就送了些果餅前來。玄奘看他的身體很強壯，態度又很恭敬，就說出了自己的心事。他爽快地表示願意

護送玄奘過五烽。玄奘大喜，和他約定日期，一同啟程。

第二天，石槃陀來找玄奘，說自己找到了一個人，可以幫法師西行，想約個時間見面，玄奘說：「那當然是越早越好了。」

當天太陽落山時分，玄奘如約來到城外的地點，不一會兒，石槃陀和一位騎著瘦馬的年長胡人也來了。玄奘見狀心裡不免有些失望。石槃陀向玄奘介紹：「此翁曾經往返瓜州至伊吾三十餘次，對西行路線十分熟悉，今天請他來幫助出出主意。」

老翁介紹了西行途中的沙河、熱風及種種險阻之後，說：「很多僧侶結伴而行，還幾次迷失方向，法師隻身匹馬，怎能成行？請三思而後行，勿以性命開玩笑。」

玄奘回答：「貧僧為求佛法，曾發願朝聖西方，不到婆羅門誓不東還，縱然死在求法途中亦無悔恨。」

老翁見玄奘態度堅決，就說：「法師一定要去，可以乘坐我的馬，別看此馬老而瘦，它已經往返伊吾十五次了，體健而識途。您買的馬貌似健壯，卻經不起遠行。」

聞聽此言，玄奘多少有些不快，明明自己的馬健壯，而那人的馬又老又瘦，怎麼能說是體健呢。想到這裡，他就猶豫起來。忽然，他想起在長安臨出發前，那個術士何弘達說過的話：「……一匹又老又瘦的棗紅馬，馬鞍雕漆帶鐵……」他一看，這匹馬果然馬鞍雕漆帶鐵，而且是匹棗紅馬，於是馬上和這個老胡人換了馬。

換馬之後禮敬而別。玄奘與石槃陀裝束妥當，連夜出發。約莫三更時分，來到瓠䚉河畔，夜幕中的玉門關遙遙在望。為防止被人發覺，他們繞道來到玉門關上游十多里的地方，這裡河道狹窄，還長著一片梧桐樹，石

槃陀抽出佩刀斬木為橋，然後驅馬而過。過河之後，玄奘滿心歡喜，遂決定就地露宿。

　　法師與石槃陀的鋪位相距五十餘步。躺下不久，玄奘聽見石槃陀那邊有響動，轉過身子望去，只見石槃陀拔刀而起，慢慢向自己走來，到離自己約十步遠的地方停了下來，猶豫片刻又走回去。玄奘大驚，睡意頓失，乾脆坐起來開始誦經。石槃陀見狀，遂躺到自己鋪位上睡覺去了。

　　天亮時，法師喚醒石槃陀，讓他到河裡取水來盥漱，簡單用齋後準備出發。石槃陀說：「弟子感到前途艱險，所過之處無水無草，唯五烽之下有水，必須夜間偷水而過，只要一處被發現，就會喪命，不如退回瓜州，方為安全。」玄奘表示絕不後退。石槃陀即一邊應付似地往西行，一邊張弓搭箭，要玄奘走到前面去，玄奘不肯。就這樣磨磨蹭蹭走了幾里地，石槃陀終於停下來對玄奘說：「弟子實在不能往西去了，一來我家中有老小需要養活，二來此行是冒犯王法，有滅族之罪，我心已懼，不能再西行了。」玄奘知道其退意已定，也就同意他返回瓜州。石槃陀說：「法師您必然到達不了目的地，如果中途被官府捉住，供出小人來怎麼辦？」玄奘指天發誓：「貧僧即使不幸被捕，縱然千刀萬剮，將我渾身剁成肉泥，也絕不牽連任何人！」石槃陀這才打消顧慮，與玄奘揖別而去。

　　玄奘孤身一人，向西行去，天黑的時候，來到了第一烽，他悄悄下馬，偷偷地來到烽下取水，就在這時，一隻冷箭迎面射來，不知玄奘性命如何？

第六回
闖五烽吉人相助 過大磧瘦馬顯靈

　　且說玄奘別了石槃坨，繼續向茫茫戈壁出發。在後來他的徒弟慧立等人所寫的《大慈恩寺三藏法師傳》（後文均稱為《慈恩傳》）中，有這樣的描述：

> 「自是孑然孤遊沙漠矣。唯望骨聚馬糞等漸進。頃間忽有軍眾數百隊滿沙磧間，乍行乍止，皆裘褐駝馬之像，及旌旗槊纛之形；易貌移質倏忽千變；遙瞻極著，漸近而微。法師初睹謂為賊眾，漸近見滅乃知妖鬼。又聞空中聲言，勿怖勿怖，由此稍安。」

　　這段文字，描述了玄奘初入戈壁時的情景，大意是說：他騎著那匹赤色老馬，孑然一身向沙漠深處走去。老馬果然識途，哪裡有馬糞白骨，它就馱著法師往哪裡走。前面似乎傳來一陣響動，玄奘抬起頭，猛然見幾里遠的前方，滾滾黃塵裹挾著千軍萬馬撲面而來，戰馬嘶鳴，旌旗飛舞，隱隱約約可聞可見。正當玄奘驚得不知所措之時，黃塵和馬隊須臾之間又消失得乾乾淨淨，一個聲音在空中響起，而且越來越遠：「不要害怕！不要害怕！」

　　這裡所描寫的戈壁上的「千軍萬馬」，現在看來，應該是「海市蜃樓」，不要說是在那個沒有科學的年代裡，即使是現在，一個有豐富科學知識的人，獨自一人處於此情此景，未免也要嚇出一身冷汗的，也許你知

道那是光線透過不同密度的空氣而產生的光學效應，可整日的孤獨造成的心理壓力，也會令你恐懼不堪，玄奘似乎沒有害怕，至少《慈恩傳》中沒有這麼寫，相反，他還聽到了「勿怖勿怖」的聲音，從這一點就可以看出，他西天取經的願望，是發自靈魂深處的，他會把一切的一切，都變成對自己有利的因素。

約莫走了八十餘里，玄奘看到了第一個烽火臺，為避免被臺上的士兵發現，玄奘找了個隱蔽的地方躲了起來。天黑後，玄奘牽馬向前，來到烽火臺附近。

如果不是因為取水，玄奘完全可以繞過烽火臺。這戈壁上的五烽，就是建在五個水源地旁，每烽之間有上百里，正好是行路人需要取水的所在，所以儘管沒有類似長城這樣的屏障，人們也無法繞過它去。

玄奘趁天色黑暗，牽馬來到烽下的泉邊，先將馬飲好，玄奘剛取出皮囊準備盛水，突然一箭飛來，從身旁飛過，差點射中膝蓋，沒等玄奘作出反應，又一支箭從身體的另一側飛過，看來烽上的人並沒有想射死玄奘，只是嚇唬他一下。玄奘這時心裡很清楚，自己被烽火臺上的士兵發現了，如果回頭跑，就算不被射死，也會渴死在前行的路上。稍加思索，玄奘便大聲呼喊：「我是僧人，從京師來的，請不要射我。」隨即牽著馬向烽火臺走去。

臺上士兵打開門，放玄奘進來，管第一烽的校尉名叫王祥，王祥讓士兵點起火把，認真打量後說：「他確不是我們河西的僧侶，像是從京師來的。」就問玄奘準備到什麼地方去。

玄奘反問道：「校尉沒有聽涼州人說過有個叫玄奘的僧人準備到婆羅門求法去這件事嗎？」

王祥回答：「聽說玄奘法師已經向東返回去了，你是何人？為何到此？」

玄奘從馬鞍上取出為西行求法上給朝廷的章疏及朝廷頒發的度牒給王祥看，王祥這才相信面前的僧人就是玄奘法師。王祥遲疑了一下說：「西方朝聖路途艱難，險阻太多，法師終究是到不了那裡的。你雖有度牒，私自出境也是違法，不過我不想加給你任何罪名，我也是佛門弟子，是敦煌人，這樣吧，現在我將你送到敦煌。那裡有個張皎法師，欽賢尚德，見到您會很高興的，請你一定要去他那裡。」

在當時，各地的佛教信徒很多，誰如果能請到像玄奘這樣的法師來到自己的故鄉，那是一件很榮耀的事，王祥便是這種想法。

聽到王祥這樣的處理辦法，《慈恩傳》記載了玄奘回答的一番話：

「奘桑梓洛陽，少而慕道。兩京知法之匠，吳、蜀一藝之僧，無不負笈從之，窮其所解。對揚談論，亦忝為時宗，欲養己修名，豈劣檀越燉煌耶。然恨佛化，經有不周。義有所闕，故無貪性命，不憚艱危，誓往西方導求遺法。檀越不相勵勉，專勸退還，豈謂同厭塵勞，共樹涅槃之因也。必欲拘留，任即刑罰。奘終不東移一步以負先心。」

這可謂是一段慷慨陳詞，其大意是說：「玄奘家住東都洛陽，從少年時代起就仰慕佛教。洛陽長安的宗匠，東吳西蜀的高僧，我無一不去拜師求教，窮其所解。如果僅僅是為著談說佛法、修名立業，豈有不聽施主勸告去敦煌之理？然而生平所遺憾的是，佛滅之後我國經論不齊，現有經論釋義亦不完整，貧僧之所以不顧惜性命，不懼怕艱難，誓往西方尊求遺法，施主不僅不勉勵，反勸退還，恐非助人為善之舉。如果想拘留，我甘認刑罰，玄奘絕不東移一步以辜負早年許下的願望。」細品這段話，裡面

有進有退，有軟有硬，理直氣壯，不容辯駁。

聽完法師一席話，王祥深受感動，而且有些慚愧之色，他對玄奘說：「弟子有幸遇到法師，怎麼能不高興？今天已經晚了，法師一路辛苦，儘管放心在此休息一夜，待明天我親自送你上路。」

次日早飯後，王祥讓人為玄奘加足水，並送來一些食物，然後親自帶人將玄奘送出十餘里地，最後指著前面的路說：「法師從此路走，可直接到達第四烽，那裡的校尉心地善良，又是我的宗族，姓王名伯隴，到那裡就說是弟子介紹您去的，保您安然無事。」說著說著流出淚來，依依拜別。

玄奘走了一天，夜間來到第四烽，唯恐遭到留難，他打算偷偷取點水再往前趕路。可到水邊還未來得及取水，一箭早已飛到跟前，玄奘又像在第一烽那樣邊報姓名邊牽著馬，向烽火臺走去。入得烽來，烽官盤問，玄奘回答「貧僧欲往天竺，路經此地，第一烽王祥校尉告訴我從這裡經過，讓我在此找王伯隴尉。」烽官聽後很高興說：「我就是王伯隴。」於是攀談起來，沒有再盤問其他，留宿一夜。第二天，王伯隴給了玄奘一個裝水的大皮囊，又送給他一些馬吃的飼料。王伯隴告訴玄奘：「法師不必經過第五烽了，那人粗疏，為免節外生枝，可從這裡去。百里之外有個野馬泉，到那裡可以加水。」

離開第四烽不久，玄奘進入了長八百餘里的莫賀延磧，古地名叫沙河（今敦煌至哈密間的沙漠地帶）。

這個莫賀延磧我們至今仍能看到，它千百年來沒有發生什麼大的變化。如果你在蘭新鐵路上坐過火車的話，在甘肅省和新疆的交界處，就要穿過被稱為「八百里戈壁」的戈壁灘，這就是當年的莫賀延磧。放眼望

去，一望無際的礫石灘在陽光照射下閃閃發光。每當大風掠過，黃沙滾滾，遮天蔽日。整個地區人跡罕至，一派荒涼景象。

那麼，這麼大的戈壁灘是怎樣形成的呢？科學家們透過研究得出結論：兩百萬年以來，特別是幾十萬年以來，中國西部地勢不斷上升，乾燥氣候地區不斷擴大。這些地區表面沉積的砂岩、粉砂質泥岩以及砂礫岩等比較疏鬆的岩體，在陽光和風沙的交互作用下，不斷被風化剝蝕，變成大量碎屑物質。這些大小混雜的碎屑物質從山上崩解下來，開始在山腳下堆積。在洪水的作用下，被沖到較遠的山麓地帶，形成大面積的洪積平原。每當乾燥季節，在大風的作用下，洪積平原上的細砂和塵土被吹到天空中，其中塵土被吹到千里外的地區，形成了黃土高原；而那些細砂則被風攜帶到附近，形成沙漠。顆粒比較人的礫石，則被留在原地，就形成了如今的戈壁灘地貌。

時至今日，那片戈壁仍然是人跡罕至，「上無飛鳥，下無走獸，復無水草」。在蒙古語中，「戈壁」的意思是「難生草木的土地」，它的地面被礫石所覆蓋，沒有土壤，植被稀少，自然環境惡劣，人在這裡是很難生存的。

在《慈恩傳》中，對玄奘越過莫賀延磧的情況寫了幾筆後，作者用「此等危難百千不能備序」一句就結束了，使後人對玄奘在過戈壁沙漠時到底受了多少苦，沒有一個明確的概念。

現代研究表示，人在戈壁沙漠中，發生中暑、暈厥、眩暈、幻聽等症狀的機率非常大，在這種環境中存留一天以上者，有百分之四十的人都會發生這些症狀。玄奘過莫賀延磧，用了七八天時間，每當他唇乾口燥，酷熱難耐時，就會記起當年在成都時他幫助過的那個人教給他的《般若

心經》，於是默默念誦，每當自己產生幻覺，惡鬼、異類常常就會繞人前後，玄奘心中不懼，他也會念起此經，以此驅散虛幻中的惡魔鬼怪。

大約走到第四烽百里之外時，玄奘迷路了。王伯隴所說的野馬泉怎麼也找不到。又飢又渴的玄奘從馬上往下取皮囊，準備喝點水，吃點乾糧再向前行走。慌亂中失手，將皮囊不小心滑到馬背的另一側，掉在了地上，待玄奘繞過去時，皮囊裡的水早已流得無影無蹤。萬分沮喪的玄奘跨上馬，調頭東歸，想回第四烽補充點飲水和乾糧，走出十餘里，不覺後悔起來：「我早先發過願，不至天竺終不東歸一步，現在為什麼要走回頭路？不！寧可向西而死，絕不東還而生！」於是，重新調轉馬頭，往西北方向進發。

夜間，路邊的枯骨上泛起點點磷火，燦若繁星。白天，暴風不時捲起陣陣沙塵，豆大的沙粒撞在臉上、身上，打得渾身生疼。嘴唇裂了，手臉皴了。五天四夜之後，老馬一頭栽倒下去，幾天來滴水未沾的玄奘被摔倒在地，掙扎了幾次都站不起來，他乾脆半臥半躺在沙地上，口中默念《般若心經》，念著念著，竟睡著了。

在戈壁灘上行進，人每天到底需要多少水呢？在一本《軍事訓練中的健康維護》的書中有這樣的敘述：

「……人體需水量隨環境、溫度、活動量、膳食類型和人體身材大小等因素而不同。就一個普通身材的人來說，當日平均氣溫攝氏三十二度時，每天必須喝五升水，最多可喝十升水。白天大部分時間停留在陰涼處不活動的人，一天也要喝五至六升水。在陽光下從事中等強度活動的人，每天大約需要七至八升水。在同樣條件下，長時間緊張勞動者則需要九至十升水。如果白天氣溫在攝氏二十七度時，需要水量為三至七升。受熱強

而活動量又大的人，需水量每日約十二升或更多。根據經驗，在沙漠和戈壁中每人每晝夜平均需水量最低不應少於三升，此量不能超過三天。」

看了這段文字，我們不能不驚訝，玄奘是怎麼活過來的！五天四夜的時間，就算是不在沙漠戈壁中，如果不喝水，恐怕也到了生命的極限，況且玄奘是在這樣惡劣的條件下呢！我們猜想，玄奘之所以如此，一來可能是因為他在身體上有作過這方面的準備，二來可能是精神支柱發揮作用，如果單從科學的角度，實在是不好做出解釋。

玄奘昏沉沉地仰臥在沙地上，奄奄一息，耳邊彷彿響起觀音菩薩的聲音：「玄奘啊，你可要撐住呀！」

玄奘想睜開眼，可是就連這點睜眼的力氣都沒有了。他的喉嚨抽搐著，嘴無聲地翕動著，默默地念著觀音菩薩的名號。他在心中對菩薩說：「玄奘此行，不求財利，不求名譽，只為無上正法而來。救苦救難的菩薩啊，助弟子脫開苦厄吧！」

玄奘無聲地喃喃著，心中生騰著力量。他微微睜開眼睛，希望能見到菩薩。夜空深處，彷彿無數顆眼睛在鼓勵著他，夜幕籠罩的沙漠裡，堆堆白骨燃著磷光，似乎要為他驅走恐怖……

但是那沙漠中充溢著的熱浪讓他難受，他又昏厥了。

在第五天的晚上，一陣涼風將玄奘吹醒，這涼風，減輕了玄奘的痛苦，他清醒了，可動彈不得，不一會兒就又睡過去了。睡夢中，玄奘夢見一位高大的尊神，揮著方天大戟對他說：「玄奘，為什麼不趕快走？不要再躺下去了，快離開這裡！」

玄奘心頭一振，甦醒過來。拉了拉身邊的老馬，老馬也醒來，還站了起來。玄奘騎上馬，慢慢前行，大概走了有十來里路程，這匹曾經往返伊

吾國十五次之多的老馬，也許是由於牠具有特殊的嗅覺，忽然改變了方向，拼了命似的狂奔起來，無論玄奘如何驅使，牠都不聽。就這樣走了幾里，突然一片碧油油的草地，和一池甘澄清澈的池水，出現在他的眼前。他高興極了，這是幻影嗎？他揉了揉眼睛。不，不是幻影，是真真切切的現實！那匹馬兒歡快地嘶鳴著，分明是在向他報喜。玄奘把馬留在草地上，自己跑向水池邊，他真想一躍撲進水池中喝個痛快，可他沒有這樣做，這是什麼原因呢？

在佛教的教義中，不殺生是列在首位的，怎麼才算不殺生呢？並不是殺害像人、畜等大的生命算是殺生，就是小的蛐蟲、飛蛾等也算殺生，於是就有「掃地恐傷螻蟻命，愛惜飛蛾紗置燈」的說法。這還不夠，在佛經中，講到當年釋迦牟尼的弟子阿難端來一缽水給佛祖喝的時候，留下一句話：「佛觀一缽水，八萬四千蟲，若不持此咒，若食眾生肉。」意思是說，就算是一碗水，裡面也有無數的眾生，出家人是不能直接飲用生水的。自顯微鏡發明之後，這個道理就很容易理解，當時的人對生命有這樣細微的觀察和理解真是難能可貴。唐代的僧人，無論是喝水還是做飯，所用的水都要進行過濾，僧人都隨身攜帶過濾用的羅網，那是一種極密的、用絲織品做成的網。僧人出寺，如果距離寺院二十里之外，就必須帶上此網，以防口渴而食生水，食生水就等於犯了大戒。

見到綠洲和水池的玄奘當然是精神振奮了，他取來濾水的網，濾過後痛飲起來。飲完水，玄奘整頓衣裳，斂容靜立，然後望空便拜，他相信，這片水草是菩薩點化成的，他望空拜了又拜，那老馬也吃得差不多了，站在他的不遠處，靜靜地看著他。

等天色快亮時，玄奘才吃了些東西，人和馬在這塊綠地上盤桓了一天，就已經把體力恢復得差不多了。然後玄奘從容地用皮囊裝水，又取了

些馬吃的草帶上，趁著天色尚早不是很熱，玄奘重新策馬西行了。兩天之後，終於走出流沙抵達伊吾（今新疆）。玄奘來到伊吾後，發現這裡只有一座寺院，稱為大覺寺，玄奘拉馬進到寺中，見一僧人向玄奘迎面走來，沒有說半句話，抱住玄奘大哭起來，玄奘見這人，也痛哭不止，這人是誰呢？

第七回
遇篤徒高昌受阻 收御弟文泰助行

　　原來此人是大覺寺的一漢族僧人，他聽人說有人單人匹馬從沙漠裡走來，而且是一個漢族比丘，他連衣服都來不及穿好，赤著腳便跑出來迎接，見到玄奘後二話不說，抱住玄奘便大哭起來，邊哭邊哽咽地說：「我在這裡已經幾十載了，我這行將就木之人，哪裡會想到在這裡還能遇見故鄉來的人啊！」

　　玄奘開始吃了一驚，聽老僧講完原委，自己也不覺泣下兩行。一來是為其真情所動，二來是自己歷盡艱險，終於走到這裡。路上他還琢磨著，可能再也見不到同鄉，聽不到鄉音了，如今這裡竟還有如此親切的面孔，如此親切的聲音，玄奘再也抑制不住自己的感情，於是，兩人哭成一團。其他圍觀的胡僧們驚訝地望著他們，唏噓不已。

　　大覺寺的住持與悲喜交加的玄奘見了面，接著引他進寺暫住。他也早從那些客商那裡得到消息，說有大唐來的高僧要從此經過，也是盼望已久了。

　　玄奘西行求法，隻身穿越莫賀延磧抵達伊吾的消息，在伊吾國引起了轟動。有關他征服莫賀延磧的故事很快四處傳播，而且是越傳越神。當地以及西域諸國的僧俗大眾，無不到寺裡拜謁、瞻仰。大覺寺一時熱鬧非凡。伊吾國王及王妃也在朝臣們的簇擁下進寺參謁。國王還把他請到王宮，給予很好的招待。

　　西域有一個篤信佛教的國家叫高昌國，對周圍各個小國的影響很大。當時正是麴氏王朝統治時期。

　　麴氏王朝的創建者麴嘉原是河西金城榆中（今甘肅省蘭州市東）人，北魏末年在此建國。麴氏統治高昌，歷九世十王，共一百四十一年，西元六四〇年為唐朝所滅。玄奘到達伊吾時正是麴文泰在位時期。他是個極其虔誠的佛教徒。麴文泰為太子時曾隨其父麴伯雅到張掖拜見隋煬帝，煬帝將宇文氏的養女玉波，即華容公主，配給伯雅為妻。將另一宇文氏女嫁給麴文泰，之後文泰作為質子在內地逗留了將近四年，曾在燕、代、汾、晉等地遍訪名僧，玄奘的聲名，在當時他就已經聽說，只是未能晤面。後來他歸國繼位後，又從涼州回來的商人口中多次聽說玄奘的大名，這些商人在涼州聽過玄奘講經，他們把玄奘矢志西行求法之事告訴了麴文泰。他聽了之後仰慕不已，熱切地盼望著玄奘早日到來。所以他吩咐下去，如有玄奘的消息就趕快報知。

　　玄奘抵達伊吾國時，恰逢高昌使者出使伊吾。這一天正要回國時忽然得到玄奘涉險而來的消息，便立刻到寺中拜謁了玄奘。

　　高昌使者歸國後將玄奘已到伊吾的消息報告了麴文泰，麴文泰高興萬分，他怕玄奘從其他的路途西去，便立刻派遣使臣飛馬到伊吾國迎接，目的是留住玄奘，同時又給伊吾國王下了敕令，讓其速送玄奘到高昌來。他還派了多批人馬於沿路設臨時驛站，備良馬、食物等，以待玄奘前來。

　　真是未出麴文泰所料，玄奘原打算繞行北道，沿天山南麓經可汗浮圖直奔突厥王廷，到素葉拜見西突厥可汗，等取得西突厥可汗的護送後再輾轉赴印。並且這條路線相對較短一些，當時走的人也較多。如今高昌王遣使到伊吾來，殷勤邀請，玄奘多次婉言謝辭，這些人就是不放棄，一再苦

苦請求，無奈，玄奘只好告別了漢族和尚及伊吾國王，隨著高昌使臣踏上去高昌國的路。他們向南，在沙漠中走了六天，在第六天的傍晚時分才到達高昌國的白力城。幾天的沙漠行進，雖說麴文泰已經作了精心的安排，一路上有馬換，有飲食之物，還有許多人相伴而行，但因為這些使臣們心急，路上走得很快，走到第六天的時候玄奘早已疲憊不堪了。玄奘正欲休息，卻被使臣們婉言拒絕，他們肯定是得了麴文泰的命令，一刻都不肯耽擱，聽玄奘說要休息，他們哄玄奘說：「前面不遠就要到了，我們的國王和大臣正在城中等待著您，您不去，他們覺也不會睡的，我們還是不要休息了，快走吧！」

他們給玄奘另換了一匹早已安置在這裡的良馬，將負載他涉過莫賀延磧的棗紅老馬留下，他們告訴玄奘：「您的這匹馬，我們隨後會將牠帶來，牠馱您走出了莫賀延磧，立下了神功，我們將把牠作為神馬供奉。」

玄奘見這些人如此熱情，也不好說什麼，他們風馳電掣地趕路，每到一驛就更換良馬，一連數次。終於，在一個深夜，玄奘在使臣的陪伴下，抵達了高昌的王城。

進城的場面使玄奘感動不已。只見麴文泰和大臣們，從城門到皇宮前，兩行列隊，每人手中都舉一支蠟燭。當時的蠟燭，可不像我們現在，又便宜又漂亮，那時候的蠟燭，大都是用蜂蠟製成，可以說是一種奢侈品，一般老百姓是用不起的，為了歡迎玄奘，麴文泰動用這麼多人不算，還都點上蠟燭，那禮節的規格真可謂高到了極點。

麴文泰緊緊握著玄奘的手，眾人一路相擁，一直將玄奘引進王宮後院，只見一寶帳內燈火通明，眾人請玄奘進帳升坐寶座。麴文泰先行了拜見之禮，問了旅途的勞頓，態度極為恭敬。他說：「弟子久仰法師的聲名。

這次聽說法師要來，歡喜得數日廢寢忘食，每日都到城門外眺望法師身影。得到確信後每日計算行程，知道法師今夜必至，我和妻兒及大臣等一夜無眠，佛前讀經以敬候法師，法師果然到來，真令我等萬分榮幸。」然後命一些重臣一一拜過玄奘，還讓王妃以及數十個宮女也前來禮拜。眼看天色將明，麴文泰與王妃才告辭而去，留下幾個太監安排玄奘住下。

天剛亮，玄奘尚未起床，麴文泰已經率領后妃、侍從等眾人來看望了。麴文泰對法師說：「弟子思量沙漠荒磧一路艱險，法師您卻能隻身行走，令人萬分敬服。」說著說著竟然忍不住流下淚來。

麴文泰跪在玄奘面前，將擺放食物的托盤舉在自己的頭頂，恭請玄奘用齋，玄奘再三推辭，拗不過，只能領受。

用齋之後，麴文泰陪玄奘來到王宮側邊的一座道場，讓玄奘在此居住，還派來幾個宦官充任侍衛。高昌國有一位象法師，曾雲遊長安學過佛法，深受國王器重，這時亦被命來與法師相見。又讓年逾八旬的國統王法師來與玄奘同住。

國統王法師和玄奘攀談許久，相互都深深敬重。在談話當中，國統王法師對玄奘講起，說國王麴文泰有意想讓法師留在高昌，不再西行，不知法師是否同意，有何要求。玄奘笑笑，將自己為何西行求法的原委一一講給國統王法師聽，並明確了自己的想法：西行求法，矢志不移。

在高昌國停留十餘日後，玄奘向麴文泰辭行，麴文泰說：「我已讓國統王法師勸您勿往西方，不知法師意下如何？」

玄奘回答：「收留貧僧住下實在是大王的恩德，我深表感激，但要我改變西行求法之心，那卻是不可的。」

麴文泰說：「朕與父王曾經跟從隋帝遊歷過東西二京以及燕、代、汾、

晉等地，見過不少高僧大德，都沒有引起我的仰慕。但自從聽到法師大名，心裡就一直感到很高興，希望法師停止西行，在此接受弟子供養終身。讓我一國子民都做您的弟子。高昌僧徒雖少，也有數千之眾，法師講經時，他們肯定都是您的聽眾。但願法師體察我的一片苦心，不再以西行為念。」

法師回答說：「大王您的深情厚意，貧僧真正承擔不起！玄奘此行並不為供養而來，而是悲切地感到本國佛法法義不周備，經典殘缺不全，以至佛門釋子的疑難無從解釋，因此貧僧才發願西行，尋求真經，以使我佛的光輝不僅照耀天竺，也能照耀國家，普渡眾生。這種求法求道的心意，只可日日增強，越遇艱險，越加堅定，不然我也不會至此，願大王改變主意，不要再提供養貧僧之事。」

麴文泰說：「弟子仰慕法師，一定要留住法師，供養一生，蔥山可轉，此意不變！請不要懷疑我的誠意！」

法師稍愣一下，回答說：「大王誠心，貧僧早已知曉。只是玄奘西行目的是為了尋求佛法，佛法未得，絕不能中途停頓。這並非推辭，但願大王體諒。再說大王早年修下勝福，如今位為人主，這並非蒼生恃仰，而是憑藉佛祖的回報，理應幫助發揚佛法，豈可從中阻礙呢？」

麴文泰說：「弟子怎敢阻礙佛法？實因國無導師，所以才委屈法師在這裡普渡眾生。」

類似的談話反反覆覆不知轉來轉去轉了多少遍，麴文泰和玄奘似乎都沒有半點退讓的意思。多次請求之後，麴文泰難免動色，真有些生氣了，於是大聲說：「弟子自有辦法處置法師，法師豈能西去？面前兩條路：要麼留下來，我奉法師為國師，使我高昌國成為佛國勝地；要麼我送法師回

到大唐，請法師三思。」

　　玄奘聽到此，也不免動容，回答說：「玄奘西行只為求法，如今遇到障礙，大王若留，可留我身，卻無法留住我的心。」話沒有說完就已經嗚咽不能成聲。他的意思很明白，就是說，如果我留在這裡，那只能留個屍首了，只要活著，是絕對不會留下的。

　　不管玄奘怎麼說，麴文泰還是堅決挽留，根本不再聽玄奘的請求，也再不說話，只吩咐手下人增加供養，每次進食，麴文泰仍是親自跪在玄奘面前，將食物放在自己頭上請玄奘進食。

　　玄奘自此也不再言語，無奈中，他開始絕食，想以此來感化其心。高昌唐僧講經壇上只見玄奘靜心端坐，一動也不動，半點動靜也沒有。玄奘打坐的功夫極佳，不僅不動，一連三天是一口飯不吃，一口水不喝。麴文泰也夠倔強，他每天照例來此，精心照顧玄奘，頂食以待，只是不說一句話。

　　到第四天，麴文泰發覺法師氣息微弱，有些不對勁。很明顯，玄奘已經是氣息奄奄，麴文泰一見，心中又內疚又恐懼，作為一個虔誠的佛門弟子，他知道，如果玄奘在這裡出了意外，他就等於犯下了殺佛一般的大罪。於是急忙對著法師叩頭謝罪：

　　「弟子任憑法師西行，請您盡快恢復飲食。」

　　玄奘唯恐麴文泰食言，要他指天為誓。麴文泰說：「既然這樣，何不如讓我們一起對著佛祖結下因緣。」玄奘說：「你雖不在佛門中，但你對佛可謂大敬，你我相逢，可說是有緣，結為兄弟，理當自然。」

　　麴文泰聽這話高興起來，他和玄奘一起進入道場禮佛，當著母親的面與玄奘結拜為兄弟，並在佛前發誓，任由玄奘西行求法。麴文泰也不是毫

無條件，他向玄奘提出了要求，那就是，當玄奘從印度返回時，須到高昌國住上三年，接受供養，講經布法。眼下先停留一個月，為當地宣講《仁王般若經》，同時為法師趕製途中衣物用品。這一條件玄奘馬上答應下來。到了這時候，玄奘才恢復了飲食。

這件事之後，國王對玄奘的節操更加敬重。此後，麴文泰架起可容數百人的大帳，供玄奘開講佛經，王母以及大臣等全部蒞臨聽講。講經前，麴文泰都是手執香爐，親自迎接玄奘，在前面引路。到講壇前，國王低跪在地，以身體代替臺階，供法師踩著登壇，麴文泰對玄奘的恭敬，感動了玄奘，也感動了一國的子民。

玄奘在高昌講了一個月的經，這期間，麴文泰也為玄奘的西行做了充足的準備，看來麴文泰真是把玄奘的西行當成自己的一項事業了。

麴文泰先是剃度了四個小沙彌供玄奘沿途使喚，另外還有許多物質上的準備：

法衣三十套；罩衣、手套、靴、襪各數件；

黃金一百兩、銀錢三萬；

綾、絹五十疋；

馬三十匹

這些物資，是按照玄奘來回二十年的消費來計算的。除此之外，還配備了身強力壯的手力二十五名，手力就是僕人。麴文泰還派殿中侍御史歡信隨同前往，令他將玄奘送到統葉護可汗那裡。

麴文泰還寫了二十四封國書，照會沿途的二十四國妥為照顧，每封國書均附大綾一疋為信。另外還有五十疋綾綃、兩車水果是獻給統葉護可汗的，信中寫明：「此法師是我的弟弟，因到婆羅門求法，希望可汗愛憐法

師就像愛憐我一樣。懇請發文以西諸國，給驛馬遞送出境。」

　　高昌王的如此盛情，深深感動了玄奘，離開高昌前一天，他滿懷深情地寫了一份〈啟〉表示感謝，這〈啟〉其實就是謝表，有點表揚信的意思，玄奘在〈啟〉中寫道：

「奘聞江海遐深，濟之者必憑舟楫；群生滯惑，導之者實假聖言。是以如來運一子之大悲，生茲穢土；鏡三明之慧日，朗此幽昏。慈雲蔭有頂之天，法雨潤三千之界，利安已訖，舍應歸真。遺教東流，六百餘祀，騰、會振輝於吳、洛，讖、什鍾美於秦、涼，不墜元風，咸匡勝業。但遠人來譯，音訓不同，去聖時遙，義類差舛，遂使雙林一味之者，分成當現二常；他化不二之宗，析為南北兩道，紛紜爭論，凡數百年，率土懷疑，莫有匠決，玄奘宿因有慶，早豫緇門，負笈從師，年將二紀。名賢勝友，備悉諮詢，大小乘宗，略得披覽，未嘗不執卷躊躇，捧經侘傺，望給園而翹足，想鷲嶺而載懷，欲一拜臨，啟伸宿惑。然知寸管不可窺天，小蠡難為酌海，但不能棄此微誠，是以束裝取路，經途荏苒，遂到伊吾。伏惟大王稟天地之淳和，資二儀之淑氣，垂衣作王，子育蒼生，東抵大國之風，西撫百戎之俗。樓蘭、月氏之地，車師、狼望之鄉，並被深仁，俱沾厚德。加以親賢愛士，好善流慈，憂矜遠來，曲令引接。既而至止，渥惠逾深，賜以話言，闡揚法義。又蒙降結娣季之緣，敦獎友於之念，並遺書西域二十餘番，煦飾殷勤，令遞餱送。又湣西遊煢獨，雪路淒寒，爰下明敕，度沙彌四人以為侍伴，法服、綿帽、裘毯、鞋襪五十餘事，及綾絹金銀錢等，令充二十年往還之資。伏對驚慚，不知啟處，決交河之水，此澤非多；舉蔥嶺之山，方恩豈重？懸度凌溪之險，不復為憂；天梯道樹之鄉，瞻禮非晚。倘蒙允遂，則誰之力焉？王之恩也。然後展謁眾師，稟承正法，歸還翻譯，廣布未聞，翦邪見之稠林，絕異端之穿鑿，補像化之遺

關,定元門之指南,庶此微功,用答殊澤。又前途既遠,不獲久留,明日辭違,預增淒斷。不任銘荷,謹啟謝聞。」

這封表揚信,對麴文泰助自己西行的行為給予高度的讚揚,看完謝表,麴文泰對玄奘說:「法師既與我結為兄弟,國家所有的一切,都可備你所需,不必再說什麼謝不謝的話了。」

分別的那一天,麴文泰與僧侶、大臣、百姓等傾城而出與玄奘相別,麴文泰與玄奘在分手處抱頭痛哭,這一情景深深感動了在場的僧俗士女,一時哭聲震動了郊野,久久不能平息。麴文泰讓妃子及百姓等先回城去,自己親自乘馬又送了數十里才分別。

在吳承恩的《西遊記》中,唐僧並不是麴文泰的「御弟」,而是太宗皇帝的「御弟」,其中在講到唐僧自願想去西天取經時,有這麼一段描寫唐僧成為御弟的過程:

「……唐王大喜,上前將御手扶起道:『法師果能盡此忠賢,不怕程途遙遠,跋涉山川,朕情願與你拜為兄弟。』玄奘頓首謝恩。唐王果是十分賢德,就去那寺裡佛前,與玄奘拜了四拜,口稱『御弟聖僧』。玄奘感謝不盡道:『陛下,貧僧有何德何能,敢蒙天恩眷顧如此?我這一去,定要捐軀努力,直至西天。如不到西天,不得真經,即死也不敢回國,永墮沉淪地獄。』隨在佛前拈香,以此為誓。唐王甚喜,即命回鑾,待選良利日辰,發牒出行,遂此駕回各散。」

後來講到將要西行時,唐王贈予唐僧一些東西,唐王說:「御弟,今日是出行吉日。這是通關文牒。朕又有一個紫金缽盂,送你途中化齋而用。再選兩個長行的從者,及馬一匹,送為遠行腳力。你可就此行程。」

相比之下,我們會發現,唐王李世民比起高昌王麴文泰來,要吝嗇得

多。不過，這已經是吳承恩給唐王一個很大的面子了，事實上，唐王不但什麼也沒有給玄奘，還不准他西行求經，所謂的「御弟」亦是無稽之談，大概是吳老先生把麴文泰的事用到了唐王李世民那裡了。現在看來，麴文泰真是冤枉！提供了諸多的東西，卻被李世民「借用」了。不僅如此，待到後文，當玄奘還在印度的時候，李世民便把麴文泰的高昌國給滅了，至使玄奘回來時，無法兌現自己對麴文泰許下的到高昌國講經三年的諾言。

玄奘別了麴文泰，一路上在高昌國侍御史歡信的陪伴下，有二十五個所謂「手力」以及四個小徒的侍奉和照料，西行之旅簡直就像帝王的出巡觀光一樣。他們由高昌王城一道下來，抵達阿耆尼國的地界。阿耆尼國東西六百餘里，南北四百餘里，玄奘等一行人來到後，受到阿耆尼國人的熱情招待，可等歡信拿出高昌王的書信給阿耆尼國國王看後，阿耆尼國對這一行人的態度突然發生了一百八十度的轉變，這到底是什麼原因呢？玄奘他們會有什麼麻煩呢？

第八回
捨陽根弟留清白 鞭龍馬王失安寧

　　貞觀二年（西元六二八年）春初，告別高昌王之後，玄奘一行人經過數日跋涉，這一天進入了阿耆尼國，當晚住宿在阿父師泉附近。在這裡，玄奘聽到高昌國的人跟他講一個有關這個阿父師泉的動人傳說：

　　早年，數百名商旅僧人結伴而行，走到這裡飲水用盡。面對茫茫沙漠大家束手無策。人群中有一名僧侶，行李一無所有，完全靠著乞討跟隨大家來到這裡。當下，眾人議論說：「和尚，因為你信佛，我們才供養著你來到這裡，現在大家遇到困難了，你也該替大家求求佛祖的保佑吧！」

　　僧人站起來說：「大家希望得到活命的水，就應該禮拜佛祖，接受五戒，我方能為大家登崖求水。」眾人不解，沒有想到這僧人還會提出要求。因為眾人求水心切，就按他的要求受了戒。受戒完畢，僧人說：「我現在登崖求水，大家要齊聲呼喚『阿父師為我們下水』，不能停止。」大家表示同意，僧人說完登崖而上，眾人按其要求反覆呼喚「阿父師為我們下水」，不一會兒，果然見一股清泉從半崖湧出，人們爭先恐後喝水。

　　人們都喝夠了，又過了許久，仍不見僧人下來。大家尋到山上，只見僧人坐在那裡，一動也不動，膽大的上前試了試僧人的鼻息，知道他已經圓寂了。人們不禁失聲痛哭起來，遂按照當地習俗將這僧人焚燒後建塔安葬。從此，阿父師泉水淙淙不絕，隨著商旅多寡而時粗時細。

　　阿耆尼國上下對玄奘一行人是很歡迎的，從一進入國境開始，就一直有人引路來到都城，而剛到這裡只住了一天，玄奘等人就匆匆離開，這到底是怎麼回事呢？

　　這裡有兩個原因，一是由於和玄奘一起來的歡信到阿耆尼的都城後，拿出了高昌王給阿耆尼國王的信，阿耆尼國王一見信，火就冒上來。原來，不久以前，高昌王派兵攻打過阿耆尼國，現在又來信要求阿耆尼給高昌王的「御弟」行個方便，還要求提供這、提供那的，阿耆尼國王自然不高興，於是在為玄奘等人備下的宴會上，氣氛就有些不對勁。

　　另外一個原因是阿耆尼國信奉的是小乘佛教，而他們知道玄奘等人信奉的是大乘佛教。這對玄奘來說並不是什麼問題，玄奘本身對大小乘佛教的教義等都很熟悉，雖說他修行的是大乘，但他對小乘佛教的教義並沒有什麼水火不容的偏見。而這些阿耆尼國的人感覺好像是來了異端一樣，不像高昌王那樣歡迎他們。

　　最後結果，阿耆尼國王因嫉恨高昌王，而沒有給玄奘等人換馬。玄奘一行在此也只停留一宿即匆匆而過。一離開阿耆尼國，歡信就大罵這阿耆尼的國王如何不仁不義，玄奘聽了也一笑置之。

　　一路上，他們越沙漠、履平川、渡河流，轉眼間又是數百里，這一天來到另一個國家──屈支國（舊譯龜茲），這裡的國王率臣僚、高僧在東門外列隊歡迎。當晚，玄奘等人住在城東南一座高昌僧侶較多的寺廟裡。

　　第二天，國王接玄奘到王宮供養。齋畢，玄奘一行人來到城西北的阿奢理兒寺會見木叉毱多高僧。路上，屈支國的一名大臣講了一個故事，是有關這個阿奢理兒寺的，這是一個令人傷感的故事。

　　那是很早的時候，這裡的國王也崇敬佛，國家的佛事從沒有斷過。一

天，心血來潮的國王，想和其他的僧人一樣，外出雲遊一番，臨走時命他的胞弟代為主持朝政。其弟受命之後，就在家中悄悄割下自己的陽根，裝在一個金匣子裡交給國王哥哥。國王問：「這是什麼東西？」弟弟說：「大王先不要問，這是小弟的私物，但它很重要，等兄長回駕之日方可打開，切記，切記！」國王聽罷，果然也沒有多問，就將匣子交給侍從保管。

過了幾個月，國王雲遊歸來，一到城中，就有人來告訴他：「大王，您的弟弟監國期間，天天淫亂後宮，日日歡歌，夜夜歡愉，真是無法形容啊！」

國王聽後大發雷霆，命人馬上把自己的胞弟找來，準備對弟弟施以嚴刑。弟弟來後，對國王說：「我並不想推卸責任，有一件事我想提醒大王，您臨行前，我有一隻金匣交兄長保管，不知是否還在？」

國王答說：「在。」弟弟說：「那就請大王開啟金匣，查驗這其中之物，然後再處罰我不遲。」

國王讓人打開金匣，只見裡面放著一具陽根。國王見此驚問到：「這是什麼？這是誰的？怎麼會放在這裡面？」

弟弟回答：「大王雲遊四方，少則數月。命我代理朝政，我怕有人讒言生禍，所以在您臨行前，我割下自己的陽物，以便來日若真有不測，也能使小弟得一清白。現在，果然不出所料，希望大王明察。」國王聽此無言以對，轉而怒向那些造謠生事之人，命令全都捆綁起來處以極刑。同時他也感到內疚，從此對弟弟更加友愛信任，並宣布說，弟弟可以自由出入後宮，侍衛不得禁止。

有一天，這位國王的弟弟從城外騎馬回來，見一位富人趕著五百頭牛向城外走，他一問才知，那人要去把這些牛閹割掉。國王弟弟聽後，不覺

想起自己的苦楚，於是有了憐憫之心，自己現在已成了一個形體虧損不全的人，不能再看這些生靈遭類似的命運。於是他用金錢贖回這五百頭牛，使這些牛免遭閹割之苦。說來也怪，此後不久，國王弟弟竟奇蹟般地又重新長出了陽根。

這樣的事情發生後，他並未對人說起，只是自己再不入後宮。國王見胞弟久不入後宮，就問他為什麼不來。弟弟講了事情的來龍去脈之後，國王也以為奇事，就建了這座阿奢理兒寺以資紀念，這寺的名字如果翻譯成漢文，那就是「奇特之寺」。

玄奘一行人來到這個阿奢理兒寺，這一故事使玄奘對這座寺廟更加感覺奇異。到寺中他們拜見了寺中的木叉毱多高僧，眾人寒暄一番後，木叉毱多見天色還早，就帶眾人來到城外約有幾里的一處地方，很明顯，這是一座荒城，玄奘等人很疑惑，不知高僧為何把自己帶到這裡。

站在這破敗的城邊，屈支國一名善言的大臣為眾人當了一回導遊，講述了這裡的一個傳說。

在很久很久以前，這裡建立了一個新的國家，它的名字叫龜茲，這裡的國王迎娶了漢皇解憂公主的女兒，不知過了多少年月，這裡的王室及百姓和漢家的王室及百姓，世世代代通婚友好，留下了許多傳奇佳話。後來，龜茲改稱為屈支，在東部有一座城市，城北的山上有一座寺廟，淡漠而安閒的白雲長年累月地繚繞著它。人們從山腳下仰首遠遠望去，寺廟就好像是仙宮飄在天上，人們給它命名為天祠。更神奇的是這天祠的前面有一方湖泊，名大龍池，這裡發生過動人的故事。

每年春夏交替時節，都有數百匹母馬向大龍池奔來，只見池內水花翻滾，響聲震天，原來是數百條龍從湖中騰空而起，然後在馬群中降落，一

陣天昏地暗，塵土飛揚。龍馬交配完畢。然後這些龍又騰空而起，再入水中，待水波平靜，數百匹母馬下山回槽。到第二年初春，母馬便個個生下龍駒。

這些龍駒，匹匹高大強壯，剽悍無比，異常頑暴，人們難以駕馭。等龍駒長大，又有了後代，這第二代龍駒的性情就顯得溫和了些，方可馴服駕馭。

在這個國家出現了一位偉大又賢明的國王，他的名字叫金華，身材高大魁梧，腰桿筆直，一頭濃密的黑髮梳理得十分整齊。除了重大的祭禮、典禮，他很少穿那些肥大而華麗的，鑲滿了珍珠寶石的皇袍，然而他無論是穿那輕巧整潔的便裝，或者穿上那威風凜凜的戎裝，那把繫著金絲編穗的軍刀總是掛在他的腰上。當時的屈支人，都很喜歡這個國王，對他是崇敬愛戴有加。金華王也不辜負這些臣民，他嫉惡如仇，凡國中重大訟案，他都要親察細訪。他扶貧濟弱，打擊強暴，為百姓做了不少的好事。

風和日麗的一天，百花盛開，金華王帶著他的后妃寵臣們到天龍池畔遊玩。在將近中午時分，只見湖水升起一股熱氣，接著湖面上的水翻騰起來，並伴隨著轟隆隆的巨響，一條巨龍從湖中騰空而起，在空中飛旋了幾個回合，然後降落在湖邊的草地上。金華王冷靜地抽出寶劍，如出弦的箭似的奔到龍的身邊，伸出左手緊緊地抓住龍角，側身跨上龍背。巨龍回頭看見有人騎在牠的背上，大吼一聲，騰空而起，大臣們都驚得目瞪口呆，后妃們也害怕得哭了起來。

當她們看到金華王高舉寶劍、駕馭著巨龍在大龍池的上空一圈一圈地飛翔著，並愜意地向地面上的眾人微笑地招手時，人們都驚喜地停止了哭泣。這時，只聽見巨龍用人語對金華王說：「尊敬的陛下，您真不愧是勇

敢和智慧的化身，我願意終身為陛下效犬馬之勞。」

金華王答道：「好，那就請你馬上落下吧。」載著金華王的巨龍徐徐落地，眾大臣和后妃們都跑過來盛讚金華王的智勇和巨龍的神力。

從此以後，金華王經常駕馭他的龍車周遊四方，每一次見他都是神采飛揚。全國上下都知道了這件異事，上至諸國王室，下至本國百姓，無一不羨慕讚嘆。金華王治國四十餘年，國富民強，百姓康樂。但到了晚年，金華王疾病纏身，脾氣也變得暴躁起來。

有一次，他駕馭著龍車外出巡視，道路顛簸，龍車搖搖晃晃，金華王心煩意亂，舉起鞭子向龍頭抽去，只聽「叭」的一聲，正好擊中龍的耳朵。龍驚恐地大叫了一聲，回過頭來，用牠那雙血紅的眼睛憎恨地望著金華王，突然，牠一個大轉身，丟下御車，騰空而起，在空中翻了兩個跟斗，一頭栽進了大龍池。大龍池中頓時濺起了幾丈高的浪花，好一會兒，水面才平息下來，水面上浮出幾縷殷紅的血絲。

自從金華王鞭擊龍耳以後，城中的井突然都乾涸了，百姓只好上山到大龍池中去打水。又過了不久，城裡出現了許多來歷不明的青年男子，這些人個個濃眉大眼，虎背熊腰，瀟灑大方，勇敢機智，很快就得到了城中眾多女子的歡喜。過了一年多，和這些青年男子交往的女人們都生了兒子。

過了一些年，這些小孩子都長大了，只見他們個個和父親一樣健壯驍勇，走路如奔馬一樣迅速，他們憑著自己身強體壯，力大如牛，無視國法，擾得到處紛亂不斷，報亂的呈文如雪片一樣飛進王宮。

金華王召集群臣，滿臉怒容地說：「眾卿，朕治國多年，一向國泰民安，近日國中突然出現無數壯漢，滋國擾民，弄得雞犬不寧。朕決意為民

除害，不知哪位愛卿能獻以良策？」宰相尚雲拜奏道：「啟奏陛下，俗話說：『樹有根，水有源。』我國本無此類強人，突然湧出必有其來歷，陛下何不攜平妖法師先探個究竟，再圖攻殺之策不遲。」金華王聽了，連連點頭稱是。

第二天，金華王化裝成一位往來的老客商，頭戴一頂波斯氈帽，身穿一襲紫紅色鑲著金絲邊的長袍，腰間繫著一條黃、紅、藍色絲線編織的腰帶，肩上背著一個包袱，後面跟著一位頭戴紅色方巾、身穿黃袍、腰間帶劍的平妖法師。當他們來到熱鬧的集市時，只見一夥強人正與本國的一些市民毆鬥。金華王詢問那些看熱鬧的人，原來這夥強人欺行霸市、調戲婦女，眾市民都來勸阻，這夥強人非但不聽，反而大打出手，被打傷者達百十餘人，金華王強壓心中的怒火，令平妖法師速施法術以探究竟。平妖法師立即念咒畫符，顯示圖像。金華王一見大驚，原來這夥為非作歹的強人都是龍種變化成的人形。平妖法師悄悄地對金華王道：「陛下，不除滅這些龍種人，我國必大亂而亡。」金華王憂心忡忡地回到王宮，祕密地宣詔宰相尚雲商議對策。

尚雲道：「陛下，此事關係重大，不可輕易決策。陛下可向佛祖誦頌真經，佛祖必托夢於陛下，到那時方可決策。」金華王當晚入佛堂誦頌《阿彌陀經》，當夜，金華王就夢見佛祖釋迦牟尼駕臨，合掌曰：「屈支金華，可開殺戒。」金華王醒來，連夜速點欽兵，將城中的龍種人一律斬盡殺絕。那黑紅的血流成了河，堅硬的屍骨堆積成山，餘下的沒有殺死的龍種人都逃到其他地方謀生去了，這座城市也因此而逐漸荒蕪，人們就稱其為東荒城。龍種人都被殺絕了，可他們的靈魂卻來到了佛祖的身邊，佛祖釋迦牟尼將他們一一點化，變成強健的龍種馬下凡屈支國，這就是屈支國盛產龍種馬的緣由啊。

　　玄奘原本就知道屈支國的龍種馬是好馬，現在聽到這故事，於是合掌道：「金華王一世賢明，年老驕躁，才引得人龍相殘，人生一言一行，皆應謹慎，我佛慈悲，化惡從善，造福人世，可謂佛家之功德啊！」看來，玄奘對這個故事的真實性並不在意，他在意的是其中佛祖無邊的法力，並從中悟出了為人須謹慎的道理。

　　之後的幾天，屈支國照例很好地招待了玄奘一行，利用這一時間，玄奘又參謁了屈支國中的其他佛門聖蹟。等該去的地方差不多都去了，他才把注意力集中到木叉毱多高僧的身上。

　　玄奘一來到屈支就已經知道，這個高僧木叉毱多，是阿奢理兒寺的住持，他曾在印度遊學二十餘年，對聲明學（語言文字學）很有研究。玄奘聽說他在印度的經歷後，對他很敬佩，心想應該找個機會向他多多請教。這一日，他又到阿奢理兒寺，想再去拜見這位木叉毱多，可這一見卻弄得兩人大戰一場，兩位高僧為何發生衝突，結果誰勝誰負呢？

第九回
急辯木叉顯膽識 勇越凌山折人馬

　　玄奘來到位於城西北的阿奢理兒寺。這是國師木叉毱多的住寺。佛堂高大寬敞，氣象恢宏，佛像形態逼真，修飾得華美莊嚴。

　　這國土有個叔叔叫智月，也是出家之人，而且也是一位高僧。智月對玄奘說，國王大臣、士庶豪門，對這座寺院供養施捨不斷。玄奘照例散花禮佛，而後隨木叉毱多、智月等參觀。寺內僧舍數十間，僧徒眾多，學習氣氛莊嚴肅穆，木叉毱多介紹說，寺內僧徒理佛都十分刻苦。他還說阿奢理兒寺雲集了很多國內外的得道高僧，博學高才，有不少遠方的佛學英才慕名而來，研習經論。他對玄奘說：

　　「阿奢理兒寺中《雜心論》、《俱舍論》、《毗婆沙》等經典應有盡有，你在這裡學習就夠了，何苦跋山涉水去印度受那份艱辛呢？」

　　智月也介紹說：「我國國師曾去印度遊學二十多年，涉獵眾經，尤善聲明之學，在我國深受僧眾尊重，號稱『獨步』。不如奘師就留下來跟國師學習吧。」

　　木叉毱多聽了智月的這番話，似乎理所當然，沒有表態。玄奘本來對他很崇敬，但看到木叉毱多並未把自己放在眼裡，而是把自己看作不知佛法，沒有學問的一般僧徒，心中有些不高興，但他轉念一想，也許人家確實高深。想到這裡，玄奘不動聲色地問木叉毱多：「這裡有《瑜伽師地論》嗎？」

　　木叉毱多說：「那是邪書，你問它幹什麼？真正的佛門弟子是不學它的。」玄奘聽了這話有些激動地說：「《婆沙論》、《俱舍論》等本國早就有了，其論言淺理疏，難以闡明佛理，所以我才西遊，欲學大乘《瑜伽師地論》。這《瑜伽師地論》是後身菩薩彌勒所說，國師竟誣它為邪書，難道不怕墮入無底地獄嗎？」

　　木叉毱多一聽玄奘這麼說，大為光火，他說：「你對《婆沙》等論沒有研究，怎麼能說它們疏淺呢？」玄奘反問：「國師有研究吧？」木叉毱多說：「我當然有研究，這些論中所講，我無所不知，你想問什麼儘管問來。」

　　玄奘就引用《俱舍論》的首段文字發問，木叉毱多竟漲紅了臉，一句也回答不上來，喃喃著說：「你再問別處吧。」玄奘又找了一處文字發問，木叉毱多仍不能解釋，語氣含糊地說：「《俱舍論》中沒有這句話。」

　　當時智月在一旁，玄奘回頭看了看智月，這個國王的叔叔對佛經也是深有研究的，聽了木叉毱多的話，也很不高興，他站立起來，證明說：「《俱舍論》中確有這句話，可以取經來一看。」

　　隨即讓人取《俱舍論》經本來查尋，果然其中有這些話。木叉毱多極其羞慚，只得說：「年紀大了，記性不好了。」

　　玄奘又問了一些，木叉毱多牽強附會地解釋了一通，但仍漏洞百出。最後虧得智月站起來說：「玄奘法師學問高深，今日已經不早，來日方長，有機會再繼續探討吧，今天是陪玄奘法師專門來拜望國師，我們還要到別的寺院去。」作陪的高僧也都隨聲附和。木叉毱多這才鬆了一口氣。

　　從屈支西去須經過一座凌山，這座山在跋祿迦國西北三百里處，氣候異常寒冷、四季冰封，即便是春夏時節，也百里冰封。過往客商必須等到

春夏時節，雪路漸開的幾天時間才能通行。玄奘一行人在屈支的這段時間，恰好是冬令時節，冰雪覆蓋著山路，根本無法通行。一連六十多天，歡信等每天焦急地坐等天氣轉暖，雪化路開。玄奘則每天除了誦念經文、打坐修行之外，還抓住這難得的時機，與屈支的高僧們討論佛理，並謙虛地向他們請教。

玄奘經常前往阿奢理兒寺向木叉毱多學習聲明學，並從木叉毱多那裡更詳細地了解了一些關於印度的知識。自從那次爭論後，木叉毱多見到玄奘謙虛多了，一見玄奘來，他就站起來，始終站在玄奘一旁，坐也不敢坐。玄奘謙恭的態度、好學的精神以及精深的學問和辯才，徹底折服了老和尚。他多次跟本國的高僧說：「這位僧人學問深厚，跟他辯難酬對，是極難取勝的，就算到了印度，那些年齡差不多的人中，恐怕也沒有能與之匹敵的。」他陪同玄奘遊覽王城名勝。王城西門外，大路兩側各有一尊佛像，高九十餘尺，疊石雕刻而成。玄奘伏下身對著佛像行禮。佛像前，是一個大會場所。每年秋分以後，數十日內，舉國僧徒都到這裡會集，上自君王，下至士庶百姓，都要暫時歇業，奉持齋戒，受經聽法。各大寺院的佛像，都用車輦載著，裝飾上錦綺珍寶，這叫做「行像」，動輒上千尊，雲集會所，十分壯觀。玄奘後悔來得不是時候，否則他一定會去參加這樣的盛會。

在屈支停駐的兩個月中，玄奘一天天心急如焚。終於，這裡的花兒開了，樹綠了，空氣暖和起來。急於西行的玄奘，聽過往商旅們說凌山雪路已開，就與歡信商量了一下，入宮向屈支國王辭行。國王知道不能挽留，就贈駝、馬十餘匹，備足吃用，又派了幾十個兵卒供他差遣。第二天，屈支君臣及僧俗數千人送玄奘一行人出了西城門。

從屈支向西，六七百里內，有一片小沙磧橫亙著，玄奘一行人因為有

　　了嚮導，就選了一條捷徑前行。走了兩日，忽然遭逢一支馬隊，浩浩蕩蕩，大約有兩千餘騎，從遠處黑壓壓地鋪天蓋地而來，真如一股旋風襲來。仔細一看，原來這是一支賊兵，他們把玄奘一行人團團圍住，二話不說就要來搶東西。玄奘等人見到這種情形，一個個也無可奈何，心裡只想著一件事，能保住命就不錯了。

　　過了一陣子，見這些賊兵吵鬧起來，緊接著又相互撕打在一起。看樣子分贓不均，引起了紛爭，他們打來打去，這兩千多人丟下了玄奘等人，自顧自的打到遠處去了。望著這支遠去的賊寇，眾人無不心驚，所幸人畜平安，幾乎沒有丟什麼東西。經過這次驚嚇，他們加快了行進的速度，不久就進入跋祿迦國。

　　跋祿迦國在漢代稱作姑墨國，風俗習慣和信仰與屈支沒有什麼差別，只是語言稍有不同。大概是手工業比較發達，這裡生產的細氈細褐，遠近聞名，中亞一帶的商旅多來貿易。此地有寺院數十所，僧徒千餘人，王城就是撥換城。玄奘他們趁雪路方通，急於通過凌山，不便在此久留。因此，只在跋祿迦國住了一宿，就出發了。他們往西北行進了三百多里，來到了凌山腳下。

　　凌山也稱撥達嶺，又名冰山，山勢險峻，常年為冰雪所覆蓋，並且上有冰河，經常發生雪崩，冰塊下墜，能把行人埋沒、砸死或凍死。此山山谷積雪，即使是春夏兩季，也很難融化；即便有時融化，也會很快結冰。然而這條冰川谷道是行旅所必經的要道。

　　到了凌山腳下，玄奘一行人已經感到了寒冷，身上的衣物已經不能抵禦這裡的寒氣，他們從行李中取出了高昌王贈給的那些衣物穿在身上，可即使這樣，他們仍然覺得身上寒冷，手腳冰涼。向前望去，只見前面白光

一片，分不清哪裡是山，哪裡是天。玄奘見此情景，想要回頭和同伴說些什麼，一張嘴，一股寒氣衝進喉中，便覺得氣短不能出聲，只得埋頭向前走。只見地上的積雪一望無際，如千萬條棉被鋪在地上，再加上前面白色的山嶺，以及天光雲影，片片白光，看了使人目眩。地上的積雪有的地方已經凍成了冰，成冰的地方堅滑難行，馬走在上面，蹄下常會打滑。沒有結冰的地方，雪深及膝，走上去步履艱難，所以行路十分艱難。

到晚上，他們已經行到了山中，只見一輪明月掛在天上，天光與雪光交互相映，天地間一片通明。這時候風小了些，玄奘等人想找個避風的地方吃飯睡覺，可找了許久也沒有找到。無奈之下，他們把能鋪的東西都鋪在雪上，在上面休息。吃了些東西後，他們略微感覺身上有些暖和。人和駝馬都依偎在一起相互取暖。玄奘感覺非常睏倦，於是沉沉睡去，到了半夜，玄奘被凍醒了，然後又睡下，又被凍醒，三番兩次之後，才月落日出。

玄奘想起身，覺得自己的右腳僵硬，不能動彈。他用力搖了半天，腳才恢復了知覺。同行的人也大都有這樣的情況，人們連呼「好冷！好冷！」這時，玄奘發現從高昌國帶來的兩名手力還臥在地上，沒有醒來。玄奘搖搖他們，只覺他們身上堅硬如石，探一探口鼻之間，已沒有了氣息。玄奘不禁流下淚來，哽咽著說：「可憐他們已經死了。」同行的人也都來觀看，果然這兩人已經凍死。正亂的時候，歡信又叫，說另一名手力也死了，還凍死了一匹馬。手力們都放聲嚎哭，淚流在臉上，風一吹便都結成了冰。玄奘見此情景，心裡十分傷感，他說：「如果是我死了，也沒有什麼，可現在他們死了，我心中真是不安！」說完大哭不止。這時歡信來勸玄奘：「事已至此，也只能這樣了，我們就把他們葬在雪中吧。」於是人們把這幾名手力和那匹馬埋於雪中，玄奘念經為他們超渡，而後進食繼續前行。

　　這一天，天氣轉暖，可到了晚上依然寒冷，玄奘等人也依然在雪上睡臥。等天亮了清點時，發現又凍死了一名手力和一匹馬。照樣埋葬了之後，繼續前行。這一天越過了一座小山，前面的路更加難走，馬走在冰上已站立不穩，玄奘無奈，只得下馬步行。天色將晚，他們來到了嶺頂。玄奘站在嶺上，放眼望去，前面茫茫蒼蒼，數百里雪白一片。玄奘在山頭犯起了愁，這山頂上，風大，寒冷無比，空氣稀薄，人站著不動也感覺氣短，當天下山肯定是來不及了，可在這山上怎麼過這一夜呢？

　　玄奘正在山頂徘徊，只見歡信從前面奔來，面帶驚喜的表情。歡信對玄奘說：「法師，今夜有好住處了。」玄奘說：「我正在憂慮今夜沒有住處，你真的找到住處那就好了。」歡信說：「是的，就在前面山坡的側面，有一個山洞，那裡面可以容下十幾個人和十幾匹馬，請法師前去看看。」玄奘說：「這樣很好，你去告訴前面的手力，讓他們把行李搬進洞中去。」說著也跟著歡信來到那山洞前。只見這洞口大小可容兩匹馬進入，洞中的四壁都是石壁，洞外雖然積雪很厚，洞中卻很乾燥。玄奘見此，對歡信說：「如果不是你找到這洞，今天我們怕是要凍死在這嶺上了。」

　　歡信將人馬都安置在洞中，又取出食物安排晚飯。然後又用被褥把洞口堵住，以防冷風吹進。這些人從進山以來，已經好幾天沒睡過安穩一覺了，今天得到這樣一個安穩的地方，都覺得非常舒適。

　　睡到半夜，外面傳來一種怪聲，像是有東西從山上奔瀉而下，那聲音就像是打碎了千百件瓷器一樣。玄奘夢中被這聲音驚醒，細心靜聽，這聲音時大時小，十分清脆，玄奘暗想，這是什麼聲音呢？既不像是猛獸，也不像是強盜，而且這人跡罕至的地方，哪裡會有強盜呢？玄奘想到這裡，也就沒有叫醒其他的人。而這時有一個手力醒了，他也聽到了這聲音，他低聲呼喚他的同伴。玄奘看到後，對他們說：「睡你們的覺吧，沒有什麼

事的。」手力見玄奘已醒，就問道：「法師，不知這是什麼聲音？」玄奘道：「不會是野獸，也不會是強盜，只管睡去吧。」手力又道：「法師，這不是野獸，也不是強盜，只怕是妖怪吧？」說到這裡，這手力的聲音都有些顫抖了。玄奘聽了，也覺得手力的話有些道理，但他心裡還是很鎮定，於是就對手力說：「不要怕，我們的行裝中有經卷，就算它是妖怪，也能將它們震懾住。」這時又有一個手力醒來，聽玄奘他們說話，也插言道：「法師，這洞該不會是那妖怪的洞吧？」玄奘道：「讓我來誦經懾服牠們吧。」於是玄奘開始輕聲誦經，而洞外的聲音仍是斷斷續續發出。這時，人們都醒了，駝馬也驚醒鳴叫，人們雖然沒有從地上起來，但心裡仍是非常恐慌，只有玄奘一個人鎮定自若地在誦經。這樣待了許久，洞外的聲音仍是時大時小，所幸的是，並沒有其他的事情發生。玄奘知道妖怪不敢進洞為祟，歡信他們見沒有其他的動靜，也就想，這妖怪的魔力也不過如此。畢竟大家都疲倦不堪了，於是就又沉沉睡去了。

　　第二天一大早，人們都還沒有醒，玄奘就已經醒了，他看到洞外微微有日光，心想，這妖怪不足畏懼，等天亮了，就更不用怕了。於是出洞探望，只見外面堆著許多冰塊，大大小小不計其數，記得昨天並沒有這些東西，這是什麼原因呢？玄奘這才明白，原來晚間這怪聲就是這些冰塊從山上崩解下來的聲音。這時歡信也醒了，走出洞來，玄奘對歡信說：「昨晚的妖怪，就是這些。」歡信一見冰塊，早已明白，他對玄奘說：「看來我們昨晚真是庸人自擾了，虧得法師念經把我們的心鎮壓住，不然的話，我們已經被嚇死了。」玄奘聽了，一笑了之。

　　這時，玄奘看到天上已飄起了點點雪花，急忙著催人起來吃飯趕路。歡信等人說，這天一下雪，路途肯定無法行走，不如等雪停了再走吧。玄奘聽了，對歡信說：「你可知道這雪什麼時候能停，不如走一程是一程。」

歡信等人都不願再走，玄奘見此情形，也沒有辦法，只好在洞中等雪停。好在這雪只下了半天就停了。雪一停，他們馬上開始趕路，半天時間便來到了山下。如往常一樣，他們又在冰上睡了一夜，第二天起來又越過一個小嶺。在嶺上，他們遠遠地看到前面遠處已經有了人家，心中甚是歡喜。就這樣，他們在冰雪中又苦行了兩天，終於走出了凌山。

玄奘清點了一下人馬，他隨行的四個小和尚只剩下了兩個，其他的手力等人也損失了十之三四。想到此，大家都十分悲傷。

走出凌山後，他們沒走多遠就看到一片汪洋，水色青黑，波浪滔滔。這個大湖名叫「熱海」，四面環山，山中流出的水都注入此海。奇怪的是，它與凌山為伴，凌山一年四季冰封雪凍，而熱海卻四季不凍，這是因為水中鹽分很高，因此人們稱之為熱海，又叫鹹海。熱海其實就是今天吉爾吉斯境內的伊塞克湖。它周圍大約有一千多里，東西長而南北窄，遠望煙波浩渺，不待風吹即濤湧浪捲，真是一個奇特的大清池。傳聞池內龍魚雜處，靈怪很多，所以過往行旅，常常對著大清池祈禱。水中魚很多，卻沒有人敢來此捕撈。

玄奘一行人沿著大湖的北岸朝西北走了大約五百多里，到了素葉城（今吉爾吉斯的托克馬克）郊外，突然，前面一個手力慌慌張張向玄奘跑來，只見他臉色慘白，氣喘吁吁，一邊跑一邊喊：「不好了，不好了！」那麼，到底是什麼事使這個手力驚慌？對玄奘一行人而言又是喜是悲呢？

第十回
熱海忽見統葉護 西域驚逢故國人

且說玄奘和歡信一行人沿熱海向西行走了五里馬上要來到素葉城，這時，走在前面的手力忽然跑回來對玄奘道：「法師，前面有大隊人馬，看樣子是盜賊。已將我們的同伴捉走一人，請法師還是暫且停步，等打聽明白後再走。」玄奘道：「你可看清那大隊人馬有多少人？」手力說：「少說也有一兩千。」玄奘又問：「他們手裡有兵器沒有？」手力道：「有！」

正說著，前面又一個手力奔回來喘息著說道：「我向路人問明白了。原來是突厥統葉護可汗在此打獵。」玄奘聞言喜道：「統葉護可汗，好極了，我們正要去找他呢。」

他們向前沒走多遠，就見到一支打獵的騎兵黑壓壓飆過來，為首一個身穿綠色綾袍，散著長髮，額頭上裹著一條頭帶。有兩百多個身穿錦袍，編著髮辮的人圍繞在他左右，其餘的人都衣裘毳，櫜鞬端弓，或騎馬或騎駝，黑壓壓如雲般一大片。歡信見到這些人，催馬向前，來到那個領頭人的馬前，甩鐙離鞍跳到地上，趨行上前施禮。

「高昌侍御史歡信謹奉我王之命，護送大唐法師玄奘前來謁見可汗。」

「大唐法師？快請他來見。」統葉護可汗命令道。

歡信跑回來，對玄奘說：「可汗請法師。」便牽了玄奘的座騎韁繩，來

到可汗面前，玄奘下馬合十作禮，可汗也下馬還禮。歡信把高昌王麴文泰寫的信呈上，統葉護可汗展讀一遍，只見信上寫道：「……法師欲求法於婆羅門國，願可汗憐師如憐奴，仍請敕以西諸國給驛馬，遞送出境。」

歡信又將綾絹五十匹、果物兩車獻上。只見可汗和顏悅色地對玄奘說：「法師要去婆羅門國求法，我會派人安全送達，法師此行不用擔心。先委屈法師到我的衙所暫歇，我過三天就回來。」說完，他喊一個名叫答摩支的官吏來，讓他把玄奘一行人引送到衙所妥善安置。可汗自己則帶著隊伍繼續他的遊獵去了。

玄奘回到可汗衙所，歡信和同行手力等人均已陸續趕到。只見所謂衙所，原來是一座一座的大帳蓬，也就是我們今天所見到的蒙古包，一眼望去，不知有多少座，這些帳蓬裝飾得非常華麗。

答摩支招呼玄奘和歡信在一所帳內住下，同來的小和尚和手力人等也在另外幾所帳內住下，並十分周到地供奉了飲食。小和尚和手力等人，把行李都安排好，吃了些東西後，都一齊來見玄奘。其中一個手力問：「法師，你認識這可汗嗎？」玄奘道：「高昌國王有給他的手書。」手力說：「怪不得起初我被他部下的兵捉去，說要把我殺掉，後來又問我可是和玄奘法師一同來的，我說『正是』，他們馬上就把我放了，我才得以來到這裡。我就想，法師一定是認識可汗，不然怎麼會放了我呢？」大家聽後都笑了起來。

玄奘在統葉護帳中住下，整整歇了三天，統葉護可汗才回來。統葉護可汗傳命引玄奘到可汗的大帳相見。玄奘來時，還未到達帳門，可汗就出帳迎拜，再次慰問玄奘勞苦。於是請玄奘到帳中入座。

只見帳中陳設極為奢華，無論是裝飾還是器具，上面隨處可見各色珍

寶，光輝燦爛，耀人雙目。統葉護可汗的一些重臣分列在兩邊侍坐，都穿著錦袍，赫然奪目，可汗坐在中央，後面有手執兵仗的衛兵侍立。大帳中，還有一個很大的坐椅，玄奘一看，非常驚奇，那坐椅不是木製的，四個椅腳全是鐵的。上面鋪著華麗的錦褥。可汗讓玄奘在這裡坐下，玄奘見此，根本就不敢坐。這是為什麼呢？在出家人的戒律中，前十戒中有一條就是不坐寬廣的大床，這裡所說的床，就是古代所說的「胡床」，也就是我們今天所說的椅子。玄奘見到這麼華麗的坐椅，猶豫不決，不知如何是好。歡信看出了玄奘的為難，就說：「據我所知，突厥風俗敬火，以為木中含火。故不以木為床。今鐵腳床專為法師而設。招待貴客是這裡的禮節，法師不必推辭。」

玄奘聽歡信這麼說，先向可汗謝了，然後就坐，歡信等也都一一坐下。可汗令陳酒設樂。與諸達官暢飲，另備葡萄汁供奉玄奘飲用。少時，樂舞開始，珍饈美味也都擺了上來，只見肥鮮滿目，大抵為牛、羊肉之類。可汗知道玄奘不食牛羊，就另備素食供奉玄奘。歡信心中暗想，這法師，今天可是又坐大床，又聽歌舞，這十戒中已經犯了兩戒，到了人家的地盤，身不由己啊！

眾人吃喝完，可汗請玄奘說法，玄奘就把不殺生、愛惜生靈的佛法教義宣講一番，又講了一些六道輪迴和解脫之法。人們聽後，都深受感動。一直講到天色將晚時，眾人才盡歡而散。玄奘在可汗的衙所住了些日子，天天與可汗相見，最後可汗對玄奘說：「法師還是在我國中住下吧，不要再西行了，印度那裡酷熱，四季都是夏天，我看法師身體如此瘦弱單薄，到那裡怎麼能受得了，恐怕要被那裡的酷熱所消融了。」

玄奘說道：「事情不是這樣的，貧僧萬里西行，一心只為求法，只知追尋聖蹟，不問其他，酷暑嚴寒均所不避。」可汗聽玄奘這麼說，對玄

奘很是佩服，「法師志向的堅定，我是真心欽佩，只是道路艱難，還須法師自重。我現在就命人到軍中去，為法師尋找通曉漢文及西域諸國語言的人，然後讓他們伴法師西行，這樣路途上可免阻礙。」玄奘一再謝過可汗。

於是可汗下令訪求，果然找到了一人，這人少年時曾到過長安，能說些漢語，還通曉西域諸國語言，可汗封他為摩咄達官。可汗還給玄奘西行沿路的各國分別寫了手書，並命令摩咄，讓他伴送玄奘到迦畢試國，然後再回來。

當初從高昌國出發時，歡信奉高昌王命，讓他送玄奘到統葉護可汗衙所，現在他的任務已經完成了，歡信也不想再向西去，就辭別玄奘回高昌國。玄奘又在此添覓了手力若干人，以便擔負行裝，照顧駝馬。

出發之日，統葉護可汗與大臣們送出玄奘十餘里才告別。一上路，摩咄就開始給玄奘指點，從這裡前行，一路要經過十幾個小城，摩咄對這些地方都比較熟悉，他把這些地方的山川風土的大略情況講給玄奘聽。

從素葉向西行四百里，他們來到一個地方，這裡氣候宜人，令人心情暢快。玄奘問摩咄這是什麼地方，摩咄答道：「此地名為『屛聿』，『屛聿』是『千泉』的意思。因為這裡有泉水千處，故名『千泉』，每到春夏時節，這裡風景秀美，氣候宜人，統葉護可汗每年都到這裡避暑。」玄奘道：「這裡果然不錯，可惜我們來得太早了一點。如果是在春夏時來，那風光一定會更好的。」他們一面說一面走，只見沿途處處清泉汨汨，有的流成小溪，有的流成小湖，那澄清的湖水，十分可愛。

玄奘一行人走累了，就在一個小湖邊休息。遠遠地，他們看到一頭鹿來這湖邊飲水，沒有絲毫怕人的意思，小和尚就跑過去，順手把這鹿

捉住。

　　摩咄看見急喊道：「不能捉！不能捉！」甚至急得臉上發紅。小和尚一見摩咄如此著急，就把鹿給放了。回頭問摩咄：「為什麼不能捉？」摩咄道：「這裡的鹿十分馴服，是統葉護可汗最喜愛的，可汗禁止捕捉，若是有人殺害一頭鹿，就與殺人同等罪名。」小和尚一聽，嚇得說不出話來。說話時，又見一大群鹿到湖邊飲水，玄奘怕小和尚又闖禍，便說道：「我們要愛惜生靈，應加以保護，就是沒有統葉護可汗的禁令，也不可任意驚擾牠們。」說罷，就起身趕路了。

　　從千泉向前走了兩天半，約一百五十里路程，眾人來到呾邏斯城。城中很是繁華，各國商人紛然雜處，情形與素葉大抵相同。玄奘等在此住宿一夜。第二天向南走了十餘里，見前面有一城堡，摩咄指著城堡對玄奘說道：「法師，你知道嗎，這城中可都是漢人。」玄奘驚問道：「為什麼這城中都是漢人？」摩咄道：「這城裡的人民祖先本是漢人，是被突厥人擄掠來的，後來這些漢人不服突厥統治，就自相團結起來，占據了這個小城，和突厥對抗，當時突厥正有其他的戰事，無暇顧及他們，於是他們就自成一國，以三百戶漢人孤零零地存活於群胡之中，聽說已有許多年了。」玄奘道：「這倒很有趣，你知道他們的語言風俗嗎？是不是和漢人還是一樣？還是已改變了？」摩咄道：「衣服住所都已改為突厥的，只有語言禮節依舊，據說也略有變化了。」玄奘道：「這樣說來，我們應該到城裡去看看他們。」

　　這樣說著，眾人已走到城裡，只見迎面有一老人走來。服氈披裘，都是突厥服飾，再看臉上，卻是面白目平，鬍鬚疏而短，分明是漢人。玄奘卜前，用漢語問道：「請問這位老翁，這裡是什麼地方？」老人聞言停了片刻，才用突厥語答道：「我不懂你的話。」摩咄聞言，說道：「這位法師並

不是騙子。」老人這才又將玄奘細細地看了看。用漢語問道：「他果然是漢人。可怎麼能到這裡呢？」玄奘道：「凡是有人能行到的地方，漢人都行得到。」老人道：「你難道是逃難來的嗎？」玄奘道：「不是，我是去印度求經的，由此經過，聽說這裡有故鄉人居住，不知是否就在這城中，特此向老翁一問，驚擾老翁了，還請原諒。」老人笑道：「說哪裡話，我們自祖宗逃難至此，已經數代，雖然生長他邦，無不心懷故國，怎奈路途迢迢，山河阻隔。一來是欲歸不得，二來是歸也無家，注定我們的子孫要長在這胡地，再也踏不上那中華之土了。今天能遇到故國之人，怎能不令人感動啊！」說著，便流下淚來。玄奘見此，也潸然淚下。老人道：「大師既然到此，應到我家稍住，也讓我盡一盡地主之誼。」玄奘道：「我們人多不敢驚擾，只求老翁伴我們在城中遊覽一回，我們還要趕路西去。」

於是，老翁就領玄奘等人遊覽小城，一邊走一邊和玄奘閒談。老人問道：「大師可知道當今的天子是姓李嗎。」玄奘道：「不錯，是姓李。」老人道：「老夫五十二歲，目未見故國之土。只聽過胡商說當今的天子是姓李。可我們祖宗告訴我們，天子並不是姓李。」玄奘道：「那天子不姓李，姓什麼呢？」老人道：「姓馬。」玄奘一聽，覺得奇怪，暗想並沒有姓馬的皇帝。停了片刻，才恍然大悟，估計是姓司馬吧。便對老人道：「是姓司馬嗎？」老人道：「相傳是姓馬。」玄奘知道他們一定是以訛傳訛了，之前他們祖上來到這裡的時候，還是晉朝，那時還是司馬氏的天下。可能是因為年代久遠，把天子的姓也省略了。玄奘也不和他爭論，只說道：「現在的天子已姓李了。」他們一面說，一面走。玄奘留心看路上來往的人，雖然都著突厥裝，但面目都是漢人，有的是說漢語，有的是說漢語夾雜外國話，他們看見玄奘等人，也都注目觀看，卻還當他是外國的遊方和尚，好像沒有看出來玄奘也是漢人。

遊覽了一番，玄奘等人辭謝老人，向原來的道上走去，並從行裝中取出兩匹絹送給老人，作為紀念，老人收下，謝了玄奘，兩人揮淚分別。

　　玄奘從此向西南行約二百里，到白水城，又向西南二百里到恭御城，又向南到笯赤建國等，又西行千餘里至窣堵利瑟國。再向前沒有多遠，忽見摩咄突然停下，神情嚴肅地對玄奘說：「法師，我們現在有件大事要辦。」那麼，到底摩咄要辦什麼事情呢？

第十一回
度沙磧摩咄夢龍纏 過康國沙彌遭火灼

　　且說玄奘一行人正向西前進，前面又是一個大的沙磧，摩咄對玄奘道：「現在我們有一件大事要辦。」玄奘問是何大事，摩咄道：「就是取水，因為前面有一大沙磧，這沙磧五百里內沒有水草，一定要在這裡取足了水才行。」

　　玄奘道：「我這裡還有存水的皮囊，只不知近處有什麼地方可取水？」摩咄道：「離這裡約一里路，有一個大水池，那水是又清又甜，本來可以取用，但現在有龍守著，必須等龍睡了，才可偷取，否則觸著龍怒，必定要興風作雨，洪水氾濫，使我們不得安寧。」玄奘道：「如此說來，那龍池裡的水很不好取了，除此之外，沒有其他的地方可以取水嗎？」摩咄搖頭道：「沒有了。」

　　玄奘沒有再說話，只聽摩咄又說道：「我看這樣吧，讓我先去試一試，我帶著幾個人，帶水囊去取水，法師暫且在這裡等著，以免往返勞苦，也省得人多驚醒了那龍。」玄奘說：「我看還是一起去吧，萬一觸犯龍怒，我還可以誦咒懾服那龍。」

　　於是，玄奘就吩咐手力等人從行裝中取出水囊，大家同往龍池去取水，由摩咄在前面引路。摩咄帶著他們曲曲折折走了一里路光景，已經遠遠見到龍池了，忽然天空下起大雨來。小和尚道：「不好了，觸犯那龍了！我們怎麼辦？還去嗎？」摩咄連忙搖手，叫小和尚不要高聲說話，自己附

在玄奘耳旁說道：「法師不要驚慌，我們並未到池中取水，龍為什麼要怒呢？這回啊，肯定是那龍怕法師往池中去取水，預先降了雨，讓法師在池外低窪之處有水可取，這也是牠的好意。」玄奘道：「只要有水可供我們在沙磧中飲用，我們又何必與龍為難，非要取牠池中的水呢？」說著，只見旁邊不遠處有一破廟，大家都跑進去避雨。

這廟中無人居住，神座上供的是龍王，想必就是這池中的龍了。玄奘等人在這廟中剛轉了一圈，外面的雨就停了。玄奘等人出門去看，只見離廟不遠有一條小溪，溪中流著清水，還汩汩有聲。摩咄一見說道：「這溪原本是乾的，現在有水，這分明是龍王賜給我們的。」於是，就叫手力們用囊在這溪中取水。他們剛把水取足，溪中的水就乾了，這一來，摩咄越來越相信這是龍王給他們的水了。

玄奘等人取水之後，仍回歸到原路，向那沙磧中前進。人馬行於沙中，四周茫茫一片，寂靜無比。走了半天，人馬頗為疲乏，眾人只好宿於沙中。到晚上，寒氣襲來，風吹沙鳴，聲如怪鳥，又如鬼號，令人毛骨悚然。夜深了，可玄奘仍沒睡著。忽然玄奘聽見摩咄在喃喃地說夢話，說了一陣子，又高聲大叫道：「還你的水！還你的水！」玄奘驚問道：「摩咄，你在說什麼？」邊說，玄奘便推了推摩咄，誰知摩咄被玄奘這麼一推，就著玄奘的力，立起身來，只見他將一隻水囊的結解開，把一囊水都倒在沙裡。玄奘忙問道：「你幹什麼？幹什麼？！」一面喊，一面阻止他，可摩咄如發了狂一般，玄奘沒有他的力氣大，阻止也阻止不住，把一囊水倒完，又去解第二隻囊，幸虧這時那兩個小和尚都已驚醒了，大家一齊上前把摩咄抱住，那第二隻水囊也已被他解開，囊中的水已倒出一半。玄奘連忙把水囊提起，才算救到了半囊水。

摩咄被捉住了，可他還是大喊大叫，說道：「龍王來逼我要水，我

已答應把水都還牠了。」玄奘知道他還在夢中，就笑著問道：「龍王在哪裡？」摩咄道：「龍王剛才來的，現在已經走了，我非還牠的水不可，如不還牠，牠還是要來的。」玄奘心想，這摩咄肯定是夢見龍王向他討水了。就叫小和尚道：「你們快把他按在地上坐下。」於是，小和尚將摩咄按在沙地上，玄奘假作龍王的口吻大聲喝斥摩咄道：「我是龍王，你這摩咄見了我，怎麼敢亂喊亂叫？」摩咄道：「他們不讓我還你的水。」玄奘還假裝龍王的口吻道：「好了，你還了我一囊水已經夠了，剩下的留給玄奘飲吧。但有一點你要記住，就是不許你飲這水。」摩咄聽了這話，才安靜了下來，躺在沙上不動了，過了一會兒，玄奘再看，見他又呼呼睡去了。玄奘吩咐小和尚等人，不要驚動他。他們當初取水時，共有五隻皮囊都裝滿了水，現在被摩咄潑去一囊半，所幸還有三囊半，勉強還夠用。玄奘和小和尚見摩咄已睡得很安穩。他們也便各自去睡了。

到了第二天，大家起身，玄奘問摩咄道：「你昨夜可做了什麼噩夢嗎？」摩咄驚道：「法師，你怎知道？」玄奘含笑不言，兩個小和尚也都暗暗發笑。看來摩咄對昨夜發生的事全不知道，還以為全是做夢呢。他對玄奘說：「昨夜真嚇死我了，夢見龍王來向我要水，我不還牠，龍王又不肯依我，我要還牠，小和尚們又不依，真叫我左右為難啊！幸虧法師的法力大，龍王見了也怕，後來龍王知道這水是法師要喝的，就對我說，留給法師喝，牠不再向我要了。」玄奘聞言，暗暗發笑，卻還裝著不知道，對摩咄說道：「夢中的話不要太在意。」摩咄道：「怎麼能不在意，我在夢中已允許還牠的水，已把兩囊水都倒入沙中了，你們去看，如果囊中的水沒有少，那就是我的夢不真，假使囊中的水缺少了，那就是所夢為實。」玄奘道：「我們查看過了，五囊水缺少了一囊半。」摩咄道：「這就是被龍王要回去的。」玄奘道：「這就證明你的夢是真的了，但是我告訴你，我和你

生在這個世界上，一舉一動，一言一語，無非是做夢，夢也是夢，真也是夢，夢本非真，真亦非真。」摩咄聽玄奘說了這些，像是聽懂了，又像是沒有聽懂，只說道：「無論是夢非夢，是真非真，我昨夜沒有被龍吃掉，也總算是萬幸了。」玄奘道：「就是被龍吃了，也不過是一個噩夢而已，等到今天夢醒來，豈不還是好好的一個人嗎？就說不是做夢，是真的被龍吃了，也不過等於一場夢。」摩咄想了想說：「法師的這些話，我不完全懂，我們還是不要說夢了，快趕路吧。」於是大家坐在沙地上，吃了些東西，起身趕路。

又走了一天，已深入沙磧之中，四顧茫茫，都是一望無際的灰白色，已辨不出東西南北。摩咄泫然說道：「我們已陷入沙海中，迷失了方向，這可怎麼辦呢？」玄奘道：「我在莫賀延磧中時也迷了路，是靠死人引道才走出去的。」摩咄道：「法師的法力真大，連死人也會替你引道。」玄奘道：「這沙磧中有死人遺骨，我們只要看到有遺骨之處，就可知道這是前人足跡所曾經過的，我們跟著他走，方向就不會錯。我從前在莫賀延磧中，就用這個法子，果然走出了沙漠。如今這個法子又好用了，這就叫做死人引道啊。」摩咄嘆道：「看來我們只好如此了。」於是便跟著沙中的遺骨前進。

這樣走了一天，仍在沙中解裝露宿。玄奘和小和尚都取水喝，只有摩咄坐在那裡不動，也不喝水。玄奘問道：「摩咄，你為什麼不喝水？你不渴？」摩咄道：「在沙磧中走的人，哪有不想喝水的，自從我夢見龍王以來，便沒有喝水，現在喉中乾燥，嗓子都快裂了。」玄奘問道：「夢見龍王以後，為什麼你就不喝水了呢？」摩咄道：「龍王曾對我說，這水是給玄奘法師喝的，不許我喝，我哪裡敢不聽牠的話呢。我渴死了，也是死，被龍吞了，也是死，我寧可渴死，也不願被龍吃掉。」玄奘聽了他的話，仰天大笑，邊笑邊回頭向摩咄道：「不要緊，這水是龍王給我飲的，牠既然給

了我，就是我的了，現在由我送給你，我想龍王也不會來追究我吧？」摩咄道：「這話不錯，但是要你親手取水遞給我才行，我是不能自己取水的，自己動手取了，龍王肯定還會來找我算帳的。」玄奘含笑道：「這話也對。」於是，玄奘從水囊中取了一大杯水遞給摩咄，摩咄這才敢接著喝。喝完，他便覺得非常的痛快。這一夜大家睡得都很安穩。

天亮眾人起來趕路，早行夜宿，每日都是如此，一連許多天。摩咄每想要喝水時，就請玄奘幫他取，不敢自己去取水喝，天天如此，玄奘雖然覺得麻煩，但這個啞謎，玄奘始終未曾揭穿。

他們算了算，大概已行了五百餘里路，不久，就走出了沙磧，見到地上有了土石。玄奘說道：「已走出沙磧了。」大家都很高興，可摩咄皺眉道：「雖說我們走出沙磧，可前面有比沙磧還危險的地方。」玄奘驚問道：「什麼地方？」摩咄道：「前面就是颯秣建國，就是你們唐人所說的康國。」玄奘道：「既然有人煙，還會有什麼危險？」摩咄道：「法師你不知，這康國的國王和人民都不信佛教，他們如果知道法師是佛教中人，一定不讓我們在此居留。」

玄奘道：「不肯讓我們居留也沒有什麼，我本來也不想在此居留，只要經過他們的國境就行了。」摩咄道：「只怕他們不許我們經過。」玄奘躊躇道：「如此說來，那我們怎麼辦呢？」摩咄道：「辦法倒是有，只是不敢說。」玄奘道：「有什麼不敢說的，你說吧，沒有什麼。」摩咄道：「我想，若是法師改了裝，冒充商人，就可以安然經過這康國。」玄奘聽了，微笑一下，旁邊的一個小和尚說道：「改裝？別的事情容易，只是頭髮都沒有，怎麼改啊？」玄奘沉思片刻，又對摩咄道：「這不要緊，本來一切眾生都有佛性，這裡的人不信佛是沒有聽見真的佛法，如果他們聽見真的佛法，也沒有不信佛的，現在我們正好向他們說法，何必要改裝冒充商人呢？」摩

咄搖頭道：「不行啊，絕對不行的！」玄奘道：「怎麼知道不行呢？」摩咄道：「聽說這裡本來有兩座佛寺，以前也有僧人在此居住，後來不知什麼時候，那兩座佛寺竟荒廢了，再無人居住。外國的遊方僧到此借居，也都被土人驅逐。又聽說康國的風俗中特別重火，以火為最尊之神。從前有僧人到寺中借宿，這康國的土人就燃火燒他們，不許他們在此居留。這是我在本國時聽見從此經過的外國商人說的。既然是這樣的情形，恐怕他們對待法師也是如此。」

玄奘道：「既然有佛寺空著，我們就到那裡去投宿，看他們怎樣對待我們。我還想向他們隨緣說法，以前被驅逐的和尚，想必都不高明吧，真的佛法，一切眾生都能感動，何況是人呢？」摩咄道：「既然如此，法師可試試看。」

他們一邊說，一邊走。不一會兒，已走出沙磧，上了大路。漸漸遇見行人，這些行人看到玄奘的裝束，都怒目而視。摩咄一邊走，一邊擔心，低聲對玄奘說：「他們不敢驅逐我們，是看見我們人多，等一會兒，他們的人多了，我們就要受攻擊了。」玄奘聽摩咄這麼說，仍是很鎮靜，說道：「到了寺裡，待我向他們說法。」

又走了一會兒，已經離康國的都城不遠了，只見前面果然有一所荒廢的廟宇。玄奘道：「這大概就是剛才所提的佛寺了。」走到那邊細看，只見景象十分荒涼。玄奘和眾人都走入寺中，解裝休息。在經過寂寞無人的沙磧之後，忽然有這所破寺可以暫時庇身，眾人也都覺得極舒服。這時只見有一個男孩子，立在寺外，看見玄奘，面上露出驚訝之色。玄奘含笑問這孩子道：「這裡是颯秣建國嗎？」那孩子不懂玄奘的話，只是呆立著不作聲，摩咄把玄奘的話譯成颯秣建國語問孩子，孩子點點頭。玄奘又道：「我是從中國來的，來向你國人民宣揚佛法，請你給我們的人引路，去見你們

的國王。」說著，又從行裝中取出許多東西來贈給孩子，一方面也由摩咄把玄奘的話翻譯給孩子聽，孩子很歡喜地答應了。玄奘派了一名從統葉護可汗那邊帶來的人，並帶著統葉護可汗給康國國王的書信，和孩子一同前去。孩子先回家，告訴他的父親，由他的父親轉報國王。

玄奘等人正在這廟中預備食物，只聽到寺外一陣鼓噪之聲，有十幾個中年男子湧入寺來，氣勢洶洶，進來就問這些和尚是從哪裡來的。摩咄出來回答說是從中國來的。玄奘對摩咄道：「快告訴他們不要吵鬧，待會見了國王再說。」摩咄把這話翻譯給這些人聽。這些人一聽說玄奘是從中國來的，心裡早已一驚。因為他們早已知道中國是個大國，所以聽說玄奘從中國來，不敢輕視。後又聽說他要會見國王，疑心玄奘和國王有舊識，更嚇得不敢作聲，其中有幾個還偷偷地跑走了。

那孩子的父親帶著玄奘的人來到都城中，他們見到國王，國王看了統葉護可汗的信，又聽說玄奘是從中國來的，馬上就親自來到寺中接見玄奘。玄奘聽說國王來寺裡，也出來相迎。彼此談話，都由摩咄翻譯。國王道：「聽聞你這和尚是從中國來的，我雖不信佛，卻很仰慕中國，所以來見你。又聽說你會宣揚佛法，今就請你給我說一說法，如果說得對，就饒了你，說得不對，就把你殺掉。」這時，國王左右的衛兵，都已亮出了刀劍，情勢嚴竣。小和尚們已嚇得面無顏色，躲在寺院角落裡不敢動，摩咄心裡也有些怕，但還勉強鎮定替玄奘翻譯。

玄奘稍加思索，就開始向國王說法，逐字逐句由摩咄翻譯。玄奘問道：「聽說貴國事火，不知火有何好處？」國王道：「火是至明不暗的，無論什麼黑暗的地方，經它一照就明亮了。火是至公無私的，不管貧富貴賤，它都是一般的照耀，這就是火的好處。因此我國國民都敬火。」玄奘道：「大王的話不錯，火是至明不暗的，火是至公無私的，弟子已知道

了。但是佛法比火還要至明不暗，比火還要至公無私，大王何故不信佛法呢？」國王道：「這話有意思，快解釋給我聽，若是解釋正確，我也信佛，若是解釋得不對，我就把你殺掉，連同你們一起來的人，全都殺掉。」眾人聽了這些話都禁不住心驚膽戰，只有玄奘還是十分鎮靜，他從容答道：「國王請聽，火是至明不暗的，無論什麼黑暗的地方，經它一照便明亮，但是人心裡的黑暗，火卻照不到。而佛法無邊，可以照徹人心裡的黑暗。如果真能得到佛法，心地就會光明快樂，這就是佛法照徹人心裡的黑暗。」國王聽後微微露出笑容，表示贊成。玄奘又接著說道：「火是至公無私的，不管貧富貴賤它都是一樣的照耀，但是佛法更無私，因為佛法說：一切眾生都是平等的，不僅僅是貧富貴賤。」國王聽到這裡大驚，低頭沉思了一會兒，好像是恍然大悟，便高聲對玄奘道：「你說得對，從今以後，我也信佛法了，就請拜你為師，從此作個佛家弟子，從今天起，我發誓保護佛法。」說完，便跪在玄奘面前，行師徒相見之禮。玄奘忙說不敢，正要扶他起來，只聽寺後面一陣喧囂之聲。大家向那邊看，只見有幾十個人，手裡都拿了火把，從寺後倒塌的牆壁處擠了進來，看那架勢，是想要驅逐玄奘一行人的。原來他們聽說有外國和尚在此，便約齊了許多人，點著了火把，遠遠地奔來。他們沒有從前門走，也不知道國王在此。說時遲，那時快，他們一大隊人拿著火把跑進了寺，一看見小和尚，就用火燒兩個小和尚，轉眼間，一個小和尚已被灼傷。國王見此情形，連忙下令他們將火熄滅。他們一見國王在此，都吃了一驚。雖然不明白國王下令熄火之意，但因是國王之命，不敢不從，當時這群人就都將火把撲滅了，有幾個撲不滅的，就將火把拋入旁邊的池裡。

　　一陣混亂後，這些人一起跪在國王面前，等候國王的發落。國王審問了一會兒，審出兩個為首的人，交給左右，吩咐把他們的手指截斷，以示

警戒。其餘的從寬不究。那兩個為首的人聽到國王對他們這樣的處罰，都落淚如雨，跪在國王面前不肯起身。玄奘見此情形，聽摩咄對他翻譯了國王的處罰，心中不忍，連忙上前，勸阻國王說：「這事萬萬不可，一來國王本是敬火，今雖皈依佛法，人民尚不知情，不能因此而責備他們；二來佛法慈悲戒殺，今因這樣的小事，殘害生靈身體，更為佛法所不容。王今既信佛法，應守此戒。」摩咄把玄奘的話譯給國王聽，國王為玄奘的話所感動，立刻下令釋放那兩人，並當眾宣布：「本王現在已皈依佛法，以後國人不得毀佛驅僧。」人們見國王如此，也都當場表示要奉行佛法。於是，國王又約玄奘入城奉養，說法數日，還剃度了多人為僧。

玄奘等人在康國停留了多日，雖早想西去，但有一件事卻讓玄奘放心不下。原來，初來康國時，一個小和尚被火燒傷，雖經過多日休養，但傷勢仍未痊癒。玄奘雖求法心切，卻不忍心將他留下，可又無法帶他上路。小和尚見玄奘為自己著想，非常感動，他怕自己影響了玄奘的行程，遂主動要求留下。小和尚說自己在高昌國已無親人，願意留在康國宣揚佛法。康國國王也表示，一定會善待小和尚，如果日後小和尚想回高昌國，他一定鼎力相助。玄奘思索良久，同意小和尚留在康國。臨別時，玄奘與小和尚流淚告別，而從高昌國一起出來的兩個小和尚更是抱頭痛哭，場面令人感動。

離開了康國，玄奘等繼續西行，又經過了屈霜你迦國、喝捍國、捕喝國等國境。摩咄告訴玄奘，再向前走，有一個叫鐵門的地方，這個地方非同一般。

第十二回
出鐵門山路崎嶇 逢國變行旅阻梗

　　且說玄奘從康國向西行，經過了數個國家，因為有統葉護可汗的書信，玄奘等人沒有受到任何阻礙。他們來到一個名為史國的都城，在這裡也一切順利。直到他們要離開史國的都城時，摩咄對玄奘說：「再向前走二百餘里，就到了山區，那裡山路崎嶇，異常難行，而且是荒無人煙之地，我們最好找一些熟悉那裡山路的人做嚮導。」玄奘聽他這麼說，也就同意了他的意見，在史國購買了一些糧食，還找了兩位嚮導。

　　他們在史國停留了一天，然後開始前行，走了三天，一行人才進入了山區。開始的時候，遠遠望去，只見山巒起伏，宛如一幅幅屏風擋在面前。繼而再向前走，有時走在山頂，有時走在谷底，有時繞在山腰，道路狹窄，險處甚多。不知不覺中，他們走入了亂山叢中，回頭看那屏風般的山巒，已經被遠遠地拋在後面，現在腳下的山路，比那些山的頂峰還要高。

　　走來走去，他們走到了一個大谷中，只見四周全是高山，腳下的一條彎彎的小道向前延伸著，小道的兩旁都是高不可攀的懸崖峭壁，這條路不知帶他們向哪裡去。這樣的路走了許多天，多次有人走失，好在沒有多久又找了回來。

　　這一天，兩個嚮導在前面走，玄奘和摩咄在中間，手力等人在後面走。玄奘和摩咄走了很久，發現前面有一條深溪，溪水不寬，可水流很

急，而且不知有多深。玄奘等人試了試，沒有辦法過去。再看兩旁，都是懸崖峭壁，根本沒有其他的路。玄奘心裡納悶，心想，既然這條深溪擋住去路，邊上又是懸崖，難道那兩個嚮導能飛過去？如果他們過不去，就應該回來，現在人也看不見，真是奇怪。摩咄看出了玄奘的心思，就對玄奘說：「他們可能是見有水攔路，就去山上找其他的路了，我們不妨在這裡等一等，一會兒他們肯定會回來的，再者，我們的人還在後面沒有上來。」玄奘一想也是，就在這溪邊停下休息。過了許久，後面的人也不見過來，玄奘就問摩咄：「難道是他們有了危險，遇到了野獸、妖怪？」摩咄說：「法師不要這樣想，這時雖然有野獸，可他們一定不是被野獸吃了。如果他們是被野獸吃了，這路上應該有血跡，沒有血跡也應該有野獸的足跡才對。再說，如果有野獸襲擊他們，也不會一點聲響都沒有。如果有危險，那可能是遇到妖怪了。讓我回去找一找吧。」

　　玄奘急忙制止他道：「你不要去，如果他們遇到了妖怪，那你去了也不會回來，還不如和我在一起，如果有妖怪，我還可以誦經來震懾他們。」摩咄道：「法師的話有道理，況且天色已晚，我們不如就在此過夜，到明天再說吧？」玄奘向四周一望，見有一塊大石，上面很平整，就想到那裡休息。摩咄急忙說：「法師，在那裡是不行的，這山中野獸很多，他們白天不來襲擾我們，可天一黑就不一樣了。我們必須到樹上去過夜。」然後把目光投在懸崖峭壁上的一株古樹上。玄奘順著摩咄的目光看去，只見那棵樹巨大無比，樹幹有多個人才能合圍，樹上枝繁葉密，足可以藏些人進去。摩咄牽馬來到樹下，他站在馬背上攀樹而上，如猿猴般爬到樹上。向四周探望了一番後，他下來對玄奘說：「樹上很好，我們就躲到那裡去吧，等天亮再說。」於是，他先爬到樹上，用一根馬韁繩把玄奘的腰繫上，連拉帶爬地，玄奘也到了樹上。兩人騎在樹枝上，這時天已經黑

了，他們哪裡能睡得著。從樹葉的縫隙裡望出去，外面有微微的月光，可還是很黑，什麼也看不到。幽深的山谷中不知是什麼發出的聲響，使人感覺無比的淒涼。

　　大約到了半夜的時候，遠遠地傳來了野獸的鳴叫聲，聲音清晰可辨，不知是什麼野獸。這聲音聽起來還不止一種，而且是越來越大，越來越多，遠遠近近，響成一片。摩咄這時有些膽怯，而玄奘卻平靜如常，還不時地勸摩咄不要怕。過了一會兒，聽到樹下的馬嘶鳴了一聲，接著就是野獸的叫聲，也是在樹下。玄奘知道，這是野獸來吃馬了，可他們也無可奈何。片刻間，聽到了馬和野獸的格鬥聲，接著就發出了馬的悲鳴和野獸撕咬馬的聲音，不一會兒，這些聲音都沒有了，玄奘知道，這是野獸吃完了馬都已經離開。這過程中，玄奘和摩咄始終不敢出聲，所以野獸也沒有發現他們。

　　第二天天亮時，摩咄才從樹上下來，只見摩咄騎的那匹馬消失了，玄奘的那匹倒是沒有什麼事。地上有許多鮮血和混亂的足跡，可以看出，昨夜兩匹馬和野獸是大戰過一場的。大概是摩咄的馬帶傷而逃，野獸們去追趕了，才使玄奘的馬安然無恙。玄奘細細地察看了一番，見自己的馬並沒有受傷，知道那地上的血都是摩咄的那匹馬流的，或者是野獸流的。玄奘打算順著血跡和足跡去找那匹馬，摩咄說：「找馬不如找人要緊，我們還是找那嚮導和其他的人吧。」玄奘說：「找馬也好，找人也好，反正就這麼一條路。」

　　二人沿著那血跡和足跡一路找去，最後來到一處石壁之下，見那壁上有一個大缺口，猛一看，這口像一個門一般，可以容下駝馬等進出。那一路的血跡到此也消失了。玄奘對摩咄說：「你看這血跡到這裡不見了，你的馬肯定在這裡面，我過去看一看。」

　　玄奘來到門前，探頭向裡面望去，只見裡面光線昏暗，上面岩石相合，不見天日。這時摩咄也爬了上來，見此情景，對玄奘說道：「他們不會是從這裡過去的吧？」摩咄正和玄奘在這裡躊躇，只聽裡面有人說話：「來了，來了！在這裡，在這裡！」摩咄聽到有人說話，嚇了一跳，連叫：「有妖怪，有妖怪！」玄奘聽出了是小和尚的聲音，於是對摩咄說：「不要怕，是小和尚。」摩咄仔細一看，果然是小和尚從裡面繞了出來。玄奘問：「你們怎麼會在這裡？」小和尚說：「師父去什麼地方了，我們到處尋找師父，師父昨晚哪裡去了？」玄奘說：「昨天我們走散了，那兩個嚮導呢？」小和尚說：「我們一大隊人昨天走到這裡，看到那兩個嚮導在這裡等我們，他們對我們說，這就是突厥的關塞，名為鐵門，我們必須從這裡過去。我問他們可看到了師父，他們說他們從這裡過了關，不見後面的人過來，就又回來等我們了。大概是他們過去的那一會兒，師父你們二人從這裡過去了。嚮導知道前面是絕境，師父肯定還要回來，就讓我們二人在這裡等候，我們等了一夜都沒有等到，幸運的是師父還是回來了，我們現在就過關吧，他們都在那邊等著呢。」

　　這時玄奘才知道為什麼發生了這一切。只見摩咄舉手砸了幾下自己的腦袋說：「真該死，我早已聽說這鐵門關，可誰知到了關前，卻不認識了，該死，該死。」小和尚說：「師父昨夜還平安吧，沒有受到驚嚇吧？」玄奘說：「我們倒沒有什麼，只是摩咄的馬被野獸給吃了。」小和尚說：「這沒有什麼，我們還有許多馬，師父還沒有吃飯吧，我們現在就過去，他們都還在等著我們呢。」他們一起走進這鐵門中，只見這裡有一條窄窄的小路，兩邊的洞壁都是鐵質壁。順著這小路走去，大約有幾百步，就豁然開朗，再向前走，已經走出了鐵門關。關外一大群人正在等候，見玄奘二人來到，無比歡喜。嚮導上前來慰問玄奘，玄奘說：「只怪我們走錯了路，

不能怪你們，這也沒有什麼，只是難為了那匹馬。」摩咄就把昨天夜裡所發生的事說給嚮導們聽，並問嚮導那匹馬到哪裡去了。嚮導說：「這山中的野獸很多，一定是被那些野獸分吃了，或是被叼進了野獸的洞中。」

　　玄奘回頭看了看這山，對嚮導說：「這個關塞形勢好險峻啊！」嚮導說：「可不是嗎，你看這山，天生鐵質，名為鐵山，這個關塞也就叫鐵門，這是突厥的門戶，關以外就是覩貨邏國了。再向前，渡過一條河，就是活國，這裡雖說也隸屬於統葉護可汗，卻已經是邊疆了。」因為與統葉護可汗所在地距離遙遠，許多年也不通音信。

　　玄奘一行人出鐵門後，南行數百里，渡過縛芻河，首先抵達吐火羅境的活國。活國的統領者稱為「設」，這裡的設是統葉護可汗的長子，又是高昌王麴文泰的妹夫，叫咀度設。當初玄奘在高昌的時候，麴文泰特意給咀度設寫了信，並讓玄奘轉交。跟隨玄奘的人大多知道這件事，他們對玄奘說：「法師到的這活國，咀度設既是統葉護可汗的兒子，又是高昌王的妹夫，兩個人都有手書給咀度設，恐怕他是要好好的來招待你了。」玄奘笑笑，並不說話。

　　玄奘他們到來時，正逢咀度設的身體欠佳，最近一直疾病纏身。前些年，與他恩愛多年的妻子，即麴文泰的妹妹死了，留下幾個可憐的孩子，咀度設從此一直鬱鬱寡歡。後來，他又娶了一個年輕貌美的妻子，但這個女人不僅心腸歹毒，還不守婦道，整日與咀度設的長子特勤鬼混。

　　這天，咀度設手下一名官員來到他床邊稟報：「可汗派人護送一位名叫玄奘的大唐法師去印度求法，現在來到我國，正在門外等候。那位法師帶有高昌王的書信。」

　　咀度設一聽，從床上掙扎著起來，他跟那名官員說：「快請他們進

來。」不一會兒，摩咄和玄奘被引領進來，摩咄把可汗的諭書遞給咀度
設，咀度設身體實在支撐不住，就躺在那裡看信，看完後先向摩咄問了可
汗的身體狀況，然後轉向玄奘問道：「法師一路上歷經艱險，吃了不少苦，
法師在高昌見過高昌王了？」玄奘把與高昌王的情誼，以及和高昌王結為
兄弟的過程一五一十地對他詳細說了一遍，最後把高昌王的書信遞給他。
咀度設看著信，眼淚止不住地流了下來。他指著高昌公主留下的幾個孩子
對玄奘說：「高昌王不知接到訃告沒有。他的妹妹，我的妻子不久前病故
了，留下這幾個可憐的孩子走了。」咀度設說完，嗚咽不止，玄奘與摩咄
也難過得落淚，他們勸咀度設節哀順變，要顧惜自己的身體。

　　過了一會兒，咀度設控制住情緒，對玄奘說：「弟子見到法師，感到
心清目明。希望法師在敝國多住幾日，等我身體好點了，我將親自送法師
到婆羅門國。」玄奘謝過咀度設的美意，請他好生休養。又小坐一會兒，
就與摩咄退出宮來，咀度設讓手下官員將他們安頓在館舍裡。過了幾天，
有一位印度僧人被引到咀度設的宮殿內，這位僧人會誦咒，經他一誦，咀
度設的身體居然漸漸好轉起來。

　　咀度設命人給玄奘等人安排地方住下，所有的招待都非常周到。玄奘
等人在這裡一連住了幾天，咀度設並沒有召見他們，玄奘很是不解。這一
天，摩咄從外面回來，他把王宮中這幾天發生的一系列事件講給玄奘聽。

　　原來，那個咀度設的長子特勤陰謀篡位已久，特勤是咀度設第一個妻
子的長子，不是高昌王妹妹的兒子，特勤本來看父親病情日重，眼看自己
要做這一國之主了，心中暗暗歡喜，他總想著能早日和父親宮中那個美人
廝守在一起。現在他聽說父親的身體不知為什麼，又一天天好起來，就慌
了神。他找到與他淫亂的咀度設的妻子，把一包毒藥塞給她，讓她毒死咀
度設。這女人將毒藥放在咀度設的水杯裡，咀度設飲後便中毒而亡。

咀度設的手下官員們大都想立高昌公主的兒子為新設，但咀度設的長子特勤收買了幾位官員，軟硬兼施，讓自己成為新設，他把父親的後宮嬪妃等都收為己有，當然也包括那個不守婦道，害死咀度設的女人。

　　事情發生後，國中有許多傳言，咀度設被害的真相，不久就人盡皆知了，於是許多人就想造反。特勤和眾官員連忙發布了戒嚴的命令，使整個國家進入一種非常狀態。這時國境被封鎖，玄奘等人自然也無法前行了。更讓人擔憂的是，特勤知道了玄奘從高昌王那裡帶書信來給咀度設的事，本來就想致高昌王妹妹的幾個孩子於死地的特勤，怎麼能對玄奘友好呢？這一點大家都猜到了，於是都非常擔心。

　　事態發展至此，玄奘不得不在活國停留一段時間。活國有一位沙門名叫達摩僧伽，曾遊學印度。蔥嶺以西的佛教徒公推他為法匠。疏勒、于闐等地的僧人沒有敢和他對談佛法的。玄奘聽說有這樣一位高僧，便去拜訪。他很想了解達摩僧伽的學問究竟有多大，於是就問道：「達摩師能解幾部經論？」達摩的弟子們聽了這等問法，個個憤怒。達摩卻笑著回答：「我都能解，你隨便問。」玄奘道：「我知大師是小乘一派，我就從小乘經典中來問吧。」玄奘就拿《婆沙》裡面的話發問，問了幾處，達摩大都解釋不通，就向玄奘表示謝服，他的徒弟們也都個個慚愧。就這樣，一個多月的時間裡，兩位高僧互相學習，切磋學問，彼此相處十分融洽，達摩對玄奘譽讚不已。

　　又過了一些日子，特勤讓人來請摩咄，他裝出一副悲哀的樣子，對摩咄說：「我父親咀度設暴病而亡，將國家交給我管理，請達官回朝後告知可汗，我一定像父親一樣，效忠可汗陛下。」說完，他命人抬出兩箱珠寶，說是獻給可汗的禮物，他又指著一個精巧的盒子，裡面盛滿了珍寶，說是送給摩咄的，禮雖輕，但是個心意，望摩咄笑納。摩咄知道他打的什

麼主意，若硬是拒收，恐怕於己不利。於是便道了謝，收下了這些禮物。

摩咄從特勤那裡回來，對玄奘說：「我不能再送法師到迦畢試國了，今逢可汗長子之喪，這一變故是我國中的大事，我要急返汗廷報告。法師可向新設請求使臣和驛馬。」玄奘說：「那你就請便吧，見了可汗，代我問候。」摩咄把統葉護可汗給諸國的諭書交給玄奘，然後向新設辭行，率原隊人馬北返突厥了。

摩咄走後，玄奘帶著小和尚拜見新設。特勤設說：「法師在此，值我國喪，多有怠慢了。法師有何見教？」玄奘說：「貧僧打算明天離開這裡，前往婆羅門國，請設派一使臣引導並撥給驛馬數匹。」這時，只見那特勤設慢慢說出一番話來，真是出乎玄奘的預料，究竟這位篡位的新設說了些什麼呢？

第十三回
遊縛國玄奘禮聖蹟 圖珍寶可汗殞性命

　　玄奘帶著小和尚來見特勤新設，對新設講明意欲西行的打算，來之前，玄奘心中有些忐忑不安，不知這特勤新設對自己是什麼樣的態度，特勤新設一定知道自己與高昌王的關係，如果因此而心生嫉恨，那就會耽誤大事。

　　到了特勤新設這裡，這特勤新設並沒有說什麼，反倒是對玄奘大加讚賞，說自己很欣賞玄奘西行求法之舉。玄奘於是對特勤設說：「我們在這裡已經耽擱了不少時日，我西行心切，想儘早前往婆羅門，望特勤設儘早發給文牒，以便西行。」特勤新設說：「法師莫急，不妨在這裡再多住些日子。在我的屬國，有一個縛喝羅國，那裡聖蹟眾多，人稱小王舍城，法師何不去觀禮一番呢？縛喝羅國的使臣來奔國喪，正好也在這裡，你可以把行李放在這裡，和他們一起去，回來再西行不遲。」

　　玄奘從特勤設這裡出來，去見了縛喝羅國的使者，向他們打聽縛喝羅國的情況，使者說：「我們是來奔國喪，同時也為迎接新設而來，現在事情已經結束，也正要回國，如果法師能到我國一遊，我們願意為法師作嚮導。不過，法師可以帶上行李一起走，從我們縛喝羅國向婆羅門，有條捷徑，不必再回到這裡了。」玄奘聽後很高興，於是各自準備，玄奘把從史國帶來的嚮導打發回去，耽誤了兩天，便和縛喝羅國使者一起出發了。

　　他們出了活國的都城，行了幾日，就來到縛喝羅國。玄奘注意到，這

個縛喝羅國很不一般，只見各個城池都很寬敞整齊，城四周的田野中，各種作物長勢都很不錯，一派豐收的景象。仔細算來，這是他西行以來，所見到的最富庶的國家了。縛喝羅國的使者把玄奘安排在納縛寺中。這個納縛寺在縛喝羅國的都城之外，只見它建築雄偉，裝飾華麗，一看就知道是個香火旺盛的廟宇。玄奘在這裡住了一宿，第二天便由縛喝羅國的僧人帶路，開始參見聖蹟。

在這廟宇中，有一個大的佛堂，僧人用鑰匙將大門打開，帶領玄奘進去。他指著佛堂正中案上一個大水罐，對玄奘說：「這是當年佛洗澡時用的水罐。」玄奘上前仔細觀看，見這罐是銅製的，顏色有些古舊，卻很有光彩，高大約有兩尺多，大約能裝兩斗水。僧人又指著案上另一物說：「這是佛齒。」玄奘細看，見這佛齒有一寸長，寬也有八九分，白中泛黃，晶瑩純粹，很有光澤，見到此，玄奘忙頂禮膜拜，口中讚嘆不已。

僧人又從案後拿出一物，一看，是一把掃帚，長大約有三尺，掃帚的把柄上面，鑲嵌著許多珠寶飾物，煜煜放光。玄奘說：「這也是佛的遺物嗎？」僧人道：「這是當年佛所用的掃帚，只有把上那些珍寶，是後人加上去的。」玄奘再仔細看，見這掃帚潔白如新，上面沒有半點塵土。玄奘有些不解，臉上不免露出疑惑的神情。那僧人又說：「這掃帚是迦奢草編成的，所以能潔白如新，不沾塵埃，雖歷經數百年也不敗壞。」這樣一說，玄奘的疑惑才解開。那僧人又說道：「這些聖物，平時是不給人看的，一般是逢齋日，才開放一天，讓人們來觀瞻，今日法師到來，我們為法師破例，這樣的事從來也沒有過。」玄奘說：「貧僧萬里來此，能得見聖蹟，真是不虛此行了。」說完又頂禮膜拜一番。

他們從佛堂中出來，又到另外一佛堂，這裡只有毗沙門天像。玄奘進來一看，很是驚異，只見這堂中，雕梁畫棟，處處都裝飾有珠寶琉璃

之類，光豔異常。玄奘問僧人：「這裡如此多的珠寶，不怕招來歹人禍事嗎？」僧人一笑說道：「法師不知，這裡原有一段故事。」

那是很久以前，一位佛祖的弟子從天竺國送來了佛祖釋迦牟尼佛齒、佛澡罐和佛掃帚。鄰近的數十個國家的國王為了表示對佛祖的尊敬，爭先恐後地送來了大量的奇珍異寶，有寶石、珍珠、瑪瑙、翡翠、珊瑚，還有價值連城的貓眼石和夜明珠。每到夜晚，這些奇珍異寶就大放光彩；每逢國家慶典或佛典之日，各國的國王帶著他們的寵妃重臣來到縛喝羅國，在縛喝羅國國王和王后的陪同下，來到納縛寺觀瞻佛像、佛寶和各類珍寶的風采。

其中有一個王，名為肆葉護可汗，他聽到這個納縛寺的事後，對這裡的奇珍異寶非常心動，他堅信他的鐵騎不用費吹灰之力就能踏平納縛寺，那數千種奇珍異寶都將變成他個人的財產。於是，他下了命令，引領十萬大軍奔向納縛寺。

「陛下，馬上收回您的大軍吧，納縛寺中的珍寶都是為了供奉佛祖釋迦牟尼的，那是萬萬動不得的！」一個身披黃袍袈裟的中年僧人走到他的馬前苦苦勸諫。

「好一個膽大包天的和尚，竟敢站在我的面前不跪拜，來人，把他拉下去，斬首示眾。」肆葉護可汗大聲地吼叫著。

幾個身材高人、手持雪亮大刀的武士將這個和尚殺氣騰騰地架了出去，那和尚邊掙扎邊喊著：「你這個昏君，肆意孤行，劫奪珍寶，你會後悔莫及的！」

「把他的頭掛在我的旗杆上！」肆葉護可汗氣得渾身發抖，指著和尚叫著。不一會兒，那幾個武士像丟了魂似地跑了回來，跪在肆葉護的面前

戰戰兢兢地說：「啟奏可汗，我一刀砍在和尚的脖子上，他竟化作一道清光，不見啦。」

「啊！有這樣的事？」肆葉護兩條魚尾樣的眉毛幾乎擰到了一起。

「可汗，我看兵取納縛寺的珍寶凶多吉少，再說先王不是囑咐過您不要貪圖納縛寺的珍寶嗎？」站在肆葉護身旁的盧玉宰相湊近他的耳邊說。

「好啊，你也來咒我，先王早已經離世多年了，難道讓我守著他的遺言，眼睜睜地看著納縛寺的珍寶被別人奪去嗎？你要再敢多嘴一句，我就要你替那個和尚去死。」

盧玉宰相含淚退下，肆葉護可汗命令擊鼓進軍，浩浩蕩蕩的十萬大軍向納縛寺如洪水似的撲去。

忽然一天夜裡，肆葉護可汗做了一個夢，他夢見一顆明亮的星星向他飛來，在即將飛到他身邊的時候，他看見那顆亮星變作一位威武的天神，手持一根長戟。

「啊，原來是毗沙門天，您找我幹什麼？」肆葉護可汗驚呼道。

毗沙門天站在空中，用震天動地的聲音說：「納縛寺珍藏奇珠異寶，乃是諸國君王供奉佛祖的一片忠心。你作為一國之君，不知珍惜保護，反而大動兵戈，傾軍奪寶，罪孽深重，十惡不赦。今我奉佛祖之命，收你的魂魄歸天，重新造化。」說罷，毗沙門天將手中的長戟向肆葉護拋來，肆葉護見勢不妙，急忙轉身就逃，卻聽他「啊」的一聲慘叫，那長戟已刺中他的後背，他踉蹌了兩步，撲倒在地……

肆葉護可汗從噩夢中驚醒，他的內衣已被冷汗浸透，胸口感到一陣陣難以忍受的劇痛。他掙扎著坐了起來，這時他已逐漸平靜下來，心中的慾火似乎也被一陣大雨撲滅了。他心驚膽戰地回憶著毗沙門天在夢中對他講

的話，悔恨地用拳頭敲打著自己的頭，痛苦地大叫起來，隨他出征的寵臣大將都一起戰戰兢兢地跪在他的面前，不知出了什麼事情。

肆葉護可汗把昨夜的噩夢講了一遍，臣子們都嚇得面面相覷、不知所措，肆葉護可汗捂著心口吃力地說：「快，快，帶著我的親筆御書去請納縛寺的諸位高僧，當面謝罪。」

肆葉護可汗在眾人的攙扶之下，親自送走了他赴納縛寺的使團，由四匹御馬拉著的使團馬車飛也似地消失在遠方。可就在這個時候，肆葉護可汗慘叫一聲，一命嗚呼。

從此以後，這納縛寺就出了名，再也沒有什麼人敢打這裡珠寶的主意了。寺僧講完這個故事，玄奘不禁嘆息一聲，對著毗沙門天像又膜拜一番。

有一位來自磔迦國的小乘三藏法師，名字叫般若羯羅（慧性），聰慧好學，年輕有為。他聽說縛喝羅國有許多聖蹟，就隻身來到這裡參觀禮敬。他的學識淵博，是聞名全印度的高僧。他來到納縛寺，與這裡的僧人法愛、法性結下友誼。這時，他聽說從中國來了一位高僧，心中便十分景仰，於是就到寮舍拜訪。兩人長談短論，彼此發現對方止是自己最敬佩、最需要的那種道友，學問、品性都十分相投。玄奘把胸中積疑提出來，向慧性請教，發現慧性解答很是精熟，因此非常佩服他。

當玄奘在小王舍城一邊巡禮聖蹟，一邊探討經論的時候，他的名字卻在相鄰的一些國家不脛而走。縛喝羅國西南有兩個國家，一個叫銳末陀，一個叫胡實健。他們的國王聽說玄奘法師從大唐遠道而來，十分想見他，於是便再三派遣大臣至小王舍城，請玄奘到自己的國家去接受供養。玄奘推辭不過，就帶著小和尚到這兩個國家走了一趟，為他們講了法，兩個國

王將許多金銀財寶贈予玄奘布施，玄奘均婉拒不受。不久後，他又帶著小和尚回到縛喝羅國，他開始打點行裝，準備南行。他向三位道友辭行，法愛、法性挽留再三，而慧性則提出願與玄奘一同前往印度，玄奘十分高興地答應了。

玄奘與慧性結伴南行，進入揭職國。揭職國是個小乘國家，有寺院十餘所，僧徒三百餘人。在揭職國的東南部，橫亙著層巒疊嶂的大雪山（今興都庫什山），山的東南麓便是迦畢試國，走出迦畢試國，方可進入印度境內。玄奘和慧性在揭職國停留一天，為每個人置買皮質衣物，準備了充足的乾糧和柴草，然後抓緊時間休息。

要說翻越這大雪山的艱險程度，一點都不亞於凌山。這裡山高谷深，積雪成堆，峰陡岩險，風雪雜飛，即使是盛夏，山上也冷若寒冬。人們傳言，山中還有山神和鬼魅，時常出來，暴縱妖祟。還有一些專事劫殺的盜賊，成幫結夥地出沒其間。

他們艱難地，一步一步地在山路中前行，路上多次遇險，又多次逢凶化吉，轉危為安。值得慶幸的是，他們既沒有碰上鬼魅作祟，也沒有遇見劫財害命的強盜。經過六百多里的艱難跋涉，他們走出了吐火羅國，進入了高山之國梵衍那國。

梵衍那國在雪山之中，東西二千餘里，南北三百餘里，是名副其實的山地之國。國人依山谷的地勢構建房宅，遠遠望去像一排排的梯田，錯落有致，其國都羅蘭城橫跨在巴緬河谷的懸崖上，北倚巍峨的大雪山。這裡的風土人情與吐火羅有點類似，人的體貌也相近，只是比吐火羅人要淳樸得多，無論是三寶還是百神，莫不竭誠敬奉。由於氣候較寒冷，農作物及花木難以生長，人們就以放牧羊馬為業，玄奘他們沿途看到不少牧民身穿

皮褐，在山坡上放牧。

梵衍那國的國王聽說玄奘法師翻越大雪山來到羅蘭城外，趕緊率領群臣與僧人們出城迎接。

在王宮的宴會上，玄奘與慧性講述了翻越大雪山的情形，梵衍那國王驚嘆不已。座中有兩位名僧，一位叫阿梨耶馱娑（聖使），一位叫阿梨耶斯那（聖軍），他們都是摩訶僧祇部的學僧，兩個人都善於觀相，他們對玄奘的相貌儀表暗自驚嘆，對玄奘的學識和不計生死的求法精神更是嘆服。宴罷，國王請聖使、聖軍陪同玄奘和慧性參觀諸寺院。聖使和聖軍殷勤備至，帶領他們到各處觀禮聖蹟。

王城東北的山崖上有一尊高約十五丈的石佛立像，佛身綴飾著許多珠寶，五彩斑斕，炫人眼目。玄奘、慧性拜了石佛，小和尚也上前拜過。

石佛像東有座寺院，寺院東又有一座銅鑄造的立佛像，高有十丈，非常莊嚴。寺院內有佛入涅槃臥像，長約百丈，莊嚴微妙，不可勝說。玄奘與慧性等伏地拜佛。聖使對玄奘、慧性說：「梵衍那國王非常禮敬三寶，每次於此設無遮大會，總要把妻子、兒女和國庫珍寶施捨一空，以至於最後竟將自身施捨寺中，然後再由群臣出錢向寺僧贖回。」玄奘對這位國王深表讚嘆，覺得其虔誠比起中國的梁武帝都勝過一籌。

觀禮完臥佛像出來，聖使、聖軍說：「從此東南行二百餘里，翻過大雪山至小川澤，那裡也有聖蹟，你們不妨也去看看。我們先回城吧，陛下還等著呢。」

一連數日，國王在宮內招待玄奘和慧性。玄奘等人再三請辭都不應允。最後，聖使、聖軍對國王說：「陛下的聖心如鏡可鑑，但玄奘和慧性想到小川澤去觀禮聖蹟，然後還要去婆羅門國，他們此行意在求法，陛下

應助揚才是。」

　　國王聽了此言，再難強留，就把一些珍寶布施給他們。玄奘、慧性向國王及聖使、聖軍告辭。他們沿著山路，向東南行進。慧性告訴玄奘，再向前，翻過黑山，就到了迦畢試國，也就算是到了印度境內了。玄奘一聽，心中大喜，可玄奘不知道，這黑山，遠不是那麼好過的。

第十四回
雪山迷路幸遇獵人 佛寺爭留身寄漢寺

　　且說玄奘一行人要離開梵衍那國時，慧性提醒玄奘，雖說再走不了幾天就可以抵達迦畢試國，可這一路仍然很艱險，尤其是還要翻越雪山，那裡十分寒冷，大家有必要再增加些衣物。玄奘自然沒有什麼意見，就令手力在城中購置了一些衣物，還帶上了許多糧食。

　　離開梵衍那國不到兩天，眾人便感覺到了天氣的變化，越來越覺得冷了，將新買來的衣服一件件地加到身上，才勉強抵禦山中的冷氣。這時，又飄起了漫天的大雪，這雪一陣一陣，玄奘一行人在山中頂風冒雪走了半天，眼看天要黑了，但這雪絲毫沒有停的意思。

　　本來慧性和小和尚走在前面，玄奘和幾個手力走在後面，前後隔了一段距離。山路難行，雪又大，不一會兒，玄奘已經看不到慧性和小和尚了。向前望去，天地間白茫茫一片，玄奘只能帶著手力，尋著慧性他們的腳印前行。

　　走著走著，轉過了一個彎，玄奘突然發現前面的腳印分成了兩行，一行向左，一行向右。玄奘勒住了馬，站在那裡躊躇起來，手力們也都看到了這兩行腳印，大家競相揣測，但誰也分不清慧性二人是向左還是向右了。一個手力對玄奘說：「法師，我想慧性法師他們不會走遠，我們喊一喊吧，或許他們能聽得見。」玄奘點點頭，於是大家就在這山谷中喊了起來。「慧性法師，你在哪裡？」大家高一聲、低一聲地喊了半天，也沒有

聽到半點回音，手力們也就不再喊了。

　　一個手力對玄奘說：「法師，我們現在不知道東南西北，已經迷失了方向，這前面的腳印又是兩個方向，我們該怎麼辦啊？」玄奘說：「這樣吧，我們先按著腳印向右走，如果找到慧性法師便好，若是找不到，我們再尋著這腳印回來，到那邊去找。」大家一聽玄奘說得有理，就一起順著向右的那一行腳印走去了。

　　走了一程，仍不見慧性二人的蹤影，這時天已經黑下來，雖說有雪光映著，還可以看到道路，但畢竟天色晚了。玄奘再看前面的腳印，大大小小，橫七豎八，也分不清是人的還是野獸的，這更讓玄奘迷惑。看來是不能再向前走了，就在這裡宿營算了。玄奘呼喚大家都停下來，吩咐手力們看一看周圍有沒有合適的地方。

　　不一會兒，一個手力過來對玄奘說：「法師，有一行腳印向山腳下去了，那腳印很整齊，是人的腳印，一定是剛才有人從這裡走過，或許這山腳下還有人家呢。」玄奘一聽，急忙下馬，來到那手力所說的腳印處，仔細一看，確實是一排人的腳印，只不過這腳印行走的方向不是向山下去的，而是從山下上來的，上來後就混進剛才那一片亂七八糟的腳印中了。

　　玄奘就讓大家順著這腳印一路走下去，一會兒工夫，就到了山腳下，又轉過兩個彎，忽然走在前面的一個手力叫道：「快看，前面有人家！」眾人順著手力所指的方向看去，在崖壁的下面，有一間不大不小的茅草房。玄奘等人一見到這裡有人家，心中都有說不出的歡喜。

　　兩個手力快步走到茅草屋前，想要敲門，可仔細一看，這茅草屋裡裡外外什麼東西都沒有，別說是人，就是什物也一樣都找不到。一見這情景，手力們心涼了半截。玄奘從後面趕來，見到這空空的茅草屋，也不知

該說什麼好。愣了半晌，玄奘對大家說：「看來這裡沒有什麼人住，我們今晚就住在這裡吧，明天早上再想辦法找慧性他們。」

於是大家就都擠進這個小茅草屋裡，屋子不大，不過還能擠得下。避開了外面的風雪，眾人感覺好了許多，都打開行李，取出乾糧吃起來，吃飽後，不一會兒，小屋裡就已經是鼾聲一片了。玄奘心裡惦記著慧性他們，也不知他們在哪裡過夜，尤其是他們都沒帶吃的東西，這一晚下來，一定得餓壞了。玄奘思索著，就到了半夜，外面傳來野獸的吼叫聲，聲音不大，卻悲切異常，使人頓生一種無名的恐懼感。玄奘聽著，也不敢驚動眾人，不久，疲倦的他也進入了夢鄉。

玄奘醒來的時候，天已經大亮，光線從外面照進茅草屋裡，屋裡一片明亮。玄奘剛起來，就見一人闖進屋中，他一手拿著一支長予，一手握著一把短刀，進屋後掃視一眼，用長予指著玄奘說：「你這和尚，是從哪裡來的？竟敢住在我的屋裡！」玄奘見此，雙手合十道：「我是從中國而來，是到婆羅門取經的，昨夜遇風雪無奈在此住宿，今天就離開，敬請原諒。」

那人聽玄奘這麼說，就把長予和短刀放下來。玄奘又說道：「我來問你，這裡是什麼地方？你是什麼人？你是不是妖精？是不是魔鬼？或者是盜賊？請你如實回答我，我們都是出家人，什麼東西都可以給你。」那人又細細地打量了一番玄奘，然後說：「我不是妖精，也不是魔鬼，更不是盜賊，我是獵戶，每年都到這山中來打獵，因為路遠，好幾天都不能回家，就在山裡搭了這間茅草屋臨時居住，昨天我走得比較遠，沒有回到這裡，你們儘管放心，就在這裡住吧，我不會害你們的。」玄奘聽到此，又合掌稱謝。

　　這時手力們也都已醒來，大家都和這獵戶一一見過。獵戶說：「我昨天打了不少的獵物，放在另一處，一會兒我去拿來，你們也吃一些。」玄奘連忙說：「多謝施主好意，我們是出家人，都以殺生為戒，更不敢吃葷開戒，你的好意我們心領了，你的恩惠我們實在是不敢領，我們在這裡迷了路，只要你告訴我們前行的道路，就感激不盡了。」

　　這獵人問道：「不知道你們要到哪裡去？」玄奘道：「我們要去婆羅門國。」獵人說：「婆羅門國我沒有去過，不知在哪裡。」一個手力忙說：「那你知道迦畢試國嗎？我們要先到那裡去。」獵人一聽，大笑起來，說道：「迦畢試國我當然知道，你們要去迦畢試國沒有必要走到這裡來，昨天我在路上遇到兩個和尚，他們也要到迦畢試國去，如果你們昨天遇到了他們，你們就可以一路走了。」玄奘說：「原來你遇到他們了啊！我們原本是一起的，只是昨天走散了，我們又迷了路，所以沒有找到他們。」

　　獵人道：「原來是這樣啊。昨天他們也向我打聽路了，我想他們現在也走不了多遠，我帶你們去追他們，我們走一條小路，包準你們追上他們。」玄奘一聽大喜，忙又謝了獵人，又吩咐手力們，把馱東西的馬找一匹出來，讓獵人騎。獵人說：「我自己有馬，就在屋子的外面，你們快快收拾，趕上他們吧。」

　　大家收拾好東西，都騎了馬，獵人在前面帶路，都快馬加鞭地向前行去。雪已沒有昨天那樣大了，風也小了許多，人們又是剛休息好，特別有精神，便走得特別快。不一會兒，眾人就繞過了一座小山。獵人站住對玄奘說：「你們先在這裡等一等，昨天那兩人或許還沒有從這裡過去。我到前面去看一看，如果他們已經從這裡過去了，我就叫他們回來。」說完，就策馬向前奔去。

　　玄奘幾人下了馬，在路邊等著。一個手力說：「昨天道上那些凌亂的

腳印，想必就是這獵人打獵時弄的吧，除了他，這山中不會有別人的。」於是大家都談起了昨天的事。過了一會兒，見那獵人騎馬飛奔回來，後面跟著兩人，正是慧性和小和尚。

慧性來到玄奘面前，把昨日走散的事說了一遍。玄奘問慧性：「你們昨天夜裡可好，是在哪裡過夜的？」慧性苦笑一聲道：「我們見天黑了，正巧找到一個山洞，就在裡面住了一夜，一切都好，只是我們沒有帶吃的東西，如果再找不到你們，恐怕我們就要被餓死了。」玄奘忙命人打開行李，讓慧性二人快快吃些東西。

等二人吃完，眾人就一起上路了。獵人送他們走了一程，並為他們指路，說前面不遠處有座高山，名為黑山，翻過了這座山，就到迦畢試國了。玄奘送給獵人許多東西，獵人婉拒，而獵人也要把打獲的獵物送一些給玄奘，但也被玄奘謝絕。眾人和獵人依依惜別後，便又向漫天大雪中走去。

眼看一天又過去了，天快黑的時候，玄奘一行人來到了一座大山山腳，只見這山上石多土少，而且這些石頭大都是黑色的，玄奘說：「想必這就是黑山了。」慧性道：「我在縛喝羅國時聽說，翻過這黑山，不遠就有人煙，現在天還不晚，我們與其在這裡過夜，倒不如到山那邊再過夜更好。」眾人都覺得慧性說得對，於是大家又都打起精神，奮力向山上趕去。

沒走多遠，路途已經崎嶇不堪了，眾人只好下馬，牽著馬前行。山路又窄又陡，石頭上沾著雪，馬走著經常打滑，人走起來也是跌跌撞撞的。行了大半天，眾人才來到峰頂上。玄奘站在峰頂上，向下望去，只見山下的村落城郭已經隱隱可見，大雪之後，這些城郭和村落都像是浸在大雪

中，如畫裡一般漂亮。玄奘問慧性道：「也不知道下面的城池是不是迦畢試國的都城？」慧性說：「我們還是快點下山吧，到那裡過夜，時間還來得及，不管那是不是迦畢試的都城，我們還是先到那裡再說。」玄奘聽了慧性的話，就督促手力們快點下山。

到了山腳下，慧性對玄奘說：「法師這裡是否有統葉護可汗給迦畢試國王的信？」玄奘說有，慧性就說：「那把信交給我，我到城裡去看一看，如果是迦畢試國的都城，我就把信交給他們的國王，然後再來迎接你們。」玄奘覺得慧性說得有理，就將統葉護可汗寫給迦畢試國王的信給了慧性，慧性上馬飛奔向前去了。玄奘一行人跟在後面走了一段，就停下來在路邊休息，不一會兒，只見前面來了一隊人馬，前面兩匹先飛奔到玄奘面前，馬上的人下馬邊施禮邊問道：「請問這位可是玄奘法師嗎？」玄奘說是，來人就說：「我們是迦畢試國的大臣，我們國王聽說玄奘法師萬里跋涉來到我國，甚為感動，親自帶領我們前來迎接法師。玄奘一聽，忙整理衣服，這時後面的人馬也都到了。玄奘上前見過國王。國王後面還跟有一些僧人，原來他們都是迦畢試國各個寺院的高僧。和玄奘一一見過了後，大家一起朝城中走去。

進了王宮，玄奘見慧性正在這裡休息。這時天色已晚，國王和大臣及高僧們都陪著玄奘等人共進晚宴。這當中，迦畢試國王盛讚玄奘不避艱險，萬里求法，普渡眾生的壯舉，大家又都談論一番，不知不覺中，已經快半夜了。這時一個僧人說：「時間已經不早了，玄奘法師一路勞累，也該休息了，請法師到我寺中供養吧。」話剛說完，另一個白頭僧人站了起來說：「你寺離這裡遠，我寺就在近旁，應該讓法師到我寺中供養才是。」不容別人說話，這兩位僧人彼此爭論起來。國王在一旁，也不知該怎麼辦，玄奘見此情形，也不好說什麼，別人更是默不作聲，只任這兩個僧人

在那裡爭執。忽然又有一位僧人站起身來，對大家說：「我寺本是個小乘佛寺，在都城中，名沙落迦寺，算不上是名剎，位置也比較偏僻。可我寺歷代相傳了幾百年，是當年中國的漢天子質子在這裡時所建，是漢寺。玄奘法師從中國而來，理應到我們漢寺受供養才是。」玄奘一聽說這裡有漢寺，不禁勾起了他的思鄉之情，連忙起來說：「這位大師既是這麼說，那我們就到這沙落迦寺中居住吧。」國王正沒有主意，聽見這麼一說，也順水推舟，忙著說：「我還真沒有想到，法師從中國而來，理應到漢寺中受供養。」國王這麼一說，人們也就沒有什麼可說的了。慧性本是小乘僧，不願意到大乘寺中住，現在沙落迦寺正好是小乘佛寺，也正合他的意。

眾人辭別國王，從王宮中出來，由沙落迦寺的僧人引領著，一路向沙落迦寺走去。沙落迦寺坐落在王城東邊的北山下，距城三里，有三百多名僧人在此修行。那老僧一邊走，一邊對玄奘講本寺的來歷。他說：「古時候這一帶屬健陀羅國，那時候出了一位英武之王，迦膩色王，他開疆拓土，武功卓著，使四鄰臣服。諸鄰國由於懼怕，紛紛把王子送來為人質。這些質子中，有位中國王子。迦膩色土對質子十分優待，考慮到四季寒暑變化很大，就在三個不同的地方，為質子修建別館居住。冬季居住在印度，那裡天氣暖和；夏季居住在迦畢試國，這裡氣候涼爽；春、秋兩季，住在健陀羅國。這樣，王子在所住的三個地方，都建造了寺院。沙落迦寺，就是王子夏季住在這裡時建造的。」玄奘對這個有關漢人質子的傳說很是驚奇。因為中國的文獻裡根本沒有類似的記載。到了寺中，玄奘見到各室的屋壁上，到處都是這個王子的畫像，面貌、服飾的確是一位漢人的模樣。

其實，在這裡當過人質的「中國王子」，乃是東漢的屬國，西域南道于闐國的王子，而不是東漢的王子。玄奘聽他們說得言辭確鑿，也沒有說什麼。

　　第二天早上，玄奘等人用過齋飯後，那位老僧人，也是這裡的住持，來到玄奘這裡，對玄奘說：「寺中有一事相求，望法師應允。」玄奘一驚，然後說道：「只要是玄奘力所能及的，一定幫忙。」住持說：「法師請隨我來。」眾人一齊隨長老來到佛院東門，門南有一尊大神王像。長老指著這尊神像說：

　　「當年質子建寺時，把許多珍寶藏在了大神王像的右腳下，上面刻上『伽藍朽壞，取以修治』銘文。從前，有一位貪婪凶暴的邊王，聽說這裡藏有珍寶，就驅逐僧徒，來掘珍寶，剛要挖掘，神王戴的帽子上的鸚鵡鳥像就振翅驚鳴，大地震動。邊王和他的士兵們一下子僵臥在地上，過了許久才爬起來，逃走了。後來，寺中一座寶塔的相輪壞了，僧人們想取寶物為資來修復，結果，也是剛一挖土，地就震動，還發出嚇人的吼叫聲，於是再也沒有人敢靠近它。今天法師來了，我寺全體僧人商量好了，認為法師不但是個神僧，而且不遠萬里來到這裡，必定與我寺有緣，煩請法師共赴神所，禱告神靈，以求取出珍寶，修繕朽壞了的相輪。」

　　玄奘聽了長老所說，再看一看旁邊，整個寺中的僧人都站在那裡，眼巴巴地看著他，玄奘沉思了片刻，說：「讓我試試吧。」他跟隨著大家一起來到神所，淨了手，焚香禱告說：「質子原藏此寶，本意是為了修補寺院，建大功德。現在相輪損壞，正是需要開取寶物之時。伏望大神明鑑眾僧無妄之心，勿發雷霆之怒。如蒙許可，玄奘將親自監督開取，按著所需多少發給有司，不得虛耗浪費。唯神之靈，願垂體察。」祝罷，玄奘命眾僧挖掘，說也奇怪，怪異的事沒發生。往下挖了大約七八尺深，便掘出一個大銅櫃子。打開一看，裡面有黃金數百斤，珍珠數十顆。一時之間，沙落迦寺沸騰了。

第十五回
迦膩建塔鎮龍王 玄奘印像得菩提

　　話說玄奘在迦畢試國居住多日，由國王派人帶領他參觀國中聖蹟，或與寺僧閒談彼國故事，離王城西北方兩百多里有大雪山，山上有池，為健馱邏國王與龍戰鬥的遺跡，寺僧們講了這樣一個故事：

　　雪山頂上的大池中，有龍王居住。從前，健馱邏國有一羅漢，常受此龍供養，每當日中，羅漢會前往龍王宮中去吃午飯。去時坐在床上，連床飛去，如此往返多年。一天，寺中的沙彌先躲在羅漢的床下，羅漢去的時候，他就攀住床腳，於是就把他帶上雪山，直至龍宮。直到此時，羅漢才發現沙彌，但既已至此，也不好叫他回去，只得叫他一同去見龍王。

　　龍王依舊請羅漢吃飯，並以天上的甘霖飯給羅漢吃，以人間凡品給沙彌吃。吃完，羅漢為龍王說法，而命沙彌替羅漢洗滌飯碗。只見碗中有剩下的飯粒，香美異常。沙彌便想：這可惡的龍王，為什麼把好的飯給我師父吃，把不好的飯給我吃呢？我一定要殺掉這龍，取代牠為王，居此宮中。

　　沙彌如此想著，並未動手，但那龍王已察覺到，只覺得頭痛欲裂。羅漢說法，誨諭龍王，龍王引過自責。且說那沙彌一懷此心，果即實現，那天羅漢說法完，沙彌仍隨羅漢回到寺中，當夜便死了，死後化為龍王，異常凶猛，到雪山龍宮，找那龍王麻煩，最後果然把那龍王殺掉，居龍王之宮，統龍王之眾，興雲作雨，任意橫行，擾得一國不安。

　　此時迦膩色王見此情形，便問羅漢是何緣故。羅漢便把沙彌化龍的故事細細說給迦膩色王聽。迦膩色王道：「這樣需在雪山下面建一僧寺，造一寶塔，方可鎮壓牠。」於是，開始興工建造。可怎奈這龍王生性暴戾，專以破壞為念。迦膩色王六次建造，六次被龍王毀壞。迦膩色王道：「我為一國之王，發心濟世，欲建僧寺、造寶塔而被惡龍所阻，卒不能保民，豈不可恥。等我把龍池填塞，看牠如何！」

　　於是便下令填池，此令一下，兵眾集於雪山之下，擔土負石，齊來填池。這時，龍王才有些發急，便化做一個婆羅門，來見迦膩色王道：「大王為一國之君，威震四方，何故與龍交戰？勝不足榮，敗則可恥。依我看，不如罷兵，這樣對你也有好處。」

　　迦膩色王怒道：「休得為惡龍遊說，我只知為民除暴，哪知其他！」婆羅門見此計不成，怏怏而去。回到龍池，復化為龍，立刻天地晦暝，雷雨交加，暴風拔木，沙石亂飛，人駭馬驚，王不能敵。王乃歸，來到佛的面前，請求庇護。頃刻間，只見國王兩肩發出火光和濃煙，煙一接觸到龍身，龍便後退。剎那間雨止風息，雲散霧開。

　　龍又化為婆羅門，前去見迦膩色王，並說自己就是雪山龍王，已經害怕了國王的法術，請求國王憐憫自己，放過自己，饒恕自己先前所犯下的罪過。他還說：「如果王要殺我，我也沒有力量抵抗，但那樣的話，我就會和王一起墮入惡道。王有殺生之罪，我有仇怨之心，冤孽相纏，不知什麼時候才能到盡頭。你不如今天放了我，我們彼此都好。」

　　迦膩試王聽了這些話，就答應了牠，饒了牠的性命。但也讓牠立下誓言，從此以後，不能再為難這裡的百姓。龍王說：「大王說得都對，但我既然托生為龍身，就有龍性，龍性猛惡，我自己有時也管不了自己，一旦

發作起來，就難以控制。現在大王在這裡建僧寺，我再也不敢毀壞了。只希望大王能派遣一人，專門在這裡守望。如果見到山頭起了黑雲，就將寺中的鐘鼓敲響，我一聽到此聲，心中的惡念就會消失，不再降下災難。」迦膩色王答應了牠，於是雙方都歡歡喜喜各自回去了。

此後，迦膩色王就在雪山下建了一座僧寺，又建了一座寶塔，命人在塔上觀望雲氣。一見到山上黑雲升起，就敲響鐘鼓。從此，龍王也就在池中安居，不再出來為患了。

玄奘聽寺僧說了這個故事，覺得非常有趣，於是問道：「現在可以去那山頂上遊覽嗎？」

寺僧答道：「雪山的山頂上，從來沒有人去過，我們也不知那裡的情形是怎樣。山下的寺和塔，也已荒廢多年，不成樣子了。法師如果要去那裡，明日找個人引道就可以了。」

第二天，寺僧果然找了個嚮導，讓他帶著玄奘去雪山下遊覽。出了王城向西北走了三天，便到了那個雪山下的僧寺，只見一座破寺，十分荒涼。嚮導指著這破爛不堪的寺院說：「這就是當年迦膩色王降服龍王的遺跡了。」

玄奘進去走了一遭，除了破瓦、斷牆、荒草，其他什麼都見不到，可能是這裡已經許久沒有僧人居住了。他們正欲離開，卻發現後院有兩個乞丐住在那裡。乞丐見來了人，慌忙過來向玄奘行乞，玄奘也就給了他們一些錢。

玄奘問這兩個乞丐：「這就是當年迦膩色王降服龍王的聖蹟嗎？」一個乞丐答道：「不是，不是，離這裡還有一里半路，向右轉就可以找到，那寺旁邊還有一座高塔，塔上還有舍利，但已經很久沒有人居住，不知道現

在是什麼樣子。」

玄奘向一同來的人說：「要是這樣的話，我們不妨去找一找，看看是否能找到。」他們告別了這兩個乞丐，徑直向山上走去。一路上，他們看到好幾處破寺，好幾座廢塔，都找不到人，也不知哪個寺和塔才是迦膩色王當年降龍的遺跡。玄奘說：「這裡一個人也沒有，如果能找個人問一問就可以知道了。」一同來的嚮導說：「法師，我們就算是遇到人，也不能問到確實的消息，因為各人說法不一。這人說是這裡，那人說是那裡。年代久遠了，他們說的話已經很難考證真假了。」

玄奘聽了，覺得有道理，於是就不再向前行，只在這附近遊覽了一會兒，就返回沙落迦寺。

回到寺中，玄奘和寺僧說起這一路遊覽的經過，寺僧也說，確實是有這種說法，聽說那塔中藏有舍利。說到這裡，還有一個故事：那塔有一次著了大火，火非常大，煙焰蔽天，很遠的人都能看到。這時候那個舍利卻飛在空中，等火熄了它才落下。火災之後，後人在它的舊址上又建了新塔，但因為年代也已久遠，新塔也已經荒廢了。

寺僧和玄奘說起舍利的事，於是又說到王城西北大河的旁邊，原來也有個寺，寺中還有釋迦牟尼小時候掉的牙齒。不遠處還有一個佛寺，那裡有如來的一片頂骨和頭髮。在這個寺的西邊，還有一個寺是王妃所建，裡面有一個銅塔，塔中也藏有舍利。每月的十五日，塔中的舍利便會放出光來，照亮四周，直到天明，才熄了光亮。那裡像這類的聖蹟很多。

玄奘在寺中住了些時日，便欲告辭。從此前行六百餘里，經過黑嶺，就是北印度國境了。這時和玄奘一起向西的人，都已經回去了。玄奘在迦畢試國又僱了兩個手力，再加上小和尚，幾人一同出發。迦畢試國王贈給

了玄奘許多衣服、糧食、馱馬等，又寫了幾封信給玄奘要經過的印度的幾個國王，然後和玄奘殷勤話別，直到把玄奘送出城外。

玄奘帶著兩個手力和小和尚，一路前行，翻過了黑嶺。黑嶺上道路崎嶇，非常難行，但在玄奘看來，這道路並不難走。過了黑嶺，就到了爛波國，當年佛祖曾步行到過這裡，現在還保留有紀念塔。玄奘找到此塔，頂禮膜拜。

又越過一座嶺，過了一條河，眾人來到那揭羅喝國。玄奘讓人遞上迦畢試國王給這裡的國王寫的書信，國王聽說玄奘是為求法而西來，非常高興，忙派人請玄奘到王宮中，將玄奘安排在這裡供養了多日。

國王對玄奘說：「法師不遠萬里，西來求法，這是世間所罕見的。我們這裡有多處佛祖的遺跡，你可以在這裡一一瞻仰。一個是在城南大概二里左右，是當年佛祖來到這裡時，燈照王為佛祖脫下皮衣，放在地上，並將頭髮展開擺在地上擋泥的所在。還有一處在城西南，是太子買花供佛的地方。各處都有塔為標記。玄奘說：「布髮掩泥和買花供佛的故事我早已經聽說過了，能親自來到這聖蹟瞻仰很是難得，我怎麼能不去呢？」於是，玄奘就讓人帶路前去瞻仰。在塔前，他想起當年佛祖和燈照王的作為，不禁為之感動，觸景生情，不免落下淚來。

遊歷了這兩處，嚮導告訴玄奘，在城東南方向，經過一個沙嶺，大概走上十餘里，有一個佛頂骨城，城中有座多層的閣樓，閣樓中有七座小寶塔，塔中有佛祖的頂骨。佛頂骨周長一尺二寸，上面毛髮的孔還清晰可見。這裡的僧人和遠處來的信徒，沒有不去頂禮膜拜和占卜吉凶的。

玄奘說道：「那我也得去頂禮膜拜才是。」於是約定第三天到那裡去。到第三天，玄奘帶著小和尚和嚮導一起來到佛頂城，找到那個閣樓，進去

後，眾人由婆羅門領著，又進到那七寶塔裡，只見裡面有一個小盒子，用七寶製成，婆羅門告訴玄奘，佛骨就在盒中。打開盒後，裡面有許多層厚錦包裹。婆羅門將包裹重重揭開，才看到佛頂骨。玄奘頂禮拜完，然後問：「聽說此聖物能卜吉凶，請問怎麼卜呢？」

婆羅門答到：「請用香研磨成泥，用巾帛裹住香泥，放在骨上一印，看印完後成什麼像，然後依此定吉凶善惡。這裡有現成的香末和巾帛，法師可試一印。」

於是玄奘向婆羅門要了香末和巾帛，輕輕地印在佛骨之上，拿下來一看，上面印的是一株樹。那婆羅門一見，驚奇地說道：「難得，難得！這是菩提樹，凡人不可能得到此像的。」

這時小和尚也要印一印，玄奘就依了他，讓他去印。結果他印的是蓮花。婆羅門說：「這個蓮花像很難得，法師的那個菩提樹更是少見，足見法師有菩提之分啊。」玄奘聽了，謝過婆羅門，再一次頂禮拜了佛頂骨後，婆羅門又引領他們見了其他的佛舍利、袈裟、錫杖等遺物。玄奘等人都一一頂禮拜過，臨行，他們送給婆羅門五十金，一千銀，錦兩匹，法服兩套。

他們回到城中，仍住在王宮中，晚上與國王閒談，國王講了西邊石壁中釋迦遺影的故事。

第十六回
深澗眞情感強盜 洞府誠心動佛影

話說國王給玄奘講了一個故事，故事是這樣的：

在燈光城西南的深山之中，有一條深澗，這裡石壁峭山，瀑布飛流。在深澗的東南面石壁上，有一個大洞，相傳是原來的瞿波羅龍所住。這個瞿波羅龍的前身，是一個放牛的童子，這童子每天都拿乳酪進奉給國王。有一天，童子進奉晚了一點，就遭到國王的斥責，童子聽後，極為憤怒，發誓要變為龍，殺掉國王。於是他來到這絕壁上，一頭跳入澗中而死。後來，他果然變成了龍，占據了這崖壁上的洞，名為瞿波羅龍。

一天，牠想出去興風作雨，給國王找點麻煩。這時釋迦牟尼在中印度已經得道，他聽了這件事後，非常憐憫這個國家的百姓，他知道如果這樣下去，這些人必定會被這龍所害。於是，他決定去感化這龍，以拯救一方百姓。他從中印度來到這裡。瞿波羅龍一見到釋迦，心中的惡念頓時消失。釋迦為牠說法，勸牠改邪歸正，龍非常高興，從那時起，釋迦就經常和龍一起住在這洞中。

一天，釋迦對瞿波羅龍說：「我快要圓寂了，但我可以在這裡的牆壁上給你留下我的影子。你見到我的影子，就像是見到我一樣，一旦你有了忿恨之心，一見到我的影子，邪念自會消滅。我的這些弟子們，也會留影在此壁上，你見到他們的影子，也就像見到他們一樣。」釋迦說完便不見了身影，龍仔細看洞壁上，果然有釋迦的影子在。從此，這龍再也沒有出

來給人們降什麼災難。這個故事已經很久遠了，也不知那龍現在還在不在，而釋迦的身影，至今還在這洞壁上。

玄奘說：「如果真是這樣，那我必須去禮拜瞻仰一番了。」國王說：「雖說是這樣，但也並不是件很容易的事。」

玄奘說：「為什麼不容易呢？」

國王道：「因為一是道路荒蕪，無人能識；二是路上不安全，殺人劫財的事時有發生。就算是識路的人，也因為害怕盜賊而不敢冒險引路。」

玄奘從迦畢試國帶來的兩個手力，想把玄奘帶出那揭羅喝國，這樣，他們就可以回去了。所以，他們不想讓玄奘去禮拜佛影，於是就極力勸玄奘不要去，勸玄奘不要輕身去冒險。

玄奘說：「你們如果怕盜賊，不要去就可以了，但我是不怕的，釋迦的真身之影，難得一見，怎麼能錯過呢？」玄奘又問小和尚願不願意去，小和尚也說不願意去。玄奘說：「那你們先住在這裡，我一人前往。我去去就回，絕不會被盜賊所害。」國王聽說玄奘要去禮拜佛影，而且決心很大，也非常感嘆，於是想幫他僱人引路，可僱了半天，也沒有人來應，都說沿路盜賊甚多，誰都不想去冒險。玄奘知道後，就對國王說：「他們都不願意去，這有何妨，貧僧一個人去就是了。」國王苦勸他不要去，但也拗不過他，只得任玄奘前去。

玄奘一人，背著行李，一路向燈光城方向出發。走了半日，看到一座古寺，他進到寺中，向寺僧詢問路徑，並求助他們幫忙找個人路上為伴。僧人道：「路是很容易找的，從這裡一直向前走，就到一個村莊上，村莊上再找人問一問，就知道路怎麼走了。但要想找人路上為伴可是難事。」

玄奘又問是什麼原因，僧人說：「師父肯定是從遠方而來，不知道這

裡的情況，前面是盜賊出沒的地方，幾十人，上百人結伴才敢走，單人匹馬的沒有人敢到那裡去。」玄奘正想要說些什麼，只見前面來了一個小孩子，小孩問玄奘：「不知大師是不是要去我們村莊？我就是那村莊的人，我正好要回去，如果大師要去的話，我們做個伴，以免彼此寂寞。」寺僧一聽，連聲稱好，於是玄奘和小孩一起上了路。

傍晚的時候，他們來到村莊，小孩的父母聽說玄奘要來禮拜佛影，又是高興，又是驚奇。他們留玄奘在家中住下。對玄奘說，村莊裡有一個老人，是認得路的，他們想去問一問老人，看是否願意帶玄奘去。說著就命小孩去問那老人。不一會兒，一位老人來了，他對玄奘說，自己願意一同前往。大家都很高興，就約好明天一起去。

第二天早晨，玄奘拜別了小孩一家，和那老人一起上了路，他們一路上閒談，不知不覺，已經走了五六里路，沿途雖然荒涼，風景卻很好。玄奘對老人說：「在這山清水秀之地，不應該有盜賊出沒的啊！」老人說：「或許今天僥倖，遇不到他們吧。大師，你害怕嗎？」玄奘正要回答，只聽得前面深林中有人呼喝道：「往哪裡去！好大膽！」老人一聽就知道不好，連忙叫玄奘不要出聲。說時遲，那時快，只見呼喝之處有五個人從深林中跳出來，手中都執著長刀，指住玄奘問道：「往哪裡去？給我站住！」

玄奘忙脫了帽，露出禿頂，並說：「我是出家人，一身之外，並無它物，你們想拿什麼就拿吧。」一個盜賊說：「你這和尚到這裡幹什麼？」玄奘說：「欲禮拜佛影去。」另一個盜賊厲聲說：「你沒有聽說過這路上有強盜嗎？」玄奘說：「什麼是強盜，強盜固然凶猛，可他們也是人。我今天是來禮拜佛影的，為了禮拜佛影，毒蛇猛獸我都不怕，難道還會怕強盜嗎？」這時五個強盜被玄奘一席話所感動，他們幾乎同時說：「好啊！好啊！」其中一個又說：「我們橫行一世，至今才知道佛法廣大，我們一起去

禮拜佛影吧？」其他四人也齊聲答到「好！好！我們一起去！」

　　玄奘看到這幾個強盜已經被感化，自然很高興，於是說：「難得諸位願意同去禮拜佛影。」玄奘找到那位一起來的老人，只見那老人躲在一塊大石頭後面，面色如土，幾乎不省人事。玄奘把老人攙扶過來，對他說：「老人家不要怕，現在大家都是朋友了。」老人瞪大眼睛，不知說什麼好，他懷疑玄奘也是強盜，愣了半天後，他低聲懇求玄奘說：「可憐可憐我吧，我也是好意才帶你來的，我又是一個窮鬼，沒有什麼東西可以送給你們，這怎麼辦呢，你們還是放了我吧！」玄奘一聽，知道老人把自己當成強盜的同夥了，但他也不好明說，就對老人講：「您老人家請放心，現在我們就去禮拜佛影吧。」說完便微笑地等著老人的回答，老人看向那五個強盜，也都是滿面笑容，心裡知道他們都沒有惡意，當下便放心了。大家一齊往前走，不久就找到那個大洞。

　　只見那洞口朝西開，洞前草木擁塞，一縷飛瀑從山上奔下，直掛洞口。玄奘站在洞門外，探身向裡看，只見裡面漆黑一片，什麼都看不見。老人說：「大師可以直接進到洞中，一直摸到裡面的東壁為止。然後退行四五十步，然後靜心向東看，就可以看到佛影。

　　玄奘按老人所說，進到洞中，裡面漆黑一片，剛開始時什麼也看不到，過了一會兒，稍稍適應了一下，藉著洞口的微光，玄奘看到洞壁上全是堆積得厚厚的苔蘚，看不到什麼佛影，於是玄奘頂禮而拜，拜了一百多次後，仍不見有什麼動靜。玄奘於是自責，認為是自己心不誠所至，於是默誦佛經，又拜了百餘次，突然見到東壁上有圓光一道，大小如缽，閃了閃就消失了。玄奘又驚又喜，開始誠心禮拜，過了一會兒，東壁上又出現了一片光，這次如盤大小。玄奘很是驚喜，可這光馬上又消失了。

玄奘暗下決心：不見佛影，我一步也不離開這裡！於是調整氣息，靜心禮拜，一連拜了兩百多次後，突然洞中大亮，佛像清晰地顯示在牆上，儀態莊嚴，相貌分明。玄奘見此，心中大喜。只見那佛身上的袈裟顯出金黃色，自膝以上，十分清晰，如畫在牆上一樣。下面一部分稍不清楚，左右和後面的菩薩等形象也都歷歷可見。玄奘瞻仰了一會兒，就把洞外的六人都叫了進來，讓老人點了火把，焚香拜佛。老人一點火把，洞中的佛像就隱去了，玄奘連忙把火把滅掉，於是佛影又一次出現。現在洞中的六人中，有五個人都看到了佛像，只有一人什麼也沒有看到。

　　過了大概有一頓飯的工夫，佛像漸漸隱去，洞中恢復了以往的黑暗，只有遠處洞口透過來的一點點微光。六人又朝洞壁禮拜一番，才退出洞來。

　　這幾人中，老人最為激動，他對玄奘說：「我一生曾多次到過這裡，沒有一次能看到佛影。如果不是師父意志之誠，願力之厚，怕是今生也見不到了。這真是千載難得的奇遇啊！」五個強盜也慶幸有這樣的機會，他們都在玄奘面前發誓，自此以後改邪歸正，永不再做劫掠之事。其中那個什麼都沒有看到的人，從洞中出來後，跪地痛哭，感嘆自己罪惡深重，無緣見到佛影，更是懺悔不已。隨後，五人把身上所佩刀劍取下，全都擲入深澗中，洗心革面，重新做人。

　　五人與玄奘依依不捨，灑淚相別，乍一看，好似多年好友的分別，讓人不可思議。

　　玄奘和老人沒有離開，在洞外各處又遊覽了一番。老人對此地各處的掌故異常熟悉，隨口道來，歷歷如數家珍。他指著一塊大石對玄奘說：「法師，你看，這塊石上的腳印，是當年釋迦所踏。」玄奘仔細一看，上面果

然有腳印。老人又引玄奘到另一處，對玄奘說：「法師，你看，這塊磐石，是當年釋迦在此漿洗袈裟的地方。」又指岩壁上的一些洞說：「這些洞穴，都是釋迦的徒弟們入定的所在。」這些地方，玄奘一一禮拜，眼看要到黃昏了，兩人相伴而歸。這一晚上玄奘仍然住在村莊裡，第二天，玄奘和老人等村人話別，獨自回到城中的王宮。

國王聽說玄奘回來，異常激動，他親自到宮門外迎接，握著玄奘的手說：「自從法師走後，我寢食難安，唯恐法師被強盜所害。如今法師回來，我的心也就放下了。」

玄奘說：「我這一去，不僅沒有被強盜所害，反倒感化了五個強盜。」國王急忙問是怎麼回事。玄奘把怎樣遇到強盜，怎樣感化他們的經過講給國王聽，國王聽了連聲讚嘆。玄奘又講了在洞中如何見到佛影的經過，國王更加讚嘆不已。

玄奘在王宮中又住了幾日，就準備離開，前往健陀邏國去。出發的那一天，玄奘正要和國王話別，只見有人來報，像是有什麼話又不方便說。國王追問是怎麼回事，這人才說出事情的原委。原來是城中的巡官捉到五個強盜，這五個人也自己承認是強盜，不過他們說，他們已經改邪歸正了，不能再把他們當成強盜了。現在他們就在外面，請國王決定如何處置他們。國王微笑著對玄奘說：「他們是不是你感化的那五人？」又回頭吩咐，把那五人帶進來，要當面發落。片刻，巡官帶著五人來見國王。玄奘在一旁，一看，果然是那五個人，便對國王說：「果然不錯，就是他們。」

這五個人也認出了玄奘，而且就在國王身旁，他們也不敢和玄奘說話。國王聽了玄奘的話，對巡官說：「不錯，他們確實是改邪歸正了。」又指著玄奘對巡官說：「有這位玄奘法師做證，就把他們放了吧。」巡官

一聽，給這五人鬆綁，把他們釋放了。這五個人這時才敢認玄奘，一齊上前來，跪在玄奘面前，抱著玄奘的腳放聲大哭。玄奘囑咐他們以後好好做人。巡官將這五人帶出宮去，玄奘也辭別國王，開始了新的旅程。

第十七回
先聖遺蹤沿途細說 儲君痛史剪燭閒談

　　且說玄奘離開那揭羅喝國時，原來從迦畢試國傭來的兩個手力，根據當初的約定，就回到迦畢試國去了。玄奘和小和尚行進了五百里路程，來到健陀邏國，他在這裡又傭了兩名手力。這兩名手力中，其中一人已經五十多歲，特別善談，他一路上和玄奘閒談，也不寂寞。這人對印度各國的掌故很熟悉，聽說玄奘是為求法而來，一路歷經艱難險阻，他也深為感動。在健陀邏國，他帶著玄奘遊覽各處聖蹟，凡與佛祖相關的名勝，玄奘都一一前往瞻仰禮拜，到了僧寺，他也都給了布施。

　　一天，那個手力指著旁邊一個崖壁，講述了這裡的掌故。在這個石壁上，有一個金色的佛像，傳說，那是在數百年前，在這石壁的縫中，出現了無數隻金蟻。大的如指腹，小的如麥粒，牠們齧咬石壁，最後竟成了一尊佛像的樣子。人們把它填嵌上金砂，就成了一尊逼真的佛像，數百年來，經歷了風風雨雨，它依然還是老樣子。

　　玄奘聽了這傳說，合掌稱善，也認為這是稀有之事。這手力又說，南面的石壁上還有一幅佛像，這佛像很奇特，自胸部以上，分為兩個佛，胸以下又合為一體，這裡面也有一些掌故。手力講：

　　從前有一貧士信佛，想請畫工畫一幅佛像，然而他所有的積蓄只有金錢一枚。他知道，僅一枚金錢肯定是不夠的。可他畫佛像的心情急切，就去找畫工商量。畫工感於他敬佛的誠心，就開始為他作畫，並不提錢多錢

少的事，貧士聽了高興而去。這時另有一個貧士也要畫佛像，來找畫工商量，畫工只收了他一枚金錢，答應幫他畫。過了幾天，兩個貧士都來找畫工要佛像，而畫工只畫成了一幅。這兩人就開始爭論，正在這時，只見這佛像上的佛分為兩個。畫工就指著這佛像說，這幅像應該是分屬兩人來供養的。兩人聽了也就停止爭論，各自回去了。

手力講完，緊接著又講了另一個故事。

離這裡不遠的地方，還有一個佛像，高一丈八尺。這佛像夜間常放出光亮，還有人看到它晚上繞塔行走，所以人們都把它看作是寶物。一天晚上，有一大群強盜來到這裡，想要劫走這佛像，誰知道，只見那壁上的佛挺身而出，去迎戰那群強盜。強盜們見狀，震驚不已，從那天起，這群強盜就改過自新，不再做強盜了。事發的第二天，人們又看到那尊佛像還立在那裡，和往常一樣。

一路上，手力給玄奘講了許多這樣的故事，玄奘覺得這些故事都非常稀奇。他們又向前走了六百餘里，到了另一個國家——烏仗那國。他們在這裡遊覽了一些地方，又經過一條大河，翻過一座崎嶇的大山，來到了信渡河邊。這信渡河，就是今天的印度河，在印度人的心目中，這是一條神河。它十分寬闊，最寬處可達數里，放眼望去，汪洋一片。

玄奘一行人來到河邊，看見有小船在這裡等客人，他們就僱了一條船，等玄奘他們上船後，船戶指著玄奘的行李問道：「這位和尚，你的行李中可有寶物？如果有珍寶之物，就拿出來放在岸上。」

玄奘答道：「貧僧遠道而來，沿途托缽化緣為生，哪裡來的寶物？但問船家，為什麼有了寶物要放在岸上呢？」船戶說：「和尚有所不知，這河中有毒龍居住，不許人帶珍寶舍利等物過河，如果有人偷帶這類物品過

河，船到河中必定沉沒，到那時後悔可就來不及了。所以如果有的話，不如趁早取出，放在岸上。」玄奘答到：「原來是這樣啊，貧僧並沒有什麼寶物，請不要擔心。」

船戶見玄奘是個和尚，言辭又很懇切，也就不再多說，開船直向河中去。由於天氣晴朗，河面風平浪靜，船不久就渡到彼岸，玄奘付了船錢，上了岸。這裡已經是呾叉始羅國境了。他們進到城裡，遊覽了一番，只見這裡花木茂盛，氣候溫溼，令人感到非常舒適。

玄奘向這裡的土人尋訪古跡，遇到一位老翁，這老翁願意為玄奘等人做嚮導。在老人的指導下，玄奘先在城中找到一個僧寺，在那裡住了下來，第二天，他們和老翁一起去遊覽一個叫龍池的地方。

龍池在城西北方約七十餘里處，走一天就到了。他們來到池邊，只見池水澄清，各色的蓮花開滿了一池。池不是很大，周圍不過百餘步，玄奘說：「這池不大，裡面未必有龍，為什麼叫它龍池呢？」老翁說：「龍為神物，變化萬方，能屈能伸，牠的居處不問大小。這裡的神龍，專管風雨。凡來此求雨求晴的，馬上就能應驗。」

玄奘在龍池邊環繞一周，這時天色已晚，他們就在龍池附近上找到一處僧舍借住下來。燈下，玄奘和老翁閒談，老翁說這裡的聖蹟很多，沒有辦法說的完整。而其中最有名的，要算是無憂王太子塔了。玄奘問：「無憂王太子塔是為什麼而建的呢？」老翁說：「這話說起來就長了，好在現在晚上沒有什麼事，我就仔細給你講講吧。」

無憂王從前有個太子叫拘浪拏，是無憂王正后所生。這孩子生來相貌端正，心地仁慈，全國的百姓都稱讚他的仁德。王子很小的時候，王后就亡故了，國王又娶了新的王后。這個新王后非常驕縱，她見太子賢明，心

中非常嫉妒，處心積慮想害太子。

　　一天，這個繼母王后對國王說：「我國中的咀叉始羅國算是最大的，該國王位位高權重，這重任不能給他人，必須是你的親信子弟才能託此大事。現在太子拘浪挐賢明仁惠，人們都知道，何不讓太子去管理這一片國土，他一定不負國王的囑託，把事情辦好。」國王不知王后別有用心，糊里糊塗地就把太子派到咀叉始羅國去鎮守了。臨行前，國王和太子密約：「如有詔書，上面會有我的齒印，齒在我口中，他人是不能偽造的。」太子領命，與無憂王涕泣相別。這一去，路途遙遠，和無憂王很少有音信往來。

　　繼母太后得到一個機會，乘著國王熟睡時，得到了國王的齒印，假發了一道詔書命人傳給了太子。太子接到詔書，命手下的輔臣打開，輔臣打開後，大驚失色，太子問信上寫的是什麼，輔臣說：「大王在信中痛責了你，命挖去你的雙眼，把你夫婦二人放逐在山谷中，隨你們怎樣，任何人都不

　　得過問，也不得幫助你們。」太子聽了，大為驚駭，他仔細看了書信，又把齒印核對一番，並沒有差錯。輔臣說：「大王雖有詔，也不能就這樣照辦，這事應慎重些，最好太子回國中請罪，看是為了什麼。」

　　太子說：「父王就是賜我死，我也只能照辦。這上面有齒印，還會有什麼錯誤嗎？」輔臣勸說半天，太子也不從，最終還是命人挖去了自己的雙眼，於是成為了盲人。自此夫婦流離於山中，以行乞為生，飄流了許多年後，這一天來到了國都。太子對妻子說：「這裡是國都，我原來在這裡做太子，現在是這裡的乞丐，我總得弄清楚當初是因為什麼而落得如此，是因為犯了什麼罪而這樣的吧？」

於是，他們商量了一個辦法，他們化成賣歌之人，混到無憂王的馬廄之中，到夜深人靜的時候，兩人彈起箜篌，放聲悲歌，歌聲悲切，動人心魂。無憂王聽到歌聲，也為之嘆息，又細細辨別箜篌之音，越聽越像是王子在彈。心想，太子怎麼會來到這裡呢，真是奇事，他自己也不敢相信自己的耳朵。於是，無憂王叫看馬廄的人來，問那唱歌的是什麼人，叫他們來見我。看馬廄的人引著太子來到無憂王面前。雖說太子雙目失明，人也憔悴了許多，但無憂王還是認出了他，就問他：「你是拘浪拏太子嗎？怎麼會來到這裡？」太子聽到後，欲哭無淚，哽咽著答道：「我就是拘浪拏，先前奉父王詔書，挖去雙目，放逐到山林之中，輾轉流浪至此。」無憂王聽了，不知該怎樣說，心裡知道這是王后所為。於是，讓人安慰太子夫婦，他回到後宮，使那王后得到了應有的懲罰。太子在宮中多日，雖說沒有什麼事，但他雙眼已盲，不能復明。後來聽說國中有個羅漢，已經得道，非常高明。無憂王就請他來說法，想借他的願力，讓太子復明。

一天，羅漢當眾說法，全城的男女聽到這種奇事，都來看熱鬧。羅漢事先告訴大家，每人準備一個缽，預備著盛裝眼淚。在說法前，先由無憂王敘說太子失明的事情原委，並自己懺悔失察之罪。然後羅漢開始說法，他言辭淒切，令人心酸，滿座聽法的人，熱淚盈眶，流出的眼淚被盛入缽內。羅漢說完法，把眾人的眼淚全裝在一個大金盤中，羅漢接著發誓道：「我剛才所講，都是我佛的至理，如果我講的有謬誤之處，那就不說了，如果沒有謬誤，就請用眾人的眼淚來洗太子的雙目，使他雙目復明。」

羅漢說完，親手為太子洗目，果然如羅漢所說，不一會兒，太子就能看到東西，等洗完，太子的雙目已經是明亮如初了。無憂王大喜，眾人也歡呼慶賀，久久才散去。後來，國王就建了這無憂王太子塔，以紀念此事。

　　老翁說到此，不覺也淒然淚下。玄奘感嘆道：「難得羅漢說法，能使盲者復明，難得！難得！」老翁和玄奘又說些閒話就安睡下了。

　　第二天一早，玄奘和小和尚隨老翁一同去參拜無憂王太子塔。他們走了半天的山路，才來到一座塔下。只見這塔高百餘尺，全是用白石砌成，因為年久失修，已經快要塌毀。這裡地處荒山深處，也沒有什麼行人的蹤跡。玄奘憑弔了一番，就按原路回到那僧舍中。在這裡又住一晚，然後回到城中。

　　玄奘沒有停留，出咀叉始羅國，渡信渡河，向東南行了約二百餘里，來到一個大石門前。在這裡，玄奘看到的樹葉多是紅色，而葉色又暗淡無光，看了讓人頓生悽愴之感。玄奘心中疑惑，就問路人，這裡的樹葉因何多為紅色。路人想答，口還沒有開，聲音便先哽咽起來。

　　「大師有所不知，從前有一位王子從這裡經過，見到一餓獸臥在路邊，已經不能動彈，王子知道這獸是因飢餓所致，於是就用竹子刺破皮膚，用流出的鮮血來餵獸。當時的血沾到了草木之上，遂成紅色，而只要沾上的地方，至今顏色未變。行人走到此處，都會為王子的做法悲愴不已。」玄奘聽完，又為之感嘆一番。

　　與路人相別，玄奘繼續前行，道路崎嶇難行，又走了五百里，來到烏刺尸國。

第十八回
過鐵橋忠馬救手力 見賢王玄奘受禮遇

　　從烏剌尸國再向前走，是一座高山，翻過山，一條河橫亙在面前。玄奘對小和尚說：「你看前面的河，不知有沒有渡船？」小和尚說：「師父，你在後面慢慢走，讓我先到前面去打聽一下，如果有船我就僱。」玄奘應允，小和尚就自己向前走去。沒多久，小和尚回來了，他對玄奘說：「師父，我已經探明，這條河裡沒有渡船，但是從這裡向上游不遠處，有一座鐵橋，我們可以從橋上過河。」玄奘說：「有鐵橋更好，我們就從橋上過去。」

　　幾人向上游行進，不一會兒，就來到一座鐵橋。只見幾丈長的一條鐵橋，寬不過一尺多，旁邊也沒有欄杆，橋下的水不是很急，可是看起來很深。小和尚說：「讓我先把馬牽過河去，只要馬過去了，人就好過了。」於是他牽馬過河，馬卻遲遲不肯上橋，歪著脖子向水裡去。小和尚知道馬的性情，就說：「牠是想從水中穿過去，就讓牠自己過去吧，我們從上面走。」放馬入河，誰知水深才到馬腹。小和尚見馬快過河了，就搬件行李過橋，隨行的一個手力也搬件行李過橋去，等手力從橋上回來想搬其他的行李時，一不小心落入河中。玄奘大驚道：「不好，手力落入河裡了！」正要想辦法去救人，只見剛才從水中過去的馬，轉回頭來救人，那手力雙手抱著馬腳，爬到馬的身上，雖說是全身溼透，卻沒有受什麼傷。其實這水並不深，手力自己在河中也能站立，只是他太慌了，也不知這河有多深，

水流也使他站不住，才有了這一幕。馬在水中，背上馱著手力，一步步地向前走，直到登上對岸。大家見手力安然無恙，心裡都很慶幸，都齊聲讚嘆這匹馬的忠勇。手力說：「如果不是這匹馬救我，我可能已經死了。」

待人馬都渡過河來，天色將晚，大家都已經困乏，於是在離河半里路的地方找到一個僧寺，借宿住了下來。玄奘和小和尚因為白天都累了，夜裡睡得都很香甜，只有那落入水中的手力，因為白天浸了水，到了半夜的時候發起高燒，他覺得渾身發冷，頭也疼得厲害。天還未亮，那手力就把玄奘叫醒，對玄奘說：「法師，我現在生病，不能送你們到迦涅彌邏國了，就請從此分別吧。」玄奘說：「你生病沒有關係，我可以在這裡等你幾天，你放心好好休養。」

手力聽完，哭著說：「不瞞法師，這裡離迦涅彌邏國還有一千多里，就算是我的病好了，恐怕也去不成了，不如早些辭別法師，免得法師在這裡等我。」玄奘說：「既然如此，我也不強迫你。還有一名手力，不知他是否願意與我同行，如果他不願意，不如與你一同回國，也好做個伴。這時另一名手力走過來說：「法師，我也願意回國，但如果我也回去，就沒有人送你了，你看如何是好？」

玄奘說：「這你不用擔心，貧僧從中國出發，孤身獨行萬餘里，死而無悔，現在已經到了印度的境內，還有什麼可害怕的呢？再說還有小和尚同行，路上也不寂寞。現在你們先在這裡靜住幾天，等病好了，一同返回國去。我再多給你們一些錢財。」兩手力聽了這話，齊聲感謝玄奘。玄奘打開包裹，從裡面取出些金銀和一些衣物給了手力。玄奘等人在這裡耽擱了一天，就與兩手力道別，向迦涅彌邏國出發。

之後玄奘他們又走了三天，雖說道路不難行，但少了兩個手力，行李

之類雖是靠馬馱，但全得由小和尚和玄奘自己照料，二人很是辛苦。到第三天下午的時候，天色未晚，小和尚就不肯走了，他對玄奘說：「師父，你看前面有一僧寺，正好投宿。」

玄奘說：「時候尚早，何不再走一程？」小和尚道：「再多走一程今天也是走不到的。」玄奘說：「畢竟是向前走一步，路程就少一步，絕不會是走一步多一步的。不過我看你疲乏了，我們在此借宿也無妨。你可以上前去問一問，看那僧寺裡是怎樣的情形。」

小和尚上前去打聽，不一會兒他就回來說：「法師，真是奇怪，那裡的住持是個白頭老僧，他一見我就問我可是從中國來的，師父是不是叫玄奘法師，這豈不奇怪，他怎麼知道我們？」玄奘說：「你如何回答他的？」小和尚說：「他既然已經知道了，我也沒有必要瞞他，我就告訴他我們是從中國來的，師父叫玄奘。老僧就說，很歡迎師父來居住。」小和尚又低聲說：「我對他起疑。」玄奘問他疑心什麼，小和尚說：「我懷疑他是妖怪。」玄奘說：「既然要在這裡借宿，就不要懷疑，你如果一生疑心，本來是人，也會成為妖怪；你如果信而不疑，就算是妖怪，也會變成人。你快把你的疑心掃除掉，我們一同前往吧。」

小和尚聽了玄奘的話，也沒有什麼好說的，可他心裡還是有些害怕，但他想既然師父敢去，那一定是沒有什麼事，於是就壯了壯膽子向前走去。不一會兒，他們來到僧寺的山門，小和尚所說的老僧已經站在山門外等候。老僧一見玄奘，立刻走過來合掌致敬，問道：「這位就是從中國來的玄奘法師嗎？」玄奘道：「豈敢，貧僧就是玄奘，西來取經，路過此地，有擾大師，心甚不安，不知大師何以知道貧僧？」

白頭老僧道：「法師你聽我說，那迦涅彌邏國王深信佛法，聽說法師

遠來，他嘆此為稀有之事，連派僧徒沿路打探消息，預備迎接，老僧由此而得知。」玄奘道：「貧僧很感激國王的盛意，也感激大師的殷勤招待。」一邊說著，一邊跟著老僧進到寺中。老僧讓沙彌準備吃食，招待十分周到。到用齋的時候，小和尚因懷疑老僧是妖怪，一切食物都不敢亂吃，只等到別人都吃過了，他才敢入口。吃了齋飯，玄奘和老僧一直閒談到深夜，二人方才睡下。玄奘一天勞累，晚間睡得也很香甜。而小和尚心裡總是放不下，一夜也沒有合眼。到了第二天早上，小和尚看到還是什麼事都沒有發生，這才放心呼呼睡去。到吃早飯的時候，寺中的沙彌來叫他，他才起來。玄奘等人吃過早飯，就想辭別老僧上路。老僧苦苦留玄奘道：「法師此行，求法要緊，老僧何敢強留，但從此去迦涅彌邏國，還有數百里之遙，法師師徒二人如何能前往？何況你們遠道而來，路徑不熟，十分不便。我已經為你們僱了兩個嚮導，途中還可為你們照顧行李，這二人一早一晚馬上就到，法師還是等他們來了再一起出發為好。」玄奘道：「要是這樣，就多謝大師的照應了，我們的感激之情無法表達，那就等嚮導來了我們再走。」玄奘在這裡等了一天，嚮導沒有來，到第二天的中午，兩位嚮導才來到僧寺。老僧帶他們見了玄奘，玄奘見這二人十分誠懇，心中更加感激老僧。眾人又在寺中住了一晚，第二天一早才起身出發。臨行時，老僧與眾人殷勤話別，對玄奘說：「前兩天，這邊已經有人向迦涅彌邏國去，可能你們到那裡時，國王早已經知道了。」玄奘聽了這話，更是感激老僧，兩人灑淚相別。

　　因為有了兩位嚮導，這一路玄奘覺得十分安穩，不知不覺又走了十多天。這些天中，他們白天穿山越嶺，涉水渡河，夜晚或露宿樹林，或寄宿古廟，所幸的是有嚮導，不曾迷路。一天上午，嚮導對玄奘說：「我們今天就可以到迦涅彌邏國的都城了。你看前面那座小山，我們轉過去向右走

可以看見一條大河，河那邊就是都城的西門。這都城真是個熱鬧城市。」
他們一邊走，一邊閒談，不知不覺中，已經繞過前面的小山，到了河畔。
隔河望去，只見城牆如帶，城外寶塔如林，玄奘知道這嚮導所說不虛。玄
奘問兩位嚮導：「現在如何過河呢？」一個嚮導說：「請法師先在這裡等候，
我們先去那邊報告，國王肯定會派人來此迎接。這樣就可以免除那些津吏
檢查的麻煩。因為法師是外國人，外國人至此是要嚴格檢查的。」

　　玄奘說：「就讓他們檢查吧，我們的行李中也沒有什麼東西。」嚮導
說：「這樣也好。」

　　於是他們僱船渡河，船剛到河對岸，還未停穩，果然就有津吏跳下船
來，欲行檢查。他們一看船上的四個人有兩個是僧人，都吃了一驚，就問
道：「這位師父可是從中國來的玄奘法師？」一個嚮導代答道：「正是玄奘
法師。」津吏忙向玄奘致敬道：「我們的國王知道法師前來，已經等法師好
久了，國王早早派了他的弟弟，備好車馬在城門前等候，吩咐我們留心打
聽消息。今天法師果然來了，國王聽到這個消息不知會有多歡喜呢！」玄
奘答道：「多謝你們國王的好意。」

　　津吏又說：「就請法師在船上稍坐片刻，等我們去報告我們國王的弟
弟。」說罷津吏又代玄奘給了船家船錢，然後跳上岸，向遠處跑去，不一
會兒，只見遠處有一隊人馬奔來，玄奘知道這是國王的弟弟率車馬來迎，
片刻間，他們已經到了船邊，只見還是原先那兩個津吏引導國王的弟弟上
船，與玄奘見面，雙方寒暄一番後，就捨船登岸，乘車騎馬進了都城的西
門。眾人先在城中繞了一圈，國王弟弟把城中的各個寺院都指給玄奘看。
這時有官使傳國王的話說：「今日已晚，不便接待法師，就請法師在寺中
暫住一晚，明日一早，迎進宮中供養。」於是，國王弟弟就招待玄奘在一
寺中住下，飯食等供應十分周全。

　　第二天一早，玄奘剛起床，就見寺中的僧眾數百人齊來謁見玄奘，其中有人對玄奘說：「昨夜有神人託夢，說是有客僧從中國遠道來此，欲學習經典，觀禮聖蹟，這確是稀有之事，數百年也遇不到的事，而你們還昏沉貪睡，為何還不去拜謁？當時我們數百人得夢皆同，於是都早早起來，誦經等待天亮，今天能見到法師的慈容，真是畢生的幸事。」

　　玄奘聽他們這麼說，也謙遜地謝過大家，這數百人一一對玄奘頂禮而拜，然後退下。不一會兒，外面有人來傳信，說國王已經帶領群臣和國內高僧在福舍（專門招待外賓的地方）等候，還派了車馬和數千人來到寺中迎接玄奘等人。這時，只見路途上華蓋重重，鮮花滿地，城中萬人空巷，都爭相來瞻觀這中國來的法師。人群中議論紛紛，有的說，中國離這裡數萬里，法師怎麼會到來呢？有的說，法師心堅志決，自有鬼神相護。人們都將玄奘的到來稱為一樁自古未有的天大的奇事。

　　玄奘整裝坐在車上，一路走過，在福舍和國王相見。國王讓玄奘坐在大象上，自己跟隨在大象後面，這是國中最重大的禮節了。他們先來到另一個寺中，讓玄奘在這裡又住了一宿，第二天仍用大象載著玄奘到王宮中供養。同來的嚮導和小和尚仍居住在原先那個寺中，國王專門派人安排他們的食宿。

　　國王聽說玄奘西來是為求法，讚嘆不已。玄奘進王宮的第二天，國王召集城中年老德高的僧人和國中的執政大臣齊來會餐。餐後請玄奘講經，又與國中的名僧辯論。不管這些人提出什麼問題，玄奘都能對答如流，任由他們千般辯駁，也都不能難倒玄奘。辯論之後，國王大喜，眾僧人也齊聲稱讚玄奘。

　　玄奘在宮中住了數日，那一同來的嚮導想要回鄉，就和小和尚一起到

王宮中見玄奘。玄奘厚贈他們旅費和工錢，還送給他們許多東西，安排他們回去。臨走又對他們說：「我在這裡承蒙國王厚待，等我向別處去的時候，國王也定會妥為安排的。你們回去，路上自己珍重。」玄奘還請他們傳言給那位白頭老僧，又拿出些金錢和絲絹讓他們帶給那老僧。嚮導帶了東西，稱謝而別。而小和尚也移到王宮中居住。

國王又派了五個人專供玄奘使喚。國王對玄奘說：「我國的古寺名剎、佛經典籍都很多，法師既然來了，便可一一觀覽。佛經卷帙浩繁，很難一下子讀完。如果你要抄寫，敝國可以撥給你寫手若干人，專為法師抄錄經典。」玄奘說：「大王好意，我不能不領，只是大王如此厚愛，我真是不敢當，況且我對大王也無以為謝。」國王道：「法師不必這麼說，佛法不是一人一國的私物，是世界的公物。如果不是法師來求，我們還要想辦法把佛法傳播到貴國，以盡到我們的責任。法師不辭勞苦，長途跋涉千山萬水而來我國，我們怎麼能不盡地主之誼呢？」玄奘聽國王這麼說，感激不已。

第二天，國王派了二十個寫手來到玄奘這裡，幫助玄奘抄寫佛經。玄奘已經有了長期在這裡住下的打算，他準備遍讀這裡的佛經後再離開。遇到需要抄寫的，他就讓這些寫手幫助抄寫。閒時，他和這國中的名僧相互切磋。玄奘在這國中住了兩年，學問大長，然而玄奘並不滿足，他想要走遍全印度，然後東歸。

第十九回
大叢林遇賊脫險 磔迦國化盜為良

　　玄奘在迦涅彌邏國遍覽經典，轉眼就是兩年時間，玄奘思量，雖說自己的學問已經突飛猛進，可畢竟沒有到達中印度，釋迦牟尼的聖蹟也並沒有全部瞻仰，這和自己當初天竺取經的願望是有差距的。他把這樣的想法告訴了國王，國王也很贊同他的想法，就為他準備了路上所需之物，並為玄奘尋找了許多嚮導和手力。

　　臨行這天，國王和諸大臣，還有那些高僧都來相送，一直將玄奘送到國界。

　　玄奘一行人向西南行進一千七百多里，經過了幾個國家，這一天來到了一片大森林中。只見這裡古木參天，遮天蔽日，藤葛纏繞，如龍蛇盤踞，林中陰森幽暗，人跡罕至。玄奘不知，這裡因為環境惡劣，氣氛恐怖，許多年來都是強盜所據之地，他們百十成群，在此劫掠行人。一個嚮導對玄奘說：「法師，這裡有強盜搶劫，我們要小心啊！」玄奘說：「強盜要的是財物，我們這裡也沒有什麼財物，還怕他們搶劫嗎？」嚮導說：「法師說得對，我只是怕他們猛然到來，讓法師受驚，所以才對你說，其實我們是沒什麼東西可劫的。」玄奘和嚮導邊說邊走入這林中。跟隨的人也都進入林中，不知不覺，他們已經走入林中深處。

　　忽然，一陣哨聲從林中響起，這哨音尖厲悽楚，聽了不禁使人膽寒。聽到這聲音，大家都不約而同地停下了腳步，屏住呼吸，誰也不敢作聲。

說時遲那時快，哨聲一停，林中就竄出一個人來，只見這人提著長刀，穿著短衣，光著腳。這人用刀指著眾人說道：「你們這些人，都往哪裡去？快快把你們的行李放下來！」這人正說話的時候，林中又竄出許多人，一眨眼工夫已經有五六十人，把玄奘一行人團團圍在當中。這些強盜不由分說，把玄奘等人的行李都搶奪了過去。然後那個拿長刀的人又下令說：「把他們都給我綁起來，一齊帶到那邊去砍了頭。」

玄奘等人發現不好，但已經晚了，已經沒有機會反抗了，只好一個個束手就擒。他們一個個都面如土色，只有玄奘鎮定自若，臉色一點都沒有變。有人來綁玄奘和小和尚的時候，那個拿長刀的頭頭說：「不要綁他們了，看他們這弱不禁風的樣子，還怕他們跑了不成？就這樣走吧。」於是，這群強盜就像趕羊一樣，把這些人帶往森林的深處。

走了一會兒，大概是快要走出森林的時候，玄奘發現不遠處有一個廢舊的池子，這池子已經乾涸，裡面長滿了荊棘雜草，草很高，人進去都會被埋沒。玄奘注意到，在池的那邊，有一個堤，堤上有一個大洞，大概是當年為洩水而修的。玄奘給小和尚使個眼色，便縱身向大池中跳過去，小和尚也緊隨其後。他們撥開荊棘，奮力向前，身上多處被荊棘刺破而全然不覺，只全力奔向那個堤上的洞而去。

有兩個強盜從後面跟來，他們揮舞長刀，殺氣騰騰，可是他們受不了池中荊棘的刺痛，腳上一碰到荊棘，馬上就退了回來。

玄奘和小和尚進到那個堤上的洞中，這時他們渾身都已經被荊棘所傷，可是他們沒有顧及這些，而是努力地向前爬，不一會兒，就看見了洞口的光線。他們從洞中出來，小和尚眼尖，一眼就看到不遠處有一條小路。於是他們就順小路向前走，大概走了二三里遠後，就轉上了大路。順

著大路走沒多遠，他們看到一位老農正在田中耕作。老農見到玄奘二人衣衫不整，神色慌張，就問是怎麼回事。玄奘說：「我們都是行路之人，路過這裡被一群強盜所掠，還有許多人被綁在樹林中，現在不知生死。」老農一聽，二話不說，把耕牛交到玄奘的手中，朝遠方的村莊跑去。小和尚對玄奘說：「不會是老人家害怕，自己跑了吧？」話音未落，只聽遠處的村中，螺號聲和鼓聲響成一片，玄奘二人更不知是怎麼回事。只見前面許多人在奔跑，他們手中拿著棍棒等物，穿著打扮都是農人的樣子，而不是強盜的裝束。這時玄奘才明白，原來那老農是回村裡召集人馬。

只見這些人從路上趕來，那老農也在其中，他給大家指點著玄奘等人被劫的地點，其中有一人領路，大家順著一條小路向那邊跑去。他們一邊跑，一邊吹螺打鼓吶喊，以壯聲勢。玄奘和小和尚也跟在後面，不一會兒，他們就來到玄奘等人被劫的地方，這時強盜們聽到有人來，早已嚇得如鳥獸散，那些嚮導、手力等人都被綁在了大樹上，地上是他們的行李，狼藉一片，稍好一些的東西都被強盜們拿去了，其他的都被拋在地上。這些嚮導和手力，本來就已經被嚇個半死，這時看見又來了人，還以為是來殺他們的，就閉目等著被砍頭。玄奘顧不得地上的東西，急忙來問候這些人，幫他們鬆開綁繩。這些人看到了玄奘，驚喜異常，一個個瞪著眼睛說不出話來，繼而又淚水漣漣。膽大一些的開口對玄奘說：「法師，我們是死裡逃生啊！」玄奘說：「多虧了這些農人前來搭救，是這幾十位善士救了你們啊！」於是，大家都來給這些農人們道謝。玄奘這才開始收拾地上的東西。所有的經卷，這些強盜都沒有要，玄奘一一從地上拾起，細細整理一番，雖說有些損壞，但損失不大，卻也是不幸中的大幸。

這些救玄奘的農人，聽說玄奘等人是遠來求經的，都非常讚嘆，又看到他們的行李幾乎被搶掠一空，就勸玄奘等人到他們的村內一住，然後大

家再想辦法。玄奘也沒有什麼辦法，於是就謝了這些人，並一同走出樹林，進到村莊中。那個報信的老農把玄奘等人安排在他家裡住，另外的人都散去了。過了一會兒，他們又都回來，各自拿了衣物、用具、糧食等前來，並把這些東西都給了玄奘等人，玄奘等人謝過並收下。這天晚上，大家又提起白日間所受的驚嚇，都不禁落下淚來。只有玄奘一人，不僅沒有一點悲傷的樣子，反而勸大家不要憂愁。一個嚮導說：「法師萬里求法，一路艱難，現在錢財行李都被劫了，法師不僅不悲傷，反勸我們不要憂愁，這是何故？」玄奘說：「世間最寶貴的不就是生命嗎？我們今天雖說是遇險，所幸的是性命還在，那區區的行李和財物算得了什麼呢？」大家聽了，也轉憂為喜。

第二天一早，玄奘等人剛要辭別老農繼續趕路，只見老農牽了一匹馬來見玄奘，問道：「法師，這匹馬可是你們的嗎？」玄奘一看，果然是自己的那匹馬。那馬見了主人也長鳴一聲。玄奘問道：「這馬昨日被強盜劫去了，不知為何到了你這裡？」

老農說：「是我村中的一個牧童找到的，他在村外見到了這匹馬，就把牠帶了回來。他聽說昨天有僧客在林中被劫，猜想可能是你們的，就把這馬送到我這裡，讓我問一下是不是你們的。如果是的話，你們就留下。」玄奘說：「那個牧童現在在哪裡，我去謝他。」老農道：「他去放他的牛了，區區小事，也不必謝他。」小和尚說：「這馬明明昨天被強盜搶走了，為何又到了村外？」玄奘說：「想必是這馬自己逃了出來，可牠能逃出來，不一定能見到我們，如果不是牧童，這馬找不到我們的，這還不該感謝牧童嗎？」老農說：「那牧童去放牛了，你們先走你們的，我再見到他時，替你們謝他就是了。」玄奘說：「那就有勞老人家了。」於是，相互話別。

玄奘一行人走了一天，來到磔迦國的一個大城，他們到城中借宿，夜間與主人閒談，主人對玄奘說：「法師遠道而來，這裡有一位奇人不可不見。」玄奘問是什麼奇人，主人說：「這城西有一大林子，林中有一個婆羅門道人，已經有七百餘歲了，此人見多識廣，學識淵博。」這時小和尚插言道：「是七十歲嗎？」主人說：「不是不是，是七百歲，七十歲有什麼特別的？」小和尚對玄奘說：「法師，你帶我去見一見，我已經十六歲了，從來沒有聽說過有七百歲的人，更別說見過了。」玄奘聽了小和尚的話，笑了笑，停頓了一下對小和尚說：「世人有生就有死，死時七百歲不算長，七歲不算短，這有什麼可奇怪的？只有不生不滅才為真正的奇人。」小和尚聽玄奘這麼說，好像聽懂了，又像沒有聽懂，但他也沒有再問。玄奘又對主人說：「這位婆羅門既然學識淵博，那我肯定要去見一見。」於是，約好第二天早上一同去拜訪。

　　第二天一早，主人就讓他的兒子帶玄奘和小和尚去見那婆羅門，還在城中找一位僧人，寫了封書信帶給那道士。玄奘等人走到城西，看到一片深密的樹林，那婆羅門就住在這樹林中。主人的兒子先進去把僧人的書信給道士看了，然後才把玄奘他們引進去見道士。玄奘見到那婆羅門道士，只見這七百歲的老人確是儀表不凡，看上去，年紀也不過三十歲上下。兩人見面，先是互說些仰慕之意，之後才略談些經典。這道士果然是學問精深，不管問什麼，都是隨問隨答，滔滔不絕。玄奘心想，自己自從來到印度，所見過的僧俗高士不計其數，其中也不乏學問高深之士，但若和這老人相比，可以說是相差很遠，這老人真不愧是一位奇人。

　　想到這裡，玄奘就有心留在這裡求學。他們略談一陣子，就相約明日再來拜謁，老人把玄奘送出林子。他們回到住處，主人的兒子對他父親說起那老人如何厚待玄奘，主人聽說，大為驚異，心想，這老人是亙古難尋

的異人，他這樣看重我的客人，說明我這客人也不是凡人。他這樣想著，也就開始格外地敬重玄奘了。

第二天，玄奘獨自一人去拜見那位道人，這次他已經知道路怎麼走，而且也不用別人再為他介紹了。這次，那婆羅門比前一天更殷勤地接見了玄奘，他們談了很久。在談話中，玄奘談起了他們在路中遇強盜的事，道人也為之嘆息不止。道人說：「法師遠道而來，財物被劫，將來怎麼度日呢？我要遍告我們這裡的人，讓他們盡一點地主之誼。」玄奘聽說後，連忙向道士稱謝。

當天玄奘回到城中，道士立刻令一僕人把玄奘等人遠道西來求法，中途遇強盜的事沿途放聲高唱，一日間，全城的人都知道了這事。這僕人還號召城中百姓，要盡力布施，可以是衣物，可以是錢財，可以是飲食，目的只有一個，就是不能讓這些遠道的客人困乏。

這時，城中有三百多位豪傑，他們當中就有許多人是當初打劫玄奘的盜賊，聽到玄奘的事情後，他們都拿了些食品和衣物來給玄奘等人，有的還把當初從玄奘那裡搶來的東西送了回來，並在玄奘面前懺悔。玄奘收了他們的物品，並給他們講了因果報應的道理。這些人聽後，都茅塞頓開，徹底摒棄了為惡的念頭。那七百歲的道人見到此情此景，不禁嘆道：「如此感化人的事情，古來罕有啊！」

玄奘把人們布施的東西都分給了一起來的人，還給了道人幾匹布。他準備在道人這裡學習一段時間，就讓一起來的嚮導等人回去了。玄奘和小和尚在老道人這裡學習了大約一個月的光景，然後辭別了老道人，又僱了嚮導和手力，向前出發了。他們一路行來，又經過了許多國家，每到一處，他都會根據這裡佛學的情況，住上一段時間，或幾天，或幾月。這一天，他們來到了中印度。

第二十回
人一怒留曲女 弟兄合力鑄大乘

　　玄奘一行人自進入中印度後，感覺天氣熱了許多。他們看到四處都是稻田和熱帶樹木。嚮導對玄奘說：「這裡的稻穀產量非常大，品種也好，有一種好稻種，種下後六十天就可以收穫。」玄奘道：「中國北方種麥多，南方種稻多，但並沒有見到過這麼好的品種。」嚮導對玄奘說：「中國雖沒有什麼好的稻種，可有好的果樹傳到過北印度。據說在中國有兩種水果叫做桃和梨。這兩種果樹都是原來印度所沒有的，是從中國傳來的。」玄奘說：「不錯，中國確實有這兩種果樹，但不知是誰傳過來的？」嚮導說：「傳說原來漢天子和印度交好，有質子在此，這兩種果樹是質子用帶來的種子親手栽種的。」玄奘說：「這故事在我國的史書中沒有記載，所以我們不知道，在貴國如此流傳，想必這故事不會是虛構的。看來中國和印度的往來已經是由來已久了。」

　　這一天，玄奘來到襪底補羅國，這是個小國，卻也有佛寺十餘座。玄奘來到一個有兩百餘位僧人的佛寺中，在這裡住了幾天。這裡的僧人很是熱情，帶著玄奘參觀了國中的聖蹟，最後還給玄奘講了關於這座佛寺的一段故事。

　　相傳此佛寺是眾賢論師壽終之處。眾賢為迦溼彌羅國人，對《毗婆沙論》頗有研究。當時，世親作《俱舍論》。眾賢看了之後，花費了十二年的時間，作《俱舍雹論》二萬五千頌八十萬言，目的是批駁世親的《俱舍

論》。之所以起《俱舍雹論》為題，寓意要像冰雹摧毀莊稼那樣，把世親的《俱舍論》摧垮。

　　寫完這部書之後，眾賢對門人說：「憑我卓越的才華，稟持我的正論，逐條駁斥世親，挫其鋒銳，決不讓這個老頭子獨擅先名！」

　　於是，他讓自己的三四個高徒，拿著他的《俱舍雹論》，四處尋訪世親。這時世親正在磔迦國，人們紛紛告訴他，說眾賢要來找他當面辯論。世親貌似是出於害怕，聽到這個消息後就收拾行裝，準備離開磔迦國。世親的門人以為老師是怯懦了，紛紛勸阻說：「大師是德高望重的先哲，遠近的學徒無不崇仰。以大師的才能，駁倒這個不知深淺的後生易如反掌，為什麼一聽到眾賢要來，就那麼害怕呢？您這樣做，使我們這些門徒都感到臉上無光了。」

　　世親解釋說：「我這次遠遊，並不是逃避眾賢這個人。眾賢是位年輕的後進，詭辯若流，我老了，很難再贏得辯論，我打算以一言去破除他的固執，帶他到中印度的諸位賢哲大德面前，請諸賢哲去辯察其詭論的真偽得失。」

　　不久，世親便負笈遠遊而去，他走後的第二天，眾賢來到了秣底補羅國的這座寺院，他一到這裡就突然氣衰病倒。眼看要不行了，在彌留之際，他寫了一封向世親謝罪的信，信中說：「如來寂滅之後，弟子們分成不同部派，各傳宗學，黨同伐異。我出於愚昧，又從偏執的立場出發，看了您所作的《俱舍論》後，就不自量力，寫了《俱舍雹論》，妄圖扶正宗學。我智小謀大，現在快要死了。希望菩薩在弘傳大法的同時，不要毀掉我這部書，這樣我就是死了也不後悔！」

　　寫好信後，他把幾個能言善辯的門徒叫過來，對他們說：「我確實是

個後學，卻隨意凌辱先達，這樣的結果是應得的。我要死了，你們拿著我的書信及我所作的《俱舍雹論》去見世親菩薩，代我向他悔過吧。」

眾賢說完，就在這個寺中圓寂了。門徒拿著信和《俱舍雹論》找到世親菩薩，把眾賢的信呈上，並轉述了眾賢的臨終遺言。世親覽書閱論，沉吟良久，對自己門徒們說：「眾賢論師是個聰明人，然而辭雖有餘而理乃不足。我要是破除眾賢之論，易如反掌。但是，顧念其臨終相託，出於大義，就遂其遺願。況且這部論對我宗之論也有所闡述。」於是，世親提筆把《俱舍雹論》改名為《順正理論》。門徒們勸諫道：「眾賢活著的時候，大師遠遊躲避他，現在卻又為他改書名。那麼他的弟子們又有什麼顏面甘受這樣的屈辱呢？」世親對此只是一笑了之。

玄奘聽完，感嘆一番，爾後與寺僧相別。一行人繼續前行，經過了中印度的許多國家，觀覽了很多佛教的聖地後，來到了羯若鞠闍國。羯若鞠闍國是個大國，都城西鄰殑伽河，有寺院一百餘所，僧徒萬餘人，大小乘都學。

達羯若鞠闍王都為曲女城。曲女城原名花宮城，這個城的名字是有一段來歷的。相傳古代達羯若鞠闍人都非常高壽，有一位國王叫梵授，他文武雙備，威震五印，有一千個兒子，一百個女兒。

國中的殑伽河邊有一位仙人，他在河邊入定已經數萬年，他的身上長出了大樹，禽鳥已在樹上做了窩，他的肩上掛滿果實。數萬年之後，當他從入定中醒來，想把樹去掉，但又怕鳥巢傾覆，於是就一直維持著同一個姿勢沒有動。人們稱讚他的美德，都叫他大樹仙人。一天，大樹仙人看見梵授王的女兒們在殑伽河邊的樹林間追逐嬉戲，便凡心大動，他來到王宮見梵授王，請求國王賜女給他。

　　國王對仙人說：「請仙人先回去，我將擇吉日送女。」

　　仙人走後，國王把女兒們找來，問她們誰願意嫁給大樹仙人？公主們都搖頭說不願意。國王深懼仙威，不敢得罪大樹仙人，又不願讓自己的女兒受委屈。

　　國王的小女兒還很小，卻很懂事，她把這一切看在眼裡，她問父親道：「父王有一千個兒子，都英勇無比，四方萬國沒有不屈服的，是什麼使您憂愁呢？」國王說：「大樹仙人來向我求婚，而你們這些女兒都不肯從命。大樹仙人法力無邊，能作災祥，一旦不遂心，必然危及國家，甚至還會辱及先王。我就是為了這個憂愁啊！」

　　小女兒說：「讓父王憂懼，是我們做女兒的不孝。為了國祚永延，我願以微軀嫁給大樹仙人。」國王聽了非常高興，連忙給小女兒梳妝打扮，用花車親自送到大樹仙人的住所。

　　誰知，仙人見了並不高興。他對國王說：「你是嫌我是老頭，才配我這麼個又小又醜的黃毛丫頭來。」國王說：「仙人息怒，是我無能，我把仙人娶親的事告訴了我的一百個女兒，只有這個小女兒願意。」

　　仙人大怒，詛咒起來：「九十九個女，同時把腰曲，變成醜八怪，想嫁無人娶。」果然，國王回宮一看，那些鮮花一樣的公主們，一個個真的變成曲背彎腰的醜八怪了。從此，這座花宮城就被人們改稱曲女城了。

　　玄奘他們來到這曲女城的時候，正是戒日王在位，在戒日王繼位前，王室已傳了兩代。戒日王的父親名光增，英勇聰慧，戰功卓著，他自加尊號為「至高無上統治者大王中之王」，他在位時的國土已經非常寬廣。光增有二子，長子叫王增，次子叫喜增。王增是老大，繼了王位後，他以德治政，其仁慈為國人所稱揚。

東印度金耳國的國王常惴惴不安。他對臣下常說：「鄰有賢主，國之禍也。」於是，他就誘請王增來赴會，乘機將其害死。於是羯若鞠闍國陷入混亂之中。

羯若鞠闍國大臣婆尼德高望重，他對眾官說：「國之大計，定於今日。先王之子，亡君之弟，仁慈孝敬，賢而有德，應嗣大位，大家是否贊成？」他的意思很明顯，就是要將喜增推上王位。

大家都贊同婆尼的想法，沒有異議。於是，臣僚勸喜增王子繼位。面對國家的突然變故，喜增也拿不定主意，於是就來到殑伽河岸觀音菩薩像前禱求。菩薩現身對他說：「你的先身在此林中為蘭若苾芻，由於你前世精勤不懈，轉生為王子。金耳國王肆毀佛法，你繼位後，應崇隆佛法，慈悲為志，傷憫為懷，不久當為五印度王。」

喜增聽從菩薩教誨，接受臣下推戴，繼承王位，自稱日王子，號戒日，於是就成了戒日王。他經過短時間的準備，突然發兵，率象軍五千，馬軍二萬，步軍五萬，滅掉了金耳國，之後又乘勝征討。在六年中，他征服五印度，國中兵力也大大增強，有象軍六萬，馬軍十萬，威風無限，印度數百國城無不前來歸順。天下既定，他又開始復興佛教，他下令五印度不得吃肉，境內不得殺生，若斷生命，有誅無赦。在殑伽河畔建立了數千座寺塔，各高百餘尺。他還在五印度的城邑、鄉村，建立精廬，施捨貧寡孤獨。凡有聖蹟之所，建寺紀念。每五年舉辦一次無遮大會，傾竭府庫，惠施群生。

玄奘在曲女城中觀覽了許多聖蹟後，從這裡向東南行六百餘里渡殑伽河，抵達阿踰陀國。阿踰陀國王城有一座舊寺，世親菩薩曾在此製作大小乘諸論數十年，寺側是世親菩薩為諸國王、四方沙門、婆羅門等講義說法

的講堂，但是已毀壞了許多年，只剩下地基還可以勉強辨認。

王城西南方五六里處為一片鬱鬱蔥蔥的菴摩羅林，林內有一座舊寺，相傳是無著菩薩請益導凡之處。無著菩薩夜晚升入睹史多天（又譯兜率天）宮，在慈氏菩薩處學《瑜伽師地論》、《大乘莊嚴經論》、《中邊分別論》等，白天為大眾講宣妙理。菴摩羅林西北方百餘步，有如來髮爪寶塔，塔側故基，傳為世親從睹史多天下降見無著處。

無著和世親是兄弟，他們出生於健陀羅國。無著一開始先從彌沙塞部（化地部）出家修學，又從賓頭羅學小乘佛學，都不滿意，最後又到阿踰陀國跟彌勒修學信奉大乘。而世親開始於說一切有部出家受業，後在本國講《毗婆沙論》，用經部的學說批判有部而作《阿毗達磨俱舍論》，又在健陀羅受教於如意論師，後到阿踰陀國從兄無著學，捨小乘而歸大乘。

無著講堂故基西北四十餘里，北臨殑伽河有一寺，寺內有一座磚塔，高百餘尺，傳為世親菩薩初發大乘心處。相傳世親從北印度來到這裡見無著。無著命徒弟迎候，兩人就在此處相遇，見面第一天的後半夜，無著在屋中誦《十地經》，世親聽了，感覺如此深妙的佛法，聞所未聞。回想自己過去學習小乘時，對大乘妙法多有誹謗，於是感悟追悔。他想，誹謗之罪，源發於舌，應將此舌斷除。想到這裡，就找了把快刀，要把自己的舌頭割下來。

這時，無著突然出現在他的面前，阻止他說：「大乘教乃至真之理，諸佛所讚，眾聖所宗。我正要教導你，而你已幡然悔悟。過去你用舌頭毀謗大乘，今後可以用舌頭讚揚大乘，杜口絕言有什麼好處呢？」

無著說完這些話，忽然就不見了。世親聽從無著的教誨，未再斷舌。等到天亮時分，世親趕到無著那裡，諮受大乘。後來世親菩薩經過潛心苦

學，製作大乘教論百餘部。

　　無著和世親兩兄弟開創大乘有宗，兩人著述頗豐。無著的著作主要有
《攝大乘論》、《顯揚聖教論》、《大乘阿毘達磨雜集論》等；世親的著作主
要有《唯識二十論》、《唯識三十論頌》、《大乘百法明門論》、《佛性論》、
《辨中邊論》等。玄奘後來創立法相宗，便是繼承無著和世親等有宗大師
的衣缽。

第二十回　人一怒留曲女 弟兄合力鑄大乘

第二十一回
遇強盜天助玄奘 說提婆言服寺僧

從阿踰陀國巡禮聖蹟後，玄奘一行人便乘船沿著殑伽河順流東下，往阿耶穆佉國出發，同行的有八十多人。船向下游行進大約百餘里，但見兩岸林木蔥籠，河流彎曲，地勢頗為險要。行進間，忽聽一聲呼哨，從兩岸駛出十幾條快船，鼓棹迎流，霎時便把客船圍攏起來。顯然，他們遇到了強盜。

船上乘客頓時大亂，驚慌失措，甚至有人跳水逃走。客船被劫持到岸邊，強盜們手握鋼刀已飛身上船，喝令乘客脫掉衣服，交出財寶，然後把他們押到岸上。

原來這些強盜是信奉難近母（突伽天神）的印度教徒，每年秋季都要找一個形體健美的人作為祭品，殺掉以祭神。當玄奘從船艙裡走出來時，強盜立刻就被他的堂堂儀表所吸引，他們相顧而喜，指著玄奘說：「祭神的時間都快要過了，也找不到一個合適的人。這個沙門形貌俊美，體胖面白，自己送上門來了。殺了他獻祭，天神一定喜歡。」

玄奘鎮定地說：「我又髒又醜，如果能充當你們的祭品，我不會吝惜這身肉。只是我從遠方來此，要到耆闍崛山禮拜菩提神像，還要求經問法。此願未了，今天你們若是殺了我，恐怕不會是什麼吉利的事情。」強盜首領哈哈大笑，說：「天神喜歡你，你就為天神捨身吧！」

一直跟隨玄奘的小和尚挺身而出，願意代師父受死。船上同伴也一齊

上前，懇求強盜們發慈悲，放了玄奘法師。強盜們逞其凶狂，哪裡聽得進去。強盜首領派小嘍囉另外取水，在樹林中整地設壇，打掃一番。然後命令兩個手執砍刀的小嘍囉，拉著玄奘來到祭壇，準備行凶。再看玄奘，面無懼色，大義凜然。強盜們感到十分驚異，一時間顯得手足無措。

強盜首領摸了摸脖子，問道：「你就要被獻祭了，難道不害怕嗎？」玄奘回答：「我不遠萬里來求法，途中不知遇到過多少次生死考驗，早已將生死置之度外了。你們殺我可以，但請給我一點時間，我要安下心來，安安靜靜地入滅。」

玄奘整理衣襟，坐在壇上，像一尊端正莊嚴的羅漢，微微合上了眼。他專心於睹史多宮中的彌勒菩薩 —— 這位將繼承釋迦牟尼佛位，下生人間，在華林園設龍華大會度化眾生的菩薩。他發願入滅之後，得生睹史多天，去供養彌勒菩薩，向菩薩學《瑜伽師地論》，聽講妙法，然後再下生人間，教化這些異教徒，使他們修持正行，捨棄惡業，並廣宣諸法，利安一切。發願後，拜十方佛，正念而坐，專心彌勒菩薩，心無雜念。

冥冥中，他覺得登上了蘇迷盧山，越過忉利天，直上睹史多天，看見彌勒菩薩端坐於蓮花寶臺之上，五彩祥雲、霞光瑞靄，眾神環立在寶臺之下……

玄奘身心爽朗，欣喜異常，完全忘記自己正置身於祭壇之上。任憑小和尚和眾人大聲哭號，他都毫無察覺。仿佛菩薩真的顯靈，須臾之間，天空濃雲密布，黑風四起，大樹攔腰折斷，河中波濤洶湧，河邊的賊船有數艘被波浪打翻。

在雷雨交加中，賊徒們一個個戰戰兢兢，膽子大一些的，慌忙過來向玄奘的同伴們詢問：「這個沙門是從哪裡來的？叫什麼名字？」同伴們說：

「他就是從中國來求法的神僧玄奘大法師，他是羅漢降世！所到各地，人人禮敬！你們若是殺掉他，就會獲無量之罪。你們看，現在天神已經震怒，快懺悔才是，不然你們都將化為灰燼！」

強盜們聽了驚懼萬分，撲通撲通跪倒了一片。強盜首領匍匐至壇上，跪在玄奘面前，搗蒜般叩頭謝罪。玄奘卻是在入定中，一動也不動。強盜首領一看玄奘面容不改，毫不理會他們這些舉動，就更加驚恐，情急之下伸手去抱玄奘的腿，玄奘這才睜開眼，看見強盜首領摟著自己的腿，雞啄米般不停地叩頭，一時之間玄奘也糊塗了。

玄奘不解地問道：「時間到了嗎？」強盜首領一看玄奘開口說話了，即刻懺悔道：「我等再也不敢加害法師了，還望法師饒恕我們的罪行，我等甘願皈依佛門。」其他的強盜也匍匐在地，請求恕罪。玄奘接受了他們的請求，對他們說，殺、盜、邪祠等都是惡業，未來當受無間之苦。你們要向善，在短暫的人生中應多做善事。

強盜們感激涕零，發誓以後斷絕惡業。他們把搶劫用的刀杖器械拋進河裡，把搶奪的東西還給人家，並接受五戒。不一會兒，風漸漸停息，河面也恢復了平靜。強盜們歡呼雀躍，頂禮而別。船上的同伴無不驚嘆，對玄奘更加敬仰，他們把這段經歷到處傳誦，聽到的人沒有不讚嘆的。

玄奘脫險後，又向東行三百餘里渡殑伽河經阿耶穆佉國，又東南行七百餘里到缽邏耶迦國（都城在今印度北方邦安拉阿巴德），此地為印度著名的佛教聖地。玄奘來到這裡後，到一個佛寺中投宿，這個佛寺中的僧人不多，都傳習小乘佛法。寺中的僧人聽說玄奘是從中國而來，都感到新奇，對玄奘非常殷勤，後來在談話中聽說玄奘等是習大乘的，就露出了不悅的神色。

玄奘聽說這個國裡有提婆當年作《廣百論》的遺跡，在這裡，提婆菩

薩還挫敗了小乘僧和其他外道對大乘的發難。玄奘問這裡的寺僧：「我從中國而來，行進數萬里，為的就是到這裡參觀提婆等先人的遺跡，請問國內哪裡有提婆菩薩的聖蹟嗎？萬望能指點一下道路。」寺僧本來就對學習大乘的人有成見，現在聽玄奘說又要去參觀那個大乘菩薩的遺跡，心中更是不快。他們心想，這個玄奘從中國來，肯定對提婆的事不甚了解，不妨為難他一下，於是就對玄奘說：「大師既然想參觀提婆的遺跡，想必對提婆的事一定很了解，大師能否為我們講一講提婆的一些事，如果能講，我們明日一定陪大師一同去參觀，如果講不出，我看也就沒有必要去參觀那些地方了。」說完，寺僧們面露傲慢之色，他們心想，如果玄奘講不出個所以然來，就接著下逐客令，讓玄奘等人到其他的地方去投宿。

　　玄奘聽了寺僧這樣講，已經知道了他們的用意，就從容地答道：「我從中國而來，千山萬水，道路阻隔，對佛國之事可以說是孤陋寡聞，既然大師這樣問，我就講講關於提婆菩薩的一兩件事吧。」寺僧見玄奘這樣從容，臉上的傲慢之氣消了大半。只聽玄奘講道：

　　「當年提婆從南印度來到這裡，這城中有一位外道婆羅門，這人博學多聞，辯才上乘，無人能與他爭鋒，這婆羅門就去見提婆，想用自己的辯術來難倒提婆。見面後，婆羅門開門見山地問到：『你為何名？』提婆答道：『名天。』（印度語中的『提婆』意思是『天』），婆羅門又問：『天是誰？』提婆道：『是我。』婆羅門問：『我是誰？』提婆道：『是狗。』婆羅門道：『狗是誰？』提婆道：『是你。』婆羅門道：『你是誰？』提婆說：『是天。』婆羅門道：『天是誰？』婆羅門道：『是我。』婆羅門問：『我是誰？』提婆道：『是狗。』……」

　　之後，玄奘又講了提婆的其他事情，這寺僧見玄奘絲毫不差地說出提婆的事，而且有許多還是自己不清楚的，雖說玄奘是個中國僧，但就算是

本地的僧人，知道這些的也不是很多。聽到此，寺僧不得不佩服玄奘。第二天一早，寺僧果然親自來到玄奘這裡，陪著玄奘去看提婆的聖蹟。他們先到城東的一個大樹林中，寺僧告訴玄奘，這就是當年提婆所住的寺院。玄奘在此遊覽了一番，追思先人對佛教所做的貢獻，無比感慨。出了寺院，寺僧又帶玄奘到一個名為天祠的地方遊覽，寺僧對玄奘介紹說：「這裡是眾生植福的勝地，如果在此捐一錢，勝過在其他的地方捐千金；如果在這裡能捨命捐軀，就可以永脫苦海，升天受福。」玄奘聽後，不以為然，他明白這些都是旁門左道的說法而已，並不可信。但他也不想和這寺僧辯解什麼，只是在這裡看了看，就從裡面出來了。剛出來，寺僧又指著一棵大樹對玄奘說：「這棵老樹中，有食人鬼居住。」玄奘聞此向前來細看，只見這老樹樹冠大而濃密，在離樹根不遠處，草叢中隱約露出一些白骨，走向前一看，不禁覺得陰風刺骨，使人毛骨悚然。玄奘感覺不是太好，就和寺僧匆匆地離開了。

由寺僧帶領著，玄奘又來到了城外，這是殑伽河與閻牟那城東河的匯合處，也是戒日王舉行「無遮大會」的大施場。這裡方圓十餘里，土地平曠，地面的表層為細沙質，上面沒有什麼植被，像一個天然的大廣場。從古至今，諸王、豪族，凡要舉行大規模的施捨儀式，都選擇此地，故號大施場。戒日王繼承這一傳統，每五年舉行一次無遮大會，將國庫五年之積蓄，舉凡珍寶財貨，都運到大施場來，在幾十天的時間裡施捨一空，號稱大施。一般在大會的第一天，在大施場置大佛像，用眾寶裝飾，將奇珍異寶奉施佛像；接下來遍施常住眾僧；接下來是到場的眾人；接下來是所謂博物多能、高才碩學；再次是外道學徒及各類隱士；最後便是鰥寡孤獨、貧窮乞人。整個過程可達七十五天甚至更長，從奇珍異寶至上饌佳餚，莫不周施。當府庫既傾，服玩都盡，就把髮髻中戴的明珠，身上佩飾的各種

瓔珞，一一摘下來施捨掉，沒有一絲捨不得的意思，更無半點悔意。當施捨完畢，戒日王總要說：「多麼快樂啊！我所擁有的都已藏入金剛堅固之身了。」這樣戒日王好像是一無所有了，但不用擔心，不出旬日，他身上的寶物都會原數回來，原來是那些附屬國的君主們，用錢財贖回了戒日王的東西，同時還把各自的奇珍異寶獻給他，所以用不了多少時間，戒日王的府庫就又儲滿了珍寶。

　　大施場東兩河的匯合口，每天都有不下數百人在此自溺而死，以至相沿成習。當地風俗認為，願求轉生於天者，應於此處絕食自沉，中流沐浴，便能將罪垢洗淨。因此，每天都有不少異國遠方的人，不遠千里萬里，趕到這裡，斷食七日，然後絕命。甚至傳說那些稍有靈性的動物，如山猨、野鹿等，也一群群游諸水濱，或濯流而返，或絕食而死。傳說有一次，正逢戒日王大施之時，有一個獼猴，獨自坐在河濱一棵樹下屏跡絕食，經數日後自餓而死。這裡還有些外道的苦行僧，他們在河中樹立高柱，當太陽初升時就用一隻手執柱端，一隻腳踩在旁邊的小木樁上，另外一隻手、一隻腳虛懸外伸，臨空不屈，延頸張目。就這樣一直到太陽西沉，才從上面下來。像這樣苦修苦行者，大約數十個，他們希望透過這樣的勤苦修行，能夠換得遠離生死的結果，有的人數十年如一日，從不懈怠。

　　在這裡住了幾天後，玄奘準備繼續前行，他向寺僧打聽去往室羅伐悉底國的道路。寺僧說：「從這裡到室羅伐悉底國去要經過一片大森林，這片大森林中猛獸野象很多，多一些人結伴而行才會安全。」於是，寺僧就勸玄奘在這裡多待些日子，等一路行走的人多了再一起上路。玄奘在這裡又住了兩天，只是沒有見到什麼人和他一起到那邊去，於是玄奘決意自己前去，不知玄奘能否通過那大森林？

第二十二回
孤獨園感念善者 四門事靜思釋迦

　　玄奘在缽羅耶伽國打聽好前往羅伐悉底國的道路怎麼走，就想前往那裡去尋訪給孤獨園的遺跡。缽羅耶伽國的僧人說：「如果要去的話，就要經過大森林，還要經過僑賞彌、卑索迦等幾個國家。不但路途遙遠，而且大森林裡面還有許多的野獸和猛象，只有和許多人一起結伴才可以經過那裡。」玄奘聽了他們的話，就在這裡又等了兩天，但未見有人要去那裡，就說道：「我是為了前去瞻仰聖蹟，怎麼能怕路途遙遠，以及野獸和猛象呢？我無心傷害牠們，牠們也不見得會傷害我。」於是，玄奘不再等候一同過大森林的人，而是自己帶著小和尚從缽羅耶國出發了。

　　玄奘向西南方向走了幾天，漸漸地快要接近森林。這時，居住在森林外面林子裡的居民，也勸玄奘多找幾個人結伴而行，不要這樣人單勢孤地冒險而進。林中的居民和玄奘走到樹林深處時又說道：「我們找了好多人，結成大隊，還帶了獵殺的武器，但走到林中遇到那些野獸，總是難以抵擋牠們的傷害。而大師您現在空著手和一個小和尚，兩個人怎麼能夠來冒這個險呢？」玄奘說道：「大概是因為人先有了傷害野獸的心，野獸才會來傷害人。你們帶了武器進入這個林中，林中的野獸怕你們獵殺牠們，自然就來抵抗你們。如果我們沒有傷害野獸之心，只管走我們的路，又和野獸有什麼關係呢？」居民說道：「大師如果一定要隻身前往，那一定要小心謹慎才好啊！白天倒是不會有什麼危險的事情發生，但是到了夜晚就一定要

小心了。最好是每到黃昏時，您就爬到大樹上去休息，到第二天太陽出來的時候，再繼續前行。這樣比較安全一些，可以免除很多危險。」玄奘說道：「非常感謝您的指教，請您放心，我一定小心，不會被野獸傷害的。」說完之後，玄奘便向那個居民辭別前行了。

玄奘和小和尚又向前走了一會兒，果然遇到了很多小野獸，這些小野獸看上去非常馴服，牠們也不害怕人，玄奘也不去驚擾牠們。玄奘對小和尚說：「我們深入大森林裡，所依恃的就是一顆不去傷害其他動物的心，這樣才可以使牠們不會加害於我們，才能夠保護我們的安全。」過了一會兒，玄奘又對小和尚說：「我們只管走我們的路，千萬不要去驚擾那些野獸。」小和尚說道：「師父說得很有道理，但是我們還是要小心防範那些野獸。如果我們遇到狼虎之類的凶猛野獸，那可就不是好玩的事了。師父，您看現在已經快到黃昏了，不如就在這裡休息吧，我們也好吃些乾糧。不瞞師父說，我肚子早就餓了。吃完我們就爬到樹上去過夜，明天天亮再走。」玄奘說：「這樣也好。」於是，他們兩個人就在這裡吃了一些乾糧。

吃完以後，小和尚說道：「師父，我們可以爬到樹上去休息了。」玄奘聽後，卻微笑著說：「我們爬到樹上去休息，那麼馬怎麼辦呢？如果沒有什麼野獸來，我們是沒有什麼事情的。如果有野獸來，人爬到樹上去，是沒有危險了，但馬是會被吃掉的。依我看，我們還是不要上樹了。」小和尚聽後，心裡雖然不願意，但是嘴上卻也不敢再說什麼了。

於是，玄奘和小和尚就在林中找了一處安全的地方，準備休息。到了半夜，遠處果然傳來了野獸的號叫聲，聲音非常淒厲可怕，也不知道是什麼野獸叫的。不過還好，叫聲只是在很遠的地方，野獸並沒有到這裡來。這一夜還算是平安的過去了。

到了第二天，天色大亮之後，玄奘知道已經沒有什麼太大的危險了。剛想要起身坐起來，就聽到旁邊樹上的葉子沙沙地響了起來，突然有一個東西從樹上掉了下來。玄奘猜想可能會是猿猴之類的動物，便急忙回身看，只見是小和尚從樹上掉了下來。玄奘便知道是小和尚膽小，夜晚偷偷爬到了樹上去了，這時不小心跌了下來。幸好地上長著很厚的草，小和尚才沒有摔傷。玄奘急忙問道：「怎麼樣，摔傷了沒有？」小和尚忙回答說：「沒有，沒有。」說時，小和尚已經爬了起來。玄奘道：「誰叫你半夜爬到樹上去了，這不是庸人自擾嗎？」於是，兩個人收拾好行裝，又向前趕路了。

走了一會兒，看到前面有一大群野象。小和尚說道：「師父，這些野象恐怕非常凶猛，可不比家裡養的大象溫馴。」玄奘指著野象群說道：「牠們往那邊走，我們往這邊走，是不會和牠們撞見的。你專心走路，不要再出聲就好了。」小和尚聽玄奘這樣說，也就不敢再多說什麼了。走了一段路之後，果然如玄奘所言，真是各走各的路，象群並沒有過來。又走了一會兒，就再也看不到那些野象了。

一天又要過去了，傍晚時分，玄奘無意間發現了一個石洞。玄奘便想，在這個洞裡過一晚倒是很不錯的，因為這洞完全能夠容下兩個人和幾匹馬，而且洞門比較狹窄，非常容易防守。玄奘和小尚非常高興，以為這一晚可以放下心來舒舒服服地睡一覺了，不用再擔心會有什麼野獸來。

於是，玄奘和小和尚就在洞裡面吃了一些乾糧，另外又搬了許多大石頭堵住了洞口，以防備野獸襲擊。到了半夜，突然聽到一陣野獸的吼叫聲，把玄奘從睡夢中驚醒。玄奘聽出這是老虎的聲音，這老虎又接連吼叫了幾聲。吼叫聲停止後，又聽得一陣狂風響起，仿佛在給老虎助威似的，把遠近的樹木吹得沙沙作響。此時，玄奘躺在石洞裡面，覺得自己非常安

全，並不害怕，認為即便是老虎走到了洞門口，也沒有什麼關係，因為有大石頭堵住了洞口，老虎無論如何是進不來的。於是，玄奘就漸漸地睡著了，不久後也沒有了什麼聲響。

又過了一會兒，只聽到洞外又傳來了狐狸的叫聲。這叫聲把小和尚驚醒了，小和尚就問玄奘道：「師父，您聽到外面有野獸在叫嗎？這好像是狐狸在叫吧？」玄奘道：「是狐狸在叫，不用這樣大驚小怪。剛才老虎一直在洞門口叫呢，你沒有聽到嗎？」小和尚嚇了一跳，驚道：「剛才有老虎在外面叫嗎？我什麼也沒有聽見啊。」小和尚開始害怕起來了，心裡已經非常慌亂，也不敢再多說話。又過了一會兒，陽光漸漸從洞口的石縫處照射了進來。

天大亮之後，玄奘說：「天已經大亮了，不會再有什麼危險了。我們起來趕緊趕路吧。」於是，兩個人就起身把洞口的大石頭搬開，走出洞口，只見在洞的外面有許多野獸的足跡，但也分辨不出都是些什麼野獸。就這樣，玄奘和小和尚在森林中又走了一天，雖然還是遇到過許多野獸，但都是各走各的路，誰也不去驚擾誰。

這幾天玄奘所走過的地方，都是古樹參天，藤蘿纏繞，樹蔭蔽日，荊棘滿路，草蔓深廣。而這一天，道路卻漸漸的寬廣了起來，樹木也漸漸的稀少了許多。玄奘便知道已經走到森林的邊緣了，這一夜一定可以安安穩穩地過一晚，不用再擔心有危險了。玄奘這樣想著，心裡暗自高興了起來。小和尚見馬上就要走出森林了，也非常快活。

黃昏的時候，玄奘他們在林中找到了一所破舊的茅草屋，雖然這茅草屋已經沒有人居住了，但還是一處很穩妥的地方，可以暫時安穩地住上一晚。玄奘知道從這裡到人煙稠密的地方已經不遠了。這一晚很平靜。第二

天，玄奘和小和尚上路後，走了半天的時間就遇到了行人。玄奘向行人打聽道路，行人說：「今天晚上就可以走出森林，走出森林之後就到僑賞彌國了。」這一天的晚上，玄奘和小和尚借住在了一戶農人的家裡。

第二天，玄奘謝過農人，來到了僑賞彌國的境內。在這裡，玄奘由那旁寺的僧人引道他們遊覽了城內的各個聖蹟。這座城池有著名的世親唯識論處，還有無著作顯揚論處等遺跡。玄奘一一瞻仰，並頂禮膜拜。

玄奘在這裡住了一些日子，就去了五百里之外的卑索迦國。過了卑索迦國後，又走了五百多里，到達了室羅伐悉底國。室羅伐悉底國又叫作舍衛國，因為這是佛祖在世時，勝軍王所治理的國都。而這個時候，城市已經漸漸的荒廢了，然而當年的遺跡，大部分還是存在的。玄奘來到這裡後，就住在這裡的一座寺廟裡，由寺廟裡的僧人引道去參觀城裡勝軍王的宮殿遺址。在宮殿的東面有勝軍王為佛建立的法堂，另外還有佛姨母精舍的故址，有指鬘悟道處紀念塔。這裡所說的「精舍」是梵語的譯音，剛開始的時候指的是僧人講道的場所，後來這些場所大都成為了僧人長住的地方，再到後來裡面設置了佛像，就很像個佛寺了。

指引玄奘遊覽的僧人，為玄奘和小和尚詳細的講解了指鬘悟道的故事。

指鬘原本是舍衛城裡的一個非常凶惡的人，生性異常殘忍，做盡了壞事，殺人傷生習以為常。指鬘殺了人就把這個人的手指切斷取下來。他已經殺了九百九十九個人，他想再殺一個，但已經找不到可殺的人了，就想把他母親殺掉，切斷手指把數目湊夠。於是，就在指鬘正要動手殺害他母親的時刻，佛知道了這件事情，便急忙前來搭救他的母親。指鬘看到佛來到他的面前，就不再殺害他的母親，而是拿著刀向佛走來，想要殺害佛。

雖然指鬘和佛離得很近，但是卻怎麼也到不了佛的面前，無法殺害佛，佛慢慢往後退，指鬘用盡所有力氣追佛，卻始終也追不上佛，於是指鬘突然醒悟，放下屠刀，成為了佛的弟子。

玄奘聽完指鬘悟道的故事後說道：「這件事，我也早就聽說過，但是現在親身到了這裡，又聽到這個故事，更覺得真切了。」小和尚說道：「這個故事，我以前沒有聽說過，現在才知道。」玄奘道：「你多多向人家請教，自然就會見多識廣了。」小和尚點頭說道：「師父說得很是。師父經常說要到舍衛城裡訪問給孤獨園的遺跡，那給孤獨園到底是什麼樣的一個國家呢？這個我也不知道。」玄奘聽後，還沒有來得及回答，舍衛國的僧人就回答說：「給孤獨園離我們這裡並不遠，那裡是佛當年曾經說過法的地方。」小和尚又問道：「為什麼要叫作給孤獨園呢？」舍衛國的僧人說道：「這裡面還有一個故事呢！」

於是，舍衛國僧人講道：「很久以前，有一位樂善好施的長者，他把自己的錢財分散給清貧的人家，而對於孤獨無靠的人，他更是憐惜照顧，所以後來人們就稱他為『給孤獨』。他又發願要在一個清靜寬廣的地方建造一個大園子，並在這園子裡供佛，以期待佛的降臨。後來，他找到一個地方，剛好可以用來造園子。他就打聽到這個地方是太子逝多所擁有的，於是他就去找太子商量，想要購買這個園子。太子知道他要購買自己的園子後，就開玩笑說：『想要購買這個園子，除非在地上鋪滿金子，我才能賣給你。』長者聽太子這樣說，知道有希望能夠買到這塊地，就非常高興。於是，長者馬上就把金子鋪在了地上，鋪到後來，還有一小塊地方沒有鋪上。太子便讓長者停下來說道：『請你留著那金子吧，不用再鋪了，還是要留下一點空地來種樹的。』於是，長者就在這塊地上建造了一座精舍，請佛來這裡居住。佛就對弟子說：『這個地方是長者買下來的，樹木

是太子種的，從今以後這個地方就應該叫作逝多樹給孤獨園。』這就是給孤獨園這個名字的由來了。」

小和尚說道：「原來是這樣啊。」僧人道：「給孤獨園在城的南邊，大約五六里遠，今天我們是去不成了，不如明天我們再去那裡吧！」於是，玄奘他們又到其他地方參觀了一番，到傍晚時分回到了寺裡。

第二天一大早，寺中的僧人就帶著玄奘和小和尚前往給孤獨園。到了給孤獨園，只見到處都是荒涼的景象，房子都已經倒塌了。只有兩個石柱子，高有七八十尺的樣子，還巍然屹立在那裡。僧人指著石柱對玄奘說：「這個石柱是無夏王建造的。」另外，在這裡還有一所磚室，裡面供有佛像，玄奘就在佛像前瞻仰，並頂禮膜拜，對於今天所見到的頹廢景象不勝感慨。出了磚室之後，又到給孤獨園附近各處的遺跡觀光瞻仰，憑弔徘徊，一直到天快黑了才回到寺中。

在舍衛國瞻仰完遺跡之後，玄奘便前往中印度各個國家，遍訪釋迦的遺跡。離開舍衛國大約走了五百里，玄奘到達了去比羅伐卒堵國，並投宿在這個國家的一座寺院裡。這個國家的佛跡非常多，寺院中的僧人一一引導玄奘和小和尚參觀，有釋迦作太子時和人角力擲象的遺跡，有釋迦當太子時讀書上學的學堂遺留下來的地基。僧人說道：「四個城門的外面都各有一座精舍，那都是釋迦當太子時，遇到老人、病人、死者等人而參禪悟道的地方。」小和尚聽後，問道：「太子為什麼會出四門遇到老人、病人、死者等人，就悟道了呢？」僧人沒有直接回答，而是講了一個釋迦做太子時的故事。

僧人道：「釋迦當太子的時候，曾經在一棵樹下面玩遊戲，他看見小鳥把蟲子啄吃了，就覺得作為一個生命實在太可憐了，一切生靈都是那麼

渺小而可憐。生命是那麼短暫，可彼此之間還要互相吞食。於是，釋迦就產生了出家的志向。他的父親淨飯王知道兒子想要出家的志向後，就想辦法讓他打消這個念頭。而釋迦一天不能完成他的這個心願，一天就快樂不起來。

「一天，釋迦為了散心，打算出城遊玩。他走出城的東門，遇到一位老人，老人因為年事已高，四肢沒有力氣，行動起來非常艱難，釋迦就突然感覺到老年人生活是如此的痛苦。又一天，釋迦走出城的南門，看見一人生了病，在城門口呻吟，難受得不得了，釋迦從這件事情感悟到生病的痛苦。又一天，釋迦走出了西城門，碰巧遇到了一家死了人出殯，釋迦再一次感覺到了生命的磨難，死亡的痛苦。他覺得人生就是生老病死這一連串的痛苦，於是，出家的心願在他的內心就更加的急切了。有一天，釋迦又走出了北門，遇到了淨居天化作和尚，和尚向他講說佛法，這使得釋迦更加堅定了決心，一定要出家為僧。這就是釋迦出四門之後，遇到生老病死這人生諸苦，而悟道的由來。

「後來，沒多久，釋迦果然就在一天夜晚，騎著馬逃離了王宮，離開了父母妻子，越城而出，進入到深山裡面修道。現在這座城的東南角，還有著太子騎馬越城的遺跡呢。」

玄奘聽後，說道：「這些釋迦的事蹟是我們早已聽說過的，但願能夠親自前往瞻仰頂禮。」僧人說：「明天就可以陪法師前去。」

第二天，僧人就引領著玄奘他們，到城的東南角瞻仰釋迦乘馬越城而出的遺跡。在另一邊有一所精舍，精舍內有太子乘馬凌空越城牆的塑像，那塑像上太子的神采栩栩如生，玄奘頂禮膜拜。然後等又出了城的東門，來到一處精舍，精舍裡也有一座塑像，塑像是一位老人的形狀，這是仿照

釋迦出東門時所見老人建造的。玄奘來到這裡問道：「南門和西門的外面也有病人和死人的塑像嗎？」僧人道：「正像法師所說的，確實是這樣，南門和西門外都各有一座精舍，舍內也各有病人、死人的塑像。另外，北門外面也有精舍，舍內有和尚對太子講經說法的塑像。」於是，玄奘等又瞻仰觀光了其他三個城門外的精舍。然後，他們就回到了寺中休息。

第二天，玄奘他們又參觀了一些遺跡。如：太子坐樹蔭下觀看耕田習定的地方，太子生時，二龍吐水浴太子的地方。這些地方或有塔柱，或有石柱，或刻有馬的形狀，或刻有獅子的形狀，有的地方保存得完好無損，有的地方已經殘缺不全了。玄奘在這裡住了幾日，就又出發了。

大約走了五百多里，玄奘來到了藍摩國。這個國家的林木非常多，而居住的人卻非常少。這裡也有一些遺跡。玄奘聽說，離這兒不遠就是拘尼那揭羅國，這個國家便是釋迦牟尼涅槃的地方。於是，玄奘離開了藍摩國，前往拘尼那揭羅國。

第二十三回
頂禮釋迦寂滅處 膜拜國王施鹿林

　　玄奘來到拘尼那揭羅國後，便在一處寺院內住了下來，並請了一位嚮導，帶領他們前往釋迦牟尼涅槃的地方。

　　玄奘等人出城門向北走了三四里，渡過一條名叫阿恃多伐底的河，過河後沒走多遠，就看到了一片樹林。林中的葉子光潤嬌嫩，非常好看。嚮導說道：「這種樹木叫婆羅林，樹皮的顏色青白，這種樹非常珍貴，其中有四株樹長得非常高，這便是當年釋迦牟尼寂滅的地方。」

　　玄奘向林中走去，看見在高樹的下面，有磚砌成的精舍一座，進到舍內，看見有一尊釋迦牟尼寂滅的塑像，面北而臥，玄奘急忙頂禮膜拜。之後，玄奘走出佛舍，在舍的外面有一座非常高大的塔，大約有二百多尺高。嚮導說：「這座塔是無夏王建造的，上面還有石柱，石柱上刻有釋迦牟尼寂滅的事蹟。」玄奘從頭至尾看了一遍，卻沒有看到釋迦牟尼寂滅的年月記載。於是，玄奘說道：「沒有寂滅的年月記載，這真是一件欠缺的事。」嚮導說道：「離這裡不遠還有一座救火塔，也是一處遺跡。」玄奘問：「為什麼叫救火塔呢？」嚮導回答說：「從前，這裡樹木茂密，飛鳥成群的居住在這裡。一天，這裡著了大火，風刮得很急，火燃燒得非常猛烈，火勢異常凶猛，林中的飛鳥都快被燒死了，這個時候有一隻鳥看到這樣的情景，非常難過，就張起翅膀奮力飛到了河中取水，再飛到林子的上空，向下灑水，想要把大火撲滅，拯救家園。天帝看到鳥的這種行為，就對牠

說：『現在大火燃燒的正旺，哪裡是你這樣一滴一滴的水所能撲滅的呢？看到你這樣的舉動，實在是徒勞無功的。』這隻鳥問道：『是誰在和我說話呢？』天帝說：『我是天帝。』鳥說道：『我聽說天帝有無邊的力量，凡是人們有什麼願望，只要天帝知道了，沒有辦不成的。現在您不實現我的願望，卻責備我這樣做徒勞無功。時間太緊急了，我不能再和您說話了。』這隻鳥說完就振翅高飛，又向河中取水去了。於是，天帝被這隻鳥的行為感動了，就親自取了一滴水，灑到了林子的上面，林子裡的大火馬上就熄滅了。林子裡的飛鳥也都保全了性命。後來，人們就把這件事傳頌開來，並建造了一座塔來作為紀念，這就是救火塔的由來。」

玄奘聽後，說道：「既然是名蹟，當然應去看一看。」於是，玄奘到了救火塔下觀光憑弔了一番。然後又前往別的一些遺跡瞻仰，直到天黑才回到寺中。玄奘在寺內住了幾天，把各處都遊覽完畢後，就起程離開了這裡。玄奘經過了婆羅尼斯國，探訪了施鹿林、烈士池、三獸塔等遺跡。

當他們來到施鹿林不遠處時，嚮導說道：「離這裡不遠的地方，是一大片樹林。從前，林中有兩群鹿，每一群都有五百多隻，牠們各自居住在林子裡面。國王非常喜歡打獵，經常到林子裡面打獵，甚至縱火放箭，在林中生活的群鹿難以生存下去，於是鹿王就向國王請求道：『大王每一次前來打獵，獵到的鹿非常的多，如果一天之內，您不能把所有打到的鹿都吃完，鹿肉就會腐爛變臭。現在我希望每天可以向您進貢一隻鹿，讓您可以吃到新鮮的鹿肉，我們也可以早晚得到安寧，這豈不是兩全其美。』國王聽鹿王說後，就答應了牠的請求。於是，鹿王非常高興的離去了。從這一天開始，鹿王就每天進貢一隻鹿給國王。進貢的鹿由兩個鹿群輪流輸送。一天，有一隻要被貢獻的雌鹿剛剛懷上了小鹿，雌鹿就對鹿王說：『我雖然應該死，可是我的孩子不應該死，為什麼要把牠進貢給國王呢？』鹿

王也很難過地說道:『那我就為你向國王去說說情吧。』於是,鹿王進到城中求見國王,向國王說明了今天不能進貢的原因,希望可以以自己來代替雌鹿去死。國王聽後嘆道:『我雖是人面獸心,而你卻是獸面人心啊!從現在開始,我又怎麼能忍心吃鹿的肉呢?你們以後就不用再貢獻鹿肉了。』於是,國王又把這座林子設為鹿群遊憩的地方。所以,後來人們就把這裡稱為施鹿林,又叫做鹿野。」

玄奘聽後,讚嘆道:「我也早就聽說過鹿野這個名字了,現在有幸親身到這裡,怎麼能不去看一看呢?」小和尚聽說要去施鹿林,非常高興。他們就沿著婆羅尼斯河東北向鹿野走去。嚮導又說了一些沿途的風土人情,接著他又說道:「在鹿野東邊大約二三里的地方,就是烈士池,這是我們這裡有名的遺跡。不知你們知道烈士池的由來嗎?」小和尚說:「不曾聽到過。」嚮導說:「那就由我來講給你們聽吧。」

嚮導講道:「從前,有一位隱士,在這個池子的一邊蓋了一間草房,修道學仙。據仙書上記載,『如果想要成仙得道,就得先立卜志願,建造一所壇場,長和寬都要有一丈多,並求得一個烈士,拿著長刀站在壇的一個角落,收斂氣息,不說話,從黃昏到早上,修道的人端坐在壇的中間,手按著長刀,嘴裡念著咒語,一心一意念到天亮,就可以得道成仙了。成仙之後,手中的長刀就會變成寶劍,無論需要什麼東西,只要用劍指一下,就可以得到那件東西。成仙之後,就會在太虛的上空浮游,並和神仙來往,沒有悲哀,也不會衰老,更不會生病與死亡。』隱士得到了這個仙方,就下定決心要修煉成仙,他先到城中,求訪烈士。一天,他遇到一個沒有職業的人,在路邊哭泣,隱士聽到後,就生了憐憫之心。於是,隱士便問那人疾苦,並帶他一起回到了池邊,讓他在池子裡面洗澡,穿上美麗的衣服,吃甘美的食物,又送給他五百金錢,然後就送他進了城,還對他

說：『你如果把這錢用完了，就來找我。』這個人得到了錢，就稱謝而去了。從此以後，隱士周濟這個人一點也不吝嗇。久而久之，這個人就問隱士道：『多次接受你的厚意，怎樣才能報答你呢？』隱士說道：『我一直以來都在尋訪烈士，已經有很長時間了，但從來沒有遇到過，只是見你的容貌不同於一般人，能夠當作一名烈士。幸好，你並不嫌棄我，和我一起周遊，一點點金錢，又怎麼能讓你報答呢。我所希望你來為我做的，也不是什麼難事，只要求你一個晚上不說話，我就感激不盡了。』這個人聽後說道：『一晚上不說話，這有什麼難的，我一定能辦到。』於是，兩個人便約定了。這一天夜裡，隱士端坐在壇的中央，手按著刀，嘴裡念著咒語，讓烈士拿著刀站在壇的一角，並囑咐道：『不管你見到了什麼人，見到了什麼事，都不要說半句話。等到天亮，我的功就練成了，但如果你不能堅持，說出了一句話，就會讓我前功盡棄了。你一定要小心再小心啊！』烈士聽後，就拿著刀站立在壇的一角，不說也不動。等到了夜深的時候，見到有毒蛇和猛虎在他的旁邊來回盤旋，一會兒又看到有凶惡的神和魔鬼拿著刀向他逼來，強迫他出聲說話。烈士心中感激隱士的恩德，雖然遇到各種各樣的恐嚇，都努力忍受著，始終一句話也不說。於是，烈士就被魔鬼給殺害了，並且在死後受盡了刀鋸之苦，來生投生在一戶富貴的人家，然而心裡面仍然記得隱士所說的話，仍然一句話也不說，親戚朋友看見，都覺得很奇怪。後來，他娶了妻，生了子。一天，妻子對他說：『孩子已經長大了，你現在應該說話了吧，如果你再不說話，我要這孩子又有什麼用，不如殺了他吧。』於是，他的妻子就抱著孩子，想要尋死。這個時候，烈士想到已經是來世了，就說一句話又有什麼關係呢？於是，烈士出言制止了妻子。只這一句話，烈士就見眼前的景物一下子改變了，他還是站在壇的一角，並且空中著起了火，火焰漫天，烈士這才明白，剛才一切

只不過是幻覺而已。隱士看到這樣的情景，知道事情已經失敗了，於是急忙起來叫烈士和他一同到池水裡避難。大火所到的地方，都化成了灰燼，草舍也沒能倖存。還好，隱士和烈士都在池水中，免於被火燒死。隱士說道：『那個時候，天已經快亮了，如果你能再忍受一小會兒，我就可以大功告成了。你為什麼忍受不住了呢？』烈士就把自己所經過的幻境詳細說給隱士聽。隱士說道：『難道真有這樣的事嗎？這只不過全都是魔鬼所作的罷了。但現在大事已去，後悔也沒有什麼用。』隱士說完嘆息了幾聲。烈士非常慚愧，認為自己接受了隱士的恩德，卻導致隱士修煉前功盡棄。於是，他羞愧地投到池中自溺而亡。後來，人們就建立了這座塔，以此紀念烈士，並稱這個池子為烈士池。很多年過去了，烈士的故事一直傳為美談。遊人前來觀光，沒有一個不感慨嘆息的。」

玄奘聽完這個故事後，知道這件事只是外道之說，便微笑著不說話。嚮導這時又講起了三獸塔的故事。

嚮導說：「烈士池的西邊，有一座三獸塔，這三獸指的是：一隻狐狸，一隻猿猴，一隻兔子。三隻動物一同住在林子裡，雖然不是同一種類，但是牠們非常的親近。天帝想要試一試三獸的心地，於是就變成了一個年老體弱的人，和三隻野獸一起遊蕩，並對這三隻野獸說：『現在我非常飢餓，沒有東西吃。怎麼辦呢？』三隻野獸都說道：『我們一定會盡力去找尋食物，讓你吃飽的。』牠們說完，就分頭找食物了。過了一會兒，狐狸從水中捉到一隻鮮鯉魚回來了，猿猴從林子裡摘到一個果子回來了，他們把食物都放到了老人的面前。只有兔子什麼食物也沒有找到就回來了。於是，老人就稱讚狐狸和猿猴，而輕視兔子。兔子感到非常的慚愧，就對狐狸和猿猴說道：『請你們去取些柴草來燒火，我才能夠有食物給老人吃。』於是，另外兩個野獸就取了些柴草回來，並點燃了火。等火旺了的時候，兔

子對老人說：『我很慚愧，沒有能力找到食物給你吃，現在我就以我自己來供你吃一頓飽飯吧！』兔子說完，就跳入了火中。老人見此，馬上恢復了原形，變回了天帝的樣子。天帝將兔子從火中拿了出來，感嘆了很久。於是，就讓這隻兔子轉生來到了月亮上，得以享受清涼之福，並且還可以使萬人瞻仰。後來人們就在兔子自焚的地方，建立了紀念塔，這塔便稱為三獸塔。」

　　玄奘他們邊走邊說，不知不覺已經走了十幾里的路。他們來到了施鹿林裡，只見那裡有一座寺院，建築宏偉，樓臺高聳，這是一座非常大的寺院，寺院中有一千五百多名僧人。寺中的主持聽說玄奘是從中國遠道而來，就格外的殷勤款待他，並留玄奘在寺內住了下來。玄奘住下後，每天到處瞻仰佛的遺跡。

　　在佛寺的大院內有一座精舍，高有一百多尺，石階有數百級，供奉的是黃金鑄造的佛像。在精舍的東南方有一座石塔，塔的前面有一根七十多尺高的石柱，都非常壯麗。在寺的西邊有釋迦牟尼洗浴用的池子，還有滌器池、浣衣池，那池中的水非常清澈，就如同一面鏡子一般。寺中的僧人說：「這是釋迦的遺跡，都是有神龍守護的，不允許不潔淨的事物前來接觸。在池子的一邊有好幾座石塔，這是當年國王施捨生路給鹿的地方。」

　　玄奘一一瞻仰頂禮後，就問僧人：「請問烈士池在什麼地方？」僧人回答說：「在寺院的外面，大約有二三里遠。聽說古時候，那裡是一個水池，但現在已經枯竭了。雖然遺跡還有，但已經沒有什麼水了。」玄奘聽說後，就不想再去了。玄奘又問三獸塔在哪裡。僧人回答說，在烈士池的西邊。玄奘也沒有再去三獸塔。

　　玄奘在寺裡小住了一些日子，受到寺中僧人的殷勤款待，但是寺內僧

人信奉的是小乘佛法，而玄奘前來印度想要求取的是大乘佛法，所以在這裡多仕並沒有什麼太大的收穫。玄奘又聽寺中僧人說，摩揭陀國的無夏王曾經遷都到這裡，所以這裡的遺跡非常多。玄奘又聽說，吠舍厘國有七百聖賢重結集處，吠多補羅城有菩薩藏經。於是，玄奘就打聽了一下道路，收拾行裝前往。

　　玄奘就從這裡順著殑伽河向東行走了三百里，到達了戰主國，又從戰主國東北方向渡過了殑伽河，走了四百五十多里到達了吠舍厘國。

第二十四回
小寺得藏經喜出望外 伽耶觀菩提百感交集

　　玄奘來到了吠舍厘國，這個國家的氣候非常溫暖，樹木花果都非常茂盛，只是原來的舊城已經坍塌得差不多了，寺院和高塔大多都破舊不堪。玄奘在一個寺院裡投宿，這個寺院的僧人特別少，而且所學習的都是小乘佛法。

　　玄奘問寺中僧人七百聖賢重行結集經典的遺跡在哪裡，寺中僧人說道：「在城東南方約十四五里的地方。明天一早僱一個嚮導去那裡就可以了。」

　　第二天，玄奘跟著嚮導到了那裡，看見有一座古塔，景象非常荒涼。玄奘想到當年七百聖賢在這裡結集經典，是多麼盛大，現在卻變得如此淒涼，不由得感慨萬分。這時，嚮導說道：「法師，為什麼不到好玩的地方去遊玩，卻來到這裡呢？」玄奘道：「有什麼好玩的地方嗎？」嚮導說道：「城東北方向有一個千子見父母的遺跡，非常好玩。」玄奘道：「那有什麼好玩的呢？」嚮導說道：「那邊有一座塔，是剛剛修好的，比這裡的塔新。大家都到那裡去遊玩，法師不妨去那裡觀光一下。」玄奘說道：「為什麼叫千子見父母呢？」嚮導回答說：「這裡面有一個故事。」

　　嚮導說道：「從前，有一位仙人，隱居在山谷裡面。他春天出來遊玩，偶然來到了河邊，就在河邊洗了一下身子，正在他洗浴的時候，一隻母鹿來到河邊飲水。過了一段時間，母鹿就生下了一個女孩，容貌和人類一

203

樣，而且美麗異常，只是這女孩的兩隻腳依然還是鹿腳的樣子。仙人非常憐憫這個女孩，就收她為養女。這個女孩長大後，十分聰明，性情也非常溫柔。一天，仙人叫鹿女到鄰居家去借火。鄰居看到鹿女的腳印和人的不一樣，覺得很奇怪，於是就叫鹿女繞著房子走一圈，才可以借火給她。鹿女沒辦法，就只好這麼做了，然後借到火回去了。

這時候，梵豫王到這裡來遊獵，剛好經過那個鄰居家的門口，看到了鹿女的腳印，便追問究竟，並前去見了鹿女。國王見鹿女的容貌非常美麗，就把她帶回了王宮，並對鹿女寵愛有加。相師占卜說，鹿女將來會為國王生下一千個兒子。這話使國王其他妃嬪非常妒忌，紛紛傳言鹿女不是人類。

後來，鹿女真的懷了身孕，十月之後生下了一朵蓮花。蓮花有一千片花瓣，每一片花瓣上都坐著一個孩子。宮中妃嬪得知此事，就誣陷鹿女是妖怪。梵豫王沒有辦法，就把一千個兒子投入了殑伽河中，讓他們隨波逐流而去。但是國王仍舊把鹿女留在宮中。

那一千個兒子隨著波浪來到了鄰國，鄰國的國王得知，就把他們從河裡救了上來，並找乳母來餵養。這一千個孩子長大之後，都非常有力氣，並且勇猛善戰。於是，國王就讓他們來開拓疆土，攻打其他的國家，他的鄰國，沒有一個不害怕的。

一天，這千子帶著兵馬前來攻打梵豫王的國家。梵豫王眼看就要被打敗了，鹿女請命要登上城樓，來勸退強敵。梵豫王聽後，認為鹿女是在癡人說夢，並不理會。但是，鹿女不管國王是否允諾，自己還是登上了城樓，這是因為鹿女知道前來攻打的人，正是她的一千個兒子。鹿女登上城樓說道：『不要再進攻了，我是你們的母親。』然而千子哪裡認識，都齊

聲說鹿女是口出狂言。鹿女看事情緊急，於是就解開自己的衣服，用手按乳，乳水分千支流了出來，直流到城下，最後，每縷乳液都各自流入了這一千個兒子的口內。於是，千子這才明白，原來攻打的是自己的父母，便急忙扔下武器，哭泣著跪拜在城下。從此，千子歸宗認祖，兩個國家也相互交好了。

現在這座城的東北方向，就是當年千子見鹿母歸宗的地方。後來人們就在這裡建造了塔來紀念。原先的舊塔壞了，現在又重修了一下，非常壯觀。」

玄奘說道：「這確實是一樁美談，但這個地方在城的東北，我就不去那裡了。我聽說這個國家有吠多補羅城，不知道離這裡有多遠呢？」嚮導說道：「我不知道吠多補羅城。」玄奘說道：「既然這樣，那我們就先回寺裡去吧。」於是，他們回到了寺中，玄奘拿出酬金給了嚮導，嚮導就離去了。

幾天之後，玄奘又向寺中的僧人問道：「吠多補羅城在哪裡呢？」寺中僧人告訴玄奘說：「在國家的南部殑伽河畔，一百餘里的地方。」於是，玄奘便重新僱了一個嚮導去那裡。

進入了吠多補羅城內，看到這裡人煙稀少，城市的建築也破敗不堪，玄奘就在城中找到一座寺院暫時寄居在那裡，然後酬謝了嚮導，讓他返回。寺中的住持年紀已經很高了，聽說那個從中國來的玄奘到來，非常高興，並對玄奘萬里求法的精神讚嘆不已。玄奘問老住持：「聽說這座城內有菩薩藏經，不知道在哪裡才可以找到呢？您能引導我前去參觀一下嗎？」住持聽後驚道：「大師千里迢迢來到這裡，怎麼會知道有菩薩藏經呢？這經就藏在小寺，只是因為城池荒蕪，寺廟荒僻，又沒有什麼人前

來，雖然有幾個僧人，也是難以讀得懂的，所以這經就被束之高閣了。如今，已經很久沒有人問起過這部經了，現在大師從那麼遠的地方來到這裡，怎麼會知道這部經呢？」玄奘合掌說道：「貧僧遠道而來，就是為了求取佛經，現在有幸知道菩薩藏經在這裡，希望能夠賜我一看。」住持聽後讚嘆良久，於是便帶領玄奘到一所小樓裡，非常小心地把佛經拿出來給玄奘觀看，並說道：「既然大師是專為取經，遠道跋涉來到這裡，我情願把這部佛經贈與大師。與其把經藏在小寺內，沒有人能夠讀懂，倒不如贈給大師，傳揚四海。」玄奘說道：「既然是住持的好意，我怎麼能不領受呢？」於是，玄奘接受了佛經，連連稱謝，走下了藏經樓。

這一天晚上，玄奘和住持談得非常盡興。第二天，玄奘在寺中又住了一天，就辭別住持，準備回到吠舍厘都城去了。住持說道：「那邊要是沒有什麼事情，就沒有必要再回去了。不如從這裡向南渡過殑伽河，前面就是摩揭陀國了。從這裡向南走，豈不是更方便一些。」玄奘說道：「我們僧徒一共兩個人，行李也只有幾件，在哪裡安身就攜帶到哪裡，那邊也沒有什麼事了。今天承蒙大師指點，就由這裡向南渡河而去。」住持又派了一個小沙彌，送玄奘前往摩揭陀國，並讓小沙彌幫玄奘僱船渡河。於是，玄奘就帶著佛經辭別了住持向南渡河而去。

這摩揭陀國故城，原來叫作拘蘇摩補羅城，可以譯為「香華城」，後來又改稱為波吒厘子城。波吒厘本來是印度的一種果樹的名稱，現在玄奘就是要前往這裡。

船隻行進在殑伽河中，風平浪靜，另外有幾個商人也乘坐這條船南渡。划船的是一位老人，雖然年紀很大了，但是非常健談，對於摩揭國的典故知道得非常多，凡是問到的，幾乎沒有他不知道的。當時，船中有一位商人問道：「這個國家的故城，為什麼叫作香華呢？」老人說道：「這是

因為王宮中的花朵非常多，香氣襲人，爛漫如錦，所以叫作香華。」商人又問：「那後來，為什麼又改叫作了波吒厘子城呢？」老人說道：「這有一個故事，說來話長。」

老人說道：「從前，有一個婆羅門在這裡說教，學問非常淵博，法術非常高強，向他學習的門人，從四面八方來到這裡，達到了上千人之多。其中有一個書生，感念人生，嘆息自己孤獨寂寥。於是，他的同輩就開玩笑說：『應該為你去找一家女兒，下聘禮完成婚姻，以此來慰藉你的寂寞。』這個人就指著四個人說道：『這兩個人是男子父母，這兩個人是女子父母。』這人又把書生推坐在波吒厘樹的下面，並指著波吒厘樹說：『這是為你所聘的女子。』之後，這人又採摘了新鮮的果子，取了清冽的泉水，來作為恭賀新婚的禮物。這人在此對書生盡情地調笑取樂，到天快黑了，才停止言笑。

眾人都離去後，唯獨書生還留在這裡，不肯離去，到了黃昏時分，他覺得自己彷彿身處在華麗的堂室之中，燈火明亮，管弦聲在耳邊縈繞。有一位老翁和一位老婦來到這裡，他們是女子的父母，對書生關懷備至，並讓他們的女兒和書生見面，並對書生說道：『能夠把小女許配給書生，非常榮幸。』於是，他們設下筵席，開始飲酒慶賀，席中有說不盡的珍饈美味。書生在這裡住了一些日子，快樂得已經忘記了回去。

就這樣，過了七天，和書生一起在這裡學習的人都沒有見到書生前來，就懷疑書生被野獸給吃了，便都去尋找書生。他們找到書生時，看到他自己一個人獨自坐在樹蔭的下面，悠然自得，快樂無比。於是，他們拉著書生一起回去，但書生就是不肯起來。後來，書生進到城內，前去看望親友故交。他對他們說，他已經娶了花朵為妻。親友聽他說完，沒有一個不驚駭的。於是，親友就和他一起來到了林中，只見林中的宅地、房舍、

奴僕和塵世上的一模一樣。老翁接待他們的禮節，也如同塵世上的一樣，沒有什麼失禮的地方。親友沒有一個不羨慕書生的，書生娶花的這一段佳話，就被流傳了出去。

一年之後，花女生下了一個兒子。這時，書生對花女說，他想要回去看看。花女就把這件事情告訴了她的父親，她的父親說：『人生就如同寄居一般，到處都是家，這裡非常好，又何必非要回到原來的地方去呢？』於是，花女的父親就在這裡建造了一座宮室，比香華故城還要壯觀華美。書生見到這樣的景象，就不再生出要回去的念頭了。

很多年以後，香華國的國王竟然把都城遷到了這裡，人煙也漸漸的稠密了起來。這時便稱為『名城』，而從此以後就稱這座城為『波吒厘子城』，這也是為了紀念波吒厘樹。」

老人說完，眾人都讚嘆不已。這時，船也到達了岸邊，眾人便收拾行裝上岸去了。

玄奘和小和尚由沙彌引路進了城，城牆因年久失修，已經破敗不堪了。沙彌說道：「從前，無夏王從王舍城遷都來到這裡，宮殿都非常宏偉壯觀，人煙稠密，佛寺少說也有一百家。而現在都已經漸漸稀少了。」

於是，玄奘前去遊歷無夏王的舊日宮殿。等到了那裡，只看到一片荒蕪，荒草沒人。當年華美的宮殿，現在只是一片殘墟了，只有宮殿的北邊有一根石柱，高有好幾十尺，還依然存在。沙彌說道：「這根柱子是無夏王建造，是無夏王作地獄的地方。」在地獄的南邊，又有一座塔，沙彌又說道：「這是無夏王所建造的四萬八千座塔的其中一個。」於是，玄奘就在這裡憑弔頂禮了一番。

之後，他們經過了一座精舍，觀看釋迦牟尼所踩過的石頭，石頭的上

面有釋迦牟尼雙腳的足跡，長有一尺八寸，寬有六寸，兩腳下有千輻輪跡，十指的頂端有卍字花紋，另外還有瓶、魚等遺跡。沙彌說道：「這是佛快要寂滅的時候，從吠舍厘城到這裡，站立在這塊石頭上，向王舍城觀望時所留下的足跡。」玄奘在這裡瞻仰良久。

這一天晚上，玄奘就在城中的寺院裡住了下來。第二天，他們又到各處的遺跡瞻仰觀光。玄奘在這裡一共住了七天，才把這裡的遺跡遊覽完，這個時候，吠多補羅城的沙彌也就告辭回去了。

玄奘和小和尚就從這裡向西南前行，走了四百多里，到達了伽耶城，住在了僧寺裡。玄奘向寺中的僧人問道：「伽耶山就是釋迦牟尼坐在菩提樹下得道的地方嗎？這裡的靈跡一定很多吧？」僧人回答道：「伽耶山裡的靈跡非常多，數都數不清。有的是精舍，有的是佛塔，都是諸多王公大臣因仰慕聖蹟建造的。裡面有金剛座，歷來千佛，降魔得道，都必須是在這裡的，如果在其他的地方，是絕對成不了道的。成道的地方又叫作『道場』。就算世界動搖，這道場也是不會動搖的。只是，可惜這一兩百年來，眾生的福薄，來到菩提樹的下面，都已經看不到金剛座了。而釋迦牟尼寂滅以後，各國的國王把兩座觀自在菩薩的像，分別放置在南北兩面，面向東而坐。據傳說，這位菩薩如果身沒不見，那麼佛法就會窮盡。現在南邊的一尊像，已經身沒到胸了，可知佛法恐怕就要盡了，不會有太長的時間了。然而，這都是因為眾生的福薄，才會導致這樣的結果。這還有什麼可說的呢。」僧人說完，長嘆一聲。玄奘也跟著嘆息了一聲。

玄奘又問道：「這麼說，那菩提樹還是存在的吧？」僧人說道：「這一棵樹，當年佛在世的時候，高有好幾百尺，後來被惡王砍伐，現在就只有五丈多高了。然而還是枝繁葉茂，秋天和冬天也不會凋零，只有遇到釋迦牟尼寂滅的日子，全樹的葉子才會變黃，並立刻凋謝。但只要過了這一

天，樹葉就又會重新長出來。這確實是一處很靈驗的地方，所以每當這一天，各國的國王和大臣們都從四面八方趕來，一齊集合在樹下，用水清洗，然後點燃燈火，向四處散花，最後收集起樹下的落葉，才離開這裡回去。每年的這一天，被稱為盛會。可惜大師你沒有在這一天來觀看。」玄奘說道：「貧僧遠道而來，雖然沒有在這一天來到這裡，但是能夠瞻仰頂禮菩提樹，我的福分已經是不淺了。」這一晚上，玄奘就在寺中住下。

第二天，寺中的僧人就帶領著玄奘進入了伽耶山。從寺院出發走了六里就到達了山中，只見在山中有一座小城，高牆用磚砌成，在正東面有一扇門，這門恰好對著尼連禪河。寺中僧人說道：「這就是菩提樹所在的地方了。這裡的牆圍用磚砌成，東南西北都各有一扇門，我們就從這裡進去吧。」於是，他們就走進了東門。裡面果然是寺塔接連不斷，就如這個僧人昨天所說的一樣。玄奘看到有許多僧人往來其間，千百個僧人成群結隊，而且井然有序，沒有一個僧人喧嘩。然而，這麼多人聚集在一處，也絕不是常有的情況。於是，玄奘就向僧人問道：「今天又不是盛會，為什麼會聚集這麼多人呢？」僧人答道：「他們是因為安居解坐，才順便過來瞻仰頂禮菩提樹的。」

玄奘來到了菩提樹下，以至誠的心在這裡瞻仰留連，並在釋迦牟尼成道時的一尊像前頂禮膜拜，五體投地，哭泣哀傷，喃喃嘆息道：「佛成道的時候，我這軀殼還不知飄落在什麼地方。今天來到這裡，也只是能夠頂禮膜拜在佛的像下。我的業障實在深重啊，還有什麼可說的呢？」玄奘說完以後，淚流滿面，悲慟不已。這個時候，遠近的僧人看到玄奘這樣的表情，沒有一個不感動於心的，也都流下了眼淚。之後，他們才知道玄奘是從中國遠道而來的，就對玄奘更加敬重，並認為是一件奇事。

玄奘在伽耶山住了九天，在各處一一瞻仰頂禮。而這個時候，中國高

僧遠道而來的消息也傳遍了印度僧寺。當然，印度最大的寺院 —— 那爛陀寺，此時也知道玄奘來到了這裡。於是，那爛陀寺的住持就派人前來迎接玄奘。玄奘在第十天離開了伽耶山，跟隨迎接的僧人來到那爛陀寺。那爛陀寺是玄奘夢寐以求的地方，可以說是全印度的佛教最高學府。玄奘的到來，無論對玄奘還是對那爛陀寺來說，都是一件非常重要的事。玄奘在此住了許多年，他到底在這裡做了些什麼呢？

第二十五回
戒賢開講瑜伽論 玄奘走訪竹林園

那爛陀寺是印度最大的佛教寺院，從寺院建立以來，已經有七百多年的歷史。那爛陀寺的僧人將近萬人，到寺中燒香理佛學習佛法的善男信女絡繹不絕。那爛陀寺教授大乘佛法，並且還兼學俗典《吠陀》等書。寺內的講座，每天最多能達到一百多堂，前來學習的僧人和俗家弟子，都勤勉異常，一天都不休息。在聽講佛法時，每個信徒都非常嚴整，不需要約束。凡是來這裡學習佛法的，從這個寺建立以來，沒有一個人犯過大的過錯。國王對那爛陀寺非常尊敬禮遇，以一百個城邑的收入來供給寺院。每一座城邑一天供給寺院數百石米和酥乳。

那爛陀寺的建築一共分為八大院落，每座大殿高聳入雲，臺階之上香煙繚繞，鏤檻雕楹，金碧輝煌。每個院落的僧房都有四層樓閣，院落中種有奇花異草，以及稀有的樹木，一年四季春色常在。

那爛陀寺的住持戒賢法師，年齡已經很高，而且德高望重，佛學經典沒有不通達的，是當時最著名的佛學大師。雖然全印度的佛教寺院數不勝數，但那爛陀寺一直是公認的第一。

此時，戒賢法師聽說來自東土的玄奘在伽耶山，就派了四位高僧前來迎接玄奘。玄奘便和四位高僧一同前往那爛陀寺。在到寺院之前，他們先到了一個村莊，據四位高僧介紹，這裡便是目連誕生的地方。於是，玄奘一行人便在這裡瞻仰觀光遺跡，並在此吃了齋飯。之後，玄奘又見那爛陀

寺派來僧人兩百，居士一千，幢蓋香華前來迎接自己。眾多僧人居士見面時都對玄奘讚嘆不已，走沒多久便進入了那爛陀寺。

進入寺中，僧人、居士全部前來與玄奘相見，並讓玄奘上座歇息，玄奘再三辭讓，僧眾不依，終究推玄奘上座。隨後，眾僧也各依自己的位次就坐。過了一會兒，眾僧人又選出高僧二十人，引導玄奘前往參見戒賢法師。

來到戒賢法師居室，玄奘見眾僧人稱其為正法藏，便也隨眾僧稱戒賢法師為正法藏。原來，戒賢法師因德高望重，所以眾僧都不稱其法號，而尊稱為正法藏。玄奘跟隨眾僧人入謁，並依照印度的儀式來行禮。行禮之後，戒賢法師便讓玄奘和眾僧坐在一處，並向玄奘問道：「從何處而來？」玄奘回答道：「自東土大唐而來，想要跟從法師學習《瑜伽師地論》。」戒賢聽後，讚嘆不已。過沒多久，戒賢便讓寺院中的小和尚安置玄奘在覺賢房第四重閣內住下。

玄奘在覺賢房住了七天，又另被安置在了上房護法菩薩北，並加倍給予玄奘極高的待遇。每天供奉玄奘：擔步羅果一百二十枚，豆蔻二十顆，檳榔二十顆，龍腦香一兩，大人米一升。這種大人米粒如同豆子般大，做出的飯食香美異常，不是一般的大米能比得上的，只有摩揭陀國才出產這種大人米，別的地方是沒有的。印度把這種米看作是極為珍貴的食品，只有國王和著名的高僧才有資格吃這種米，因此，稱這種米為「大人米」。另外，還每日供奉玄奘油三斗。而酥乳等一般食品可以隨時想吃隨時來拿。並且，還給玄奘兩個小沙彌聽候使喚。

玄奘一個異國僧人得到如此禮遇和隆重招待，實在是世所罕有。在那爛陀寺裡能夠享受如此供給的，總共算起來也只有十人而已。可見玄奘言

談學識絕非一般僧人可比，故此得到戒賢法師的看重與推崇。

在那爛陀寺住下以後，玄奘就前往近處的王舍城頂禮聖蹟。這王舍城在摩揭陀國的中央，原來這裡有座舊城，叫作上茅宮城，後因為該地出產上好的香茅，所以就以此為名了。古時候國王大多居住在此。

而當頻毗娑羅在上茅宮城居住時，城中的人煙非常稠密，房屋星羅棋布，布滿城中，但城內卻時常發生火災，從而致使一家失火便延禍多家。頻毗娑羅王為了防患火災，就嚴令禁戒，如果有哪一處不慎著火的，查出起火之人，加以懲罰，令其遷徙寒林受苦。

寒林是一處荒涼沒有人煙的地方，是這個國家掩埋屍體的地方。國王為了防患火災，所以不得已下了這樣的命令。然而，就在命令剛剛下達之後，王宮突然失火了。國王說：「我是這裡的國王，第一個犯了禁令，如果我的命令下達而不執行，又怎麼能夠使百姓信服呢？」於是，國王就命令太子管理朝政，而他自己遷徙到寒林居住。國內百姓聽說國王以身作則，沒有一個不感嘆的。

國王來到寒林居住不久，就被鄰國吠舍厘國的國王知道了。於是吠舍厘國王就想乘機發兵，襲擊在寒林居住的國王。這件事被守候在寒林的人得知了消息，於是就臨時在寒林建起城邑，以此來保護國王。沒有想到，後來這裡就漸漸的強盛起來，被稱為新城，又因為在建城之前，國王已來到這裡居住，所以後來就稱為了「王舍城」。

玄奘從那爛陀寺來到這裡，先到了上茅宮城，放眼望去，上茅宮城四面山川環繞，到處都是險峻的峭壁，而唯獨西方有一條隱約的小路可以來往交通。上茅宮城的東西距離長遠，南北距離狹小。北面有一個大門，在城的周長有一百多里，城內還有小城。

　　這個時候，那爛陀寺指派給玄奘的小沙彌指引玄奘從小路曲折進入城內。玄奘看到沿途樹木成蔭，滿樹皆開滿了鮮花，而樹葉全部都是金色的。小沙彌說道：「這種樹名叫尼迦樹，一年四季都開著鮮花，是印度名貴的樹種。」小沙彌指出城中的名勝古蹟，並一一介紹。如：外道以火坑毒飯想要加害佛的地方，提婆達多放醉象想要加害佛的地方，縛迦大醫為佛建造說法堂的地方，還有縛迦故宅等地。玄奘頂禮參拜當年的遺址。

　　之後，小沙彌又帶領玄奘來到城東北方十四五里的地方，望到一座高山，北面山頂崛起，形狀猶如一隻鷲鳥。玄奘問道：「這莫非就是佛經中所講述的靈鷲峰嗎？」小沙彌回答道：「正是。它又叫鷲臺，從前釋迦在世時，就經常居住在這裡，在此講經說法。」

　　玄奘和小沙彌走到山下，只見泉水清澈，山石奇特，林木蔥郁，果然是一座佛教中的名山。玄奘等人依山而行，走了一里多路，見到一座用磚建造的房屋。小沙彌說道：「這就是釋迦在世時，經常居住的竹園。」從這裡又向南行走了五六里遠，在山的一側又有一片竹林，幽靜無比，在竹林裡面有一座大房舍。小沙彌說道：「這就是摩訶迦葉波和九百九十九羅漢一同結集三藏佛法的地方。」玄奘看到房舍雖然已經頹廢殘敗，然而當年的結集盛況還是可以想像的。玄奘在這裡頂禮觀看，久久才肯離去。從這裡向東北走了三四里，又到了一座城，城已或多或少的頹廢了。小沙彌說道：「這座城池就是王舍城了。」玄奘進入城內略微遊覽了一番就返回了。在回去的路上，小沙彌又說了一些上茅宮城中的故事，以此來解玄奘在長途行走中的寂寥之情。

　　小沙彌道：「在城裡，有一個山崖，山崖下有一個深不可測的洞穴。在城中，住著一個擅長誦念咒語的術士，他一直想探一探洞穴裡究竟是什麼樣子。有一天，術士約了十三個人，和自己一同進入洞內。進入洞內

後，走了三四十里，突然感到眼前一片明亮，看到有一座城邑，城中的樓臺殿堂全部都是金銀琉璃建造而成的，並且還有許多美麗少女站立在城門外面，迎接他們。十四個人便高高興興的進了城。他們又看到兩個婢女，每一個人都捧著一個金盤，盤子裡盛滿了香膏、花朵，恭敬的前來迎候他們。婢女對他們說：『請先到浴池內沐浴。洗完以後，把香膏塗在身上，戴上花朵，才可以往前走去。但只有術士一人可以先行前往。』於是，術士就捨下另外十三個人先往前面走了。剩下十三個人便脫下衣服，進入池內，開始洗浴。然而眾人恍惚中，感到自己像是坐在稻田裡一樣，眼前的景物早已不是剛才的樣子了。十三個人驚慌不已。剛好看到有一個過路人，就上前問路。這才知道，這裡離洞口已經有三四十里遠了。於是，十三個人不得不唉聲嘆氣的回去了。」

小沙彌說到這裡，跟隨玄奘前來的人都笑了。小沙彌又接著說道：「在城內的一個山岩下，有一個大磐石，是阿難在這裡入定的地方。當阿難在這裡入定時，魔王就化作鷲鳥，在黑夜裡站在山岩上，拍打著翅膀，高聲鳴叫，以此來嚇唬阿難。這個時候，釋迦如來便從很遠的地方把手伸過來，來摸阿難的頭頂，以此來安慰阿難。如來的手可以透過石壁，並且聲音也能穿過石壁：『阿難不要害怕，這是魔王所變化的。』阿難聽到如來的話語，身心立刻保持寧靜。現在岩石上的鳥跡和石壁上如來的手臂穿過的洞穴，還是可以辨認的。雖然歲月很久了，但是遺跡還是保存了下來。」

小沙彌講的故事讓玄奘帶來的小和尚聽得入迷。玄奘一行人一邊說著，一邊走著，不知不覺間已經回到了那爛陀寺。

玄奘自此在那爛陀寺住下，每日聽戒賢法師開壇講解《瑜伽師地論》。和玄奘一起聽講的有一千多人，戒賢法師一共講了三遍，用了九個月才講完。玄奘又聽戒賢講了《順正理》一遍，《對法》一遍，《因明》、《聲

明》、《集量》等佛學理論各二遍，中、百二論各三遍。並且，玄奘還學習了婆羅門書。時光飛逝，玄奘到那爛陀寺已有五載。玄奘來到印度遊學，在那爛陀寺的收穫最多。

這個時候，玄奘的足跡已遍布北印度和中印度，而且名山大川、名勝古蹟幾乎都已經走到。於是，玄奘便想要順著殑伽河過瞻波國、羯朱溫祇羅國、奔那伐彈那國，前往東印度和南印度遊歷。

這一天，玄奘偶爾與小沙彌說起這件心事，小沙彌道：「瞻波國內有一座大森林，裡面有很多野象，並且還有很多豺狼虎豹，凶猛異常，害人無數，行人很難走過去。」玄奘道：「這沒有什麼關係。只要我沒有傷害牠們的心，牠們也就不會來傷害我。」沙彌又說道：「森林裡面還有魔境，行人如果從這裡經過，非常容易受到迷惑。」玄奘道：「是怎麼回事呢？什麼樣的魔境呢？」沙彌道：「這是一個傳說，法師請聽我說。」

「在很早以前，佛剛誕生的時候，有一個放牛的人，驅趕著數百頭牛在森林裡放牧。當他走到半路上時，突然有一頭牛獨自離開牛群，不知道跑到哪裡去了。牧牛的人四下尋找，都沒有找到。但到了日落的時候，那丟失的牛突然又回到了牛群裡，而這時牛的毛色極為亮澤，叫聲也非常高，和其他的牛已經完全不一樣了。其他的牛看著這頭牛都非常害怕。牧牛的人也認為這件事實在是一件很奇怪的事情。結果，第二天是這樣，第三天還是發生了這樣的事情，接連好幾天都是這樣，牧牛人愈加認為這件事非常奇異。

牧牛人想知道究竟發生了什麼事情。於是，一天，牧牛人暗地裡留心觀察這頭牛的去向，並跟在牛的後面，看到那頭牛走進一處林中，牧牛人緊跟在後面也進入了林中。之後，牛走到了一處石洞內，牧牛的人也跟進

了石洞，剛進去的時候，牧牛人看到路非常狹窄，不好走。等走了一會兒，約四五里路的樣子，突然覺得眼前一亮，只見有許多的奇花異草，稀有而珍貴的樹木出現在面前，一片燦爛之景。那頭牛走到一個地方吃起草來。那草的顏色非常青潤，和一般的草大不相同。牧牛人又看到樹上結滿累累果實，有紅色的，有黃色的，各種顏色應有盡有，且個個都已熟透了，就隨手摘了一個果子，但卻不敢馬上吃。這個時候，牛已經吃飽了，轉身想要離開這裡，牧牛人也就緊跟著牛走了出去。剛剛走到洞口，牧牛人突然遇到一個小鬼，小鬼從牧牛人手中奪走了果實，放他出了洞穴。牧牛人後來就把這件事告訴了一個醫生，醫生就叫他把果實帶出來驗看，才能夠知道是否可以吃。

這一天，牧牛人仍是跟隨著牛進入了洞中，並摘了一個果子，剛要出洞時，又出現了一個鬼前來搶奪手中的果實。牧牛人便急忙把果子吞到肚子裡去了，這時候，牧牛人的頭已經在洞外了，而身子還在洞內，但因為吃了果實，他的身體立刻開始長大，結果他的身體變大，而洞口太小，使他出不去了。就這樣過了幾天，牧牛人的家人為了尋找他來到這裡，他還能夠說出話來，就把發生的事一五一十地說了出來。於是他家裡人就拿了鋤頭前來，想要把山鋤開，把石移走，但是全都沒有效果。不久，牧牛人便死在了洞中。不知過了多少歲月，牧牛人的頭顱漸漸化成了石頭，到了現在，他的五官都還非常清晰。但是如果有人經過這裡，他往往會加以變化，恐嚇行人。所以，人們都稱這裡為魔境。」

玄奘聽後，微微一笑，認為不過是傳說之言，不足為信。又過了幾天，玄奘決定起程東行。寺中眾僧都來挽留，但玄奘執意東行，眾僧便不再堅持。

玄奘帶了小和尚和兩個嚮導，辭別了戒賢法師和寺內眾高僧，順殑伽

河南岸向東走去。臨行之際，玄奘和戒賢法師約定遊歷完之後，再回到那
爛陀寺，繼續學習還沒有學的佛學。上路沒有多長時間，他們就到了那個
大森林中。那麼，玄奘是否見到了那個魔境呢？

第二十六回
海客笑談獅子國 玄奘折服婆羅門

　　玄奘帶了小和尚和兩個嚮導，順殑伽河南岸向東走去。一路走來，在過瞻波國的路上，雖然也看到一些野獸和野象，但都不覺得有多麼凶暴。之後，玄奘一行人經過傳說中的魔境時，見到那爛陀寺沙彌所說的石頭頭顱，也沒有見到有什麼變化之物前來騷擾。可見小沙彌所說的話，實是一個傳說。

　　從這裡向東走，過了羯朱溫祇羅國，渡過殑伽河，到達奔那伐彈那國，進入南印度，又向東南方向前進，到達羯羅拏蘇伐剌那國，進入東印度。玄奘每到一處，只要有佛跡，便前往頂禮膜拜。玄奘一行人又向東南行進，經過三摩怛吒國以及擔摩栗底國等許多國家，到達了馱那羯傑迦國，並在這個國家的一座寺院內住了下來。

　　寺廟中有兩位高僧，一位名叫蘇利耶，一位名叫蘇部底，兩人對於大眾部三藏非常有研究。玄奘便向他們詢問一些佛學知識，並向他們學習關於大眾部三藏的佛學。玄奘在這裡住了幾個月，然後辭別了兩位高僧，向西南方向行去。到達珠利耶國，進入南印度境內，又向南經過大森林，來到羅毗荼國。在這個國家的國都裡，玄奘遇到了一位和自己一樣的別國僧人。玄奘與這位僧人談論《瑜伽師地論》，僧人對於瑜伽論的學識和戒賢法師差不多，而且僧人的言論與學識也並沒有超過戒賢法師，在彼此交談中，那位僧人非常佩服玄奘的佛學造詣。玄奘在這裡停留了幾天，與僧人

互相切磋。

一天，一個商人從遠方來到這裡，玄奘與其在寺中交談，商人稱他對其他國家的情形知道得非常多。於是，玄奘就問商人道：「那些國家的情形是什麼樣子的呢？」

商人說道：「從這裡走大約三千里的樣子，有一個秣羅矩吒國。該國南面濱臨大海，物產非常豐富，尤其是奇珍異寶相當多，但那裡的氣候非常炎熱，當地產有檀香，毒蛇特別多。在城的東邊有一座塔，據當地人傳說是無夏王建立的，中印度的人都把這座塔看作是蠻荒的地方。只有採摘珠寶的商人到過那裡，其餘的人沒有幾個往那裡去的。

另外，在東北方向的海邊有一座城，在城東南方三千里的地方，有一個伽羅國，也叫作獅子國。這個國家土地荒涼，比秣羅矩吒國還要炎熱，而且這個地方也不屬於印度了。一開始這裡沒有什麼人信佛，釋迦寂滅一百年之後，無夏王的弟弟來這裡訪遊，才開始傳播佛法，百姓才被佛法所感化。這個國家盛產奇珍異寶，有一座佛牙精舍，就是用這裡的珍寶裝飾而成的，在上面建有和華表差不多的一個柱子，在柱子的頂端放置了奇珍異寶。在每一個月白風清的夜晚，珍寶就會在空中放出奇異的光彩，可以照到千里之外的地方。這個國家還有一尊金佛像，是這個國家先前國王所建造的，在佛像的髮髻中，有一顆寶珠是世界上稀有的無價之寶。傳說有人想要盜走這一顆寶珠，就在佛像面前禱告說：『釋迦如來為了眾生，尚且不惜自己的生命。那麼，現在我需要這顆珠寶，佛又怎麼會不捨得這小小的珠寶呢！』盜賊剛說完，那佛像竟然彎下身子，低下頭讓盜賊來拿珠寶。這個人得到這個珠寶以後，就到市場上去賣。國王聽說有人賣佛像髮髻中的珠寶，就派人把那個人抓起來，並問他珠寶是怎麼得來的。這個人就把佛像怎麼彎下身子，低下頭，讓他摘取珠寶的經過詳細說給國王

聽。國王哪裡相信會有這樣的事情，就派人去看佛像，結果佛像的頭仍然低著，於是國王才相信。這尊佛像直到現在還是這個樣子，於是人們就稱這裡為靈跡。」

玄奘說道：「我能不能去這個國家看一看呢？」商人說道：「像這樣蠻荒的地方，法師怎麼能前去呢。這個國家原來並沒有人居住，本來只是一處荒涼的地方。相傳這個國家的人民以及先人是獅子的後代，可以想像這裡人會有多麼的蠻橫了吧。」玄奘說道：「為什麼說他們的祖輩是獅子的後代呢？」

商人說道：「傳說，很久很久以前，南印度境內有一戶人家嫁女兒，在出嫁的路上遇到了一隻獅子。結果來送新娘的人都嚇跑了，只留下新娘在那裡。於是，獅子就把新娘背到深山裡去了，那女子在深山裡吃野禽和野果，來保全自己的性命。時間久了，就這樣生活了下去。後來，那獅子強行和這個女子結成夫妻。又過了很多年，他們生育了很多子女，這些子女雖然有一點人的形狀，但卻沒有人的性情，他們的性情非常粗暴，就如同獅子一般。後來，這些子女漸漸長大，他們問母親：『我們是什麼呢？父親是獅子，母親是人，我們到底是人還是禽獸呢？』母親哭泣著把曾經發生過的事情詳細地告訴了自己的孩子，孩子們也哭了起來。於是，孩子與母親商量起如何逃離這裡，一天，他們終於背著獅子逃走了。他們逃到母親的國家，尋找到母親的家族，開始像人類一樣生活，而且絕對不和人們說起關於獅子以及他們的身世。

獅子回來之後，見到妻子兒女不見了，就開始到處尋找。牠來到了妻子的國內，憤怒的大聲吼叫，傷害了很多的人。於是，國王就在國內貼了告示，徵募能夠殺死獅子的勇士，來除掉這頭猛獸。然而獅子凶猛異常，沒有一個勇士能夠殺死獅子。國王見此，又重出榜文以重賞來招募勇士，

能夠殺死獅子的將賞賜一億金子。

　　這個時候，獅子的一個兒子聽到這個消息，想要前去應徵勇士，就對他的母親說：『既可以為國家除去一個禍害，又可以得到很多金子，不如我前去應徵吧？』他的母親說道：『不可以。獅子雖然凶猛殘暴，可怎麼說也是你的父親啊！兒子殺死父親這怎麼可以呢？』兒子說道：『母親說得不對。現在我不殺死我的父親，牠一定會在這裡不走，牠不找到我們是不會離開的。如果以後我們的來歷被國王知道了，一定會被國王所殺的。如果我們現在殺死父親一個，而救了很多人，這又有什麼不可以的呢？』於是，兒子就拿起了刀去殺獅子了。

　　獅子雖然凶猛殘暴，但是看到自己的兒子來到面前，非常高興，而且變得溫和了起來，沒有半點要傷害自己兒子的意思。然而，牠的兒子卻不管這些，揮起手中的刀就向獅子的喉嚨刺去。獅子因為太愛自己的兒子，就忍著疼痛而一動也不動，流著眼淚，任憑自己的兒子來殺死自己。獅子含淚死去後，國王見到這樣的情形，心裡猜想這其中一定有問題，就向獅子的兒子細問具體原因。獅子的兒子一開始什麼也不肯說，後來經國王一而再，再而三的追問，才把真實的情況講了出來。國王聽後，嘆道：『如果不是獸類的後代，誰能這麼做呢？我既然出了重賞的榜文，就一定不會食言。然而，你已經是一個殺害父親的不孝子孫，也不能夠再在我這個國家裡居住了。』於是，國王就吩咐他的侍從拿來很多金子，並且準備了兩艘船，每艘船上都裝滿了珍寶和糧食，讓獅子的兒子上一艘船，女兒上一艘船，把他們放逐到海上，任船隻在海上隨意漂流。

　　獅子女兒所在的那一艘船漂到了一個地方，被那個地方的鬼魅所得，於是生下了許多女孩。她們便是現在的西天女兒國的祖先。獅子的兒子所在的那一艘船漂到了這裡，看到這裡物產豐富，比較富饒，就在這裡留了

下來。後來，他們搶奪海上商人的妻子和女兒作他們的妻子，生兒育女，時間久了，這個地方的人越來越多，於是就自立為國。然而，他們的遠祖仍然是獅子，所以就稱他們的國家為獅子國。這個地方的人民非常粗蠻無禮，氣候也特別的炎熱，法師您是去不得的啊！」

玄奘道：「就算是獅子，我佛慈悲，佛法也是能夠把他們感化的，更何況他們現在已經是人類了呢。我現在是為了頂禮膜拜佛的遺跡前往那裡，又有什麼可讓人害怕的呢？」

商人說道：「法師說得很有道理。但是這個地方確實很荒涼，而且也不是釋迦曾經走過的地方，法師您又何必前去呢？」

玄奘聽了商人的話，也認為有道理。這時候，剛好有從獅子國來到這裡的七十多個僧人，想要到北方去頂禮膜拜佛的聖蹟。他們便邀玄奘和他們一起前往，玄奘就答應了他們。

於是，他們就從這建志補羅城出發，經過建那，又來到了狼揭羅、壁多勢羅等一些西印度國家。他們每到一處就拜訪有名的高僧，觀光頂禮佛的聖蹟。最後，玄奘和他們回到了那爛陀寺，寺裡面的僧眾仍是非常熱情地招待他們。

這時，有一個婆羅門外道有意想要為難佛教徒，在橫幅上寫了四十多條文字，掛到了寺門的外面，並說道，如果有人能夠駁倒上面任意一條文字，他寧願斬掉首級來謝罪。就這樣，橫幅掛了好幾天，也沒有人敢來詢問。那爛陀寺一萬多個僧人，都對他沒有辦法。現在玄奘回到了那爛陀寺，僧人馬上就把這件事告訴了玄奘，並且問道：「玄奘法師，您看這便如何是好呢？」玄奘說：「我且看看。」

於是，玄奘就讓一個小沙彌把那四十條文字抄了下來，玄奘看後，便

吩咐僧人約那個婆羅門到寺院裡來，當眾辯駁他的條文。全寺僧人得知後，都嚇了一跳。寺中僧人一面派人前去通知婆羅門，一面又急忙安排辯論的場所。

兩天之後，到了約定的日子，婆羅門早早就來到了那爛陀寺。這場辯論的評判就由戒賢法師來擔任，其他的僧人全都在一旁靜坐聆聽玄奘與婆羅門的辯論。婆羅門雖然早就聽說過玄奘是一位佛理高深的法師，但他還是認為自己平生所學的佛法，在全印度是無人可及的，更何況是東土來的一個和尚。所以，這個婆羅門在未辯論之前，就已斷定玄奘不是他的對手，並不把玄奘放在心上。等到和玄奘辯論的時候，一開始婆羅門還能夠侃侃而談，大有一切唯我盡知的神情，但辯論到後面，竟漸漸被玄奘的議論所折服，到最後這個婆羅門被玄奘逼問得居然一句話也答不上來了。總共四十條，一條一條都被玄奘駁倒了。

於是，婆羅門就請求如他前面所說，把他的頭顱斬下來，以此來向玄奘謝罪。戒賢法師聽到他這樣說，還沒有來得及回答，玄奘就起身說道：「我們佛教中人，向來是以戒殺生為第一要義的。現在婆羅門雖然辯論失敗了，怎麼就可以把他殺了呢？現在我希望他作為我的使役，聽從我的教導，不知道這樣做可以嗎？」婆羅門聽玄奘這樣說，高興得不得了，並答道：「就聽法師的安排。」於是，辯論結束，婆羅門就跟隨在玄奘的身旁，聽候玄奘的使喚。全寺僧眾，沒有一個不稱道玄奘的博學和胸懷的。

過了一些日子，玄奘對小乘佛經有弄不明白的地方，就問這個婆羅門：「你聽過講解小乘佛經嗎？」婆羅門答道：「我曾聽過五遍的講解。」玄奘道：「那麼，現在就請你給我講解一下吧？」婆羅門道：「法師有這樣命令，我怎麼敢不聽從呢？但是現在法師是我的主人，弟子我是法師的奴僕，我怎麼敢給法師您亂加講解呢？」玄奘說道：「這是另外一個佛學的宗

派，不是我平時所習學的佛法，當然應該丟棄主人和奴僕的身分，行師弟之禮，才可讓你講解。」婆羅門道：「既然法師這樣說，就請在夜晚時講解給您聽吧。免得被不知道內情的人聽到，還以為主人向奴僕學習佛法呢。對您的名聲會不利的，您說這樣好嗎？」婆羅門說完以後，就離去了。

到了當天晚上，婆羅門果然來到玄奘這裡，給玄奘講解小乘佛典。婆羅門講解得非常詳細明白，玄奘聽後，頗有大徹大悟之感，心中歡喜異常。到了第二天早上，玄奘就把婆羅門所講解的內容書寫成文字，呈遞給戒賢法師看。戒賢法師看後，就遞給眾僧傳閱，大家看後，沒有一個僧人不讚嘆稱道的。於是，玄奘對婆羅門說道：「仁者委屈自己作為我的奴僕，已經很多天了。從今天開始，仁者就不再是我的奴僕了，您可以想去哪裡就去哪裡。」婆羅門聽到玄奘這樣說，十分感激玄奘，向玄奘謝過之後，便離開了寺院。寺內眾僧人又對玄奘之德人加稱讚。

那個婆羅門離開後，就到了東印度迦摩縷波國，並且受到那裡的鳩摩羅王的器重。婆羅門在鳩摩羅王面前極力稱讚玄奘的盛德。鳩摩羅王聽後非常高興，於是就派遣使者前去迎接玄奘來他的國家遊歷。誰知他這一請，險些引起兩國的紛爭，這到底是為什麼呢？

第二十六回　海客笑談獅子國 玄奘折服婆羅門

第二十七回
遇挑戰義服外道 逢盛會智占魁首

　　自婆羅門走後，玄奘仍然居住在那爛陀寺，每日學習佛法。這一天，有一個尼乾子來到那爛陀寺，求見玄奘。這尼乾子在印度各個教中，是單獨的一個派別。這個派別對於醫術、算術、兵法、占卜都非常精通。而且，這個派別的人常常光著身子不穿衣服，所以又把他們稱為「露形尼乾子」。這次前來與玄奘見面的尼乾子叫作伐者羅，這位尼乾子是慕玄奘的大名，特意從遠方來求見玄奘的。

　　玄奘曾聽寺內的僧人說過，尼乾子擅長占卜。玄奘想著自己來到印度已求得佛法，取得真經，平生心願得以實現，所以這些日子以來，總是想著回到東土大唐。於是，玄奘就想請尼乾子為自己占卜一下吉凶。

　　玄奘對尼乾子說道：「貧僧從東土來到西天求取佛法，現在已經見到很多有名的法師，聽到很多高深的佛理。我想也許應該是回到東土的時候了，但是不知道這一返回是吉還是凶。還想請您給我占卜一下。」尼乾子聽到玄奘這樣說，於是就取出一塊白色的石頭，在地上畫一些占卜的符號來為玄奘卜卦。沒過多久，尼乾子占卜完了，他對玄奘說：「住在這裡是上卦，回到中國也是上卦。」玄奘道：「此話怎麼講？」尼乾子道：「法師住在這裡，印度五大部洲的人，不管是僧還是道，沒有一個人不敬重法師您的。而如果法師回到中國，中國的人也是會敬重法師您的。但是，如果去和留相比的話，回到中國不如留在印度更好一些。」玄奘很不解地說：

「貧僧原本是來這裡求取佛經的，現在已經得到了佛學的經典，自然就應該回到東土去，才可使這求得的佛經廣為流傳，以此了結我平生的心願啊！但願道路上沒有什麼阻礙，我恨不能今天就回到東土。只是有一件事不好辦，經卷太多，路途遙遠，只怕是運載不太容易，真是不知如何才能順利回到東土大唐啊！」尼乾子聽後，又為玄奘畫地占卜，占卜完說道：「法師儘管放心，如果想要東歸，所有的經卷自會有鳩摩羅王以及戒日王派人替您運送。」玄奘說道：「貧僧生平從來不曾認識這兩位國王，他們怎麼會為我派人運送經卷呢？」尼乾子道：「法師暫且先等一兩天，自然就會知曉。現在鳩摩羅王已經派人前來迎接法師了。」玄奘聽了尼乾子的話，也沒在意，只是一心想著能夠盡快回到東土就好了，尼乾子的話也只是讓玄奘急切東歸的心稍稍得以安慰罷了。尼乾子給玄奘占卜完之後，就離開了那爛陀寺。

這一天，玄奘來到戒賢法師及寺中眾僧面前，把自己想要回到東土大唐的心願說了出來。寺內的眾僧人聽後，都說道：「前往東土的路途實在是太遙遠了，還是住在這裡比較安全。」玄奘說道：「貧僧為了求取佛法來到這裡，現在求得了佛法，就應該回去了。來時未曾懼怕路途艱險，回去又何嘗會害怕路途遙遠呢？」戒賢法師說道：「法師此言甚是。然而，我還是希望法師能留在這裡，為這裡的佛學增添光彩。」玄奘說道：「法師謬獎了。玄奘怎麼敢領受呢。而且，佛法可貴的地方在於傳播四海。我將這裡所得到的佛經傳播於東土大唐，難道不是一樁很盛大的事情嗎？」戒賢法師聽後道：「你說得確實有道理。既然如此，我又怎麼敢苦苦留你不放呢？」

玄奘得到戒賢法師的應允，非常高興，就將尼乾子所測的東歸占卜，說給戒賢法師聽。戒賢聽後，半信半疑。這個時候，小沙彌突然遞上來一

封書信，正是鳩摩羅王派人送來的。戒賢法師拆開書信，上面大概是說：得知中國僧人玄奘在那爛陀寺，非常欽慕玄奘的大名，現在派人迎接到我這裡，請戒賢法師一定要代為敦促玄奘法師早早前來。戒賢法師看完以後，就把書信交給玄奘看，並對玄奘說：「鳩摩羅王派人來迎接你，這固然是一件好事，但你卻不可以這樣去。」玄奘感到非常詫異，便問道：「為什麼不能這樣去呢？」戒賢法師道：「中印度的戒日王，現在正在羯朱溫祗羅國巡視，如果他聽說法師前往鳩摩羅國的話，也必定派人前去迎接。然而，戒日王信奉的是小乘佛法，只怕對法師有什麼不利。」玄奘聽後，雖然想著可以請鳩摩羅王幫忙派人送佛經一事，但戒賢法師如此說，卻也不便違背戒賢法師的好意。玄奘便說道：「既然法師這樣說，那就先回信謝絕他，看他還會怎樣？」

於是，戒賢就寫信回復鳩摩羅王。信中大意是說：中國僧想要東歸，回到他的國家去，恐怕不能前往赴約了。鳩摩羅王的使者就拿了書信回去覆命。沒過幾天，鳩摩羅王又派人送來了書信，信中大意是：弟子我只是一個凡夫俗子，沒有聽過什麼佛法，現在聽說有一位外國來的著名高僧在這裡，感到非常高興，然而戒賢大師卻不允許他來到我這裡，這分明是把我看作惡人，不配聽名師講解佛法，大師實在太侮辱我了。現在，我再次請求大師讓玄奘法師前往我這裡，如果仍然不讓其前來，我就會派遣大將乘坐大象帶領著軍隊，踏碎那爛陀寺。大師到時候可千萬不要後悔啊！戒賢看完書信後，不知如何是好，就請玄奘前來商量。玄奘看信後說道：「如果真像信中所說，只怕鳩摩羅王已經盛怒了。怎麼能夠因為我一個人的緣故，而使那爛陀寺遭受這樣的災難呢？」於是，玄奘收拾行李，向戒賢法師和那爛陀寺眾僧辭別，跟隨鳩摩羅王派遣來的使者上了路。

玄奘來到迦摩縷波國，鳩摩羅王見玄奘跟隨使者來到這裡，非常高

興，百般殷勤地招待玄奘，並讓玄奘住在王宮內。凡是國內的高僧，不論輩份大小，都前來拜訪玄奘。其中訪問玄奘的高僧裡就有那個被放回的婆羅門，玄奘在此與婆羅門相見，兩人都非常高興。

在王宮中住了幾天，玄奘來到鳩摩羅王的消息被戒日王知道了，戒日王派遣使者來到迦摩縷波國迎接玄奘前往他那裡。這時玄奘才感嘆戒賢法師所言不差。鳩摩羅王才把玄奘請來，又要被人接走，他心有不甘，就寫了一封信給戒日王，很委婉地說了些理由，說現在還不能離開這裡。信送去後沒有幾天，戒日王就又派了一個將軍做為使者來到迦摩縷波國，遞給鳩摩羅王一封信，在信中，戒日王毫不客氣地告訴鳩摩羅王，說自己已經慕名玄奘法師已久，恨不能早日相見，如果鳩摩羅王不趕快把玄奘送來，他就派大軍親自去迎接，到時候鳩摩羅王不要後悔。看到戒日王的信，鳩摩羅王一刻都不敢停留，趕快派人把玄奘送往羯朱溫底羅國。

玄奘來到了戒日王的行宮，戒日王見到玄奘，歡喜之情油然而生。對玄奘也是百般殷勤，起居飲食都親自過問安排，並且詳細向玄奘詢問東土大唐離這裡有多遠，以及風土人情等情況，玄奘都一一回答。戒日王發現玄奘的言談舉止果然非同凡響，於是更加欽佩玄奘。

因為玄奘的到來，戒日王準備在曲女城開講經大會，於是四方都派出使者，通令五印度各個國家的僧俗各界人等，全部都來曲女城集會，並派人先行到曲女城布置會場。戒日王隨後和鳩摩羅王還有玄奘，一起乘船，率領大批軍隊，沿殑伽河向曲女城駛去，等到了曲女城後，講經大會的場所已經布置完畢了。

在曲女城裡，應戒日王之邀而來的有，五印度各個國家的國王共十八人，精通大乘佛法和小乘佛法的僧人共三千多人，婆羅門以及尼乾子等外

道共兩千多人，那爛陀寺的僧人共一千多人。凡來的人都是一些學識非常淵博，極有辯論才能的人。來這裡的人所乘坐的大象或車輿多得不計其數，他們的隨從各拿著幡旗在空中纏繞飄舞，所有人群在這裡烏壓壓有好幾里的路程，熱鬧非凡。

戒日王的行宮在會場的西邊，約有五里的路程。國王先回到王宮中，鑄造了一尊佛像，準備開講經大會時用。到開講這一天，國王就把佛像放在大象上，從國王的行宮馱到講經的會場上，戒日王這一日還打扮成帝釋的樣子，手裡拿著白色的拂塵，侍立於佛像的右邊，鳩摩羅王則打扮成梵王的樣子，手裡拿著寶蓋，侍立於佛像的左邊。兩位國王都戴著美麗的華冠，垂著纓絡，佩帶著美玉。另外，又讓兩頭大象，各自都載滿寶花，跟隨在佛像的後面，有侍從在後面一路上散著寶花。因此，凡是佛像經過的地方，都能夠看到空中飛舞著美麗的花朵，就如同花雨一般。戒日王命玄奘以及其他僧人都各自乘坐一頭大象，跟隨在他的後面。戒日王又命那十八個國王和他們的大臣，三百多人各自乘坐大象在路的兩旁護衛緩緩而行。

到了講經的會場之後，戒日王安置好金佛像，便給僧人們擺設食品，當僧人都吃過以後，便向僧人布施。布施物為：金碗七個，金盤一個，金錫杖一根，金澡罐一個，金錢三千枚，毛衣三千件，布施完畢。國王另外設置一張寶床，請玄奘上寶床就坐，眾僧人以及婆羅門、尼乾子、外道等圍繞玄奘而坐，靜聽玄奘講解佛經。

玄奘多次推辭，戒日王終是不准，玄奘沒有辦法，只好升坐開始講解佛法。戒日王又命令那爛陀的沙彌拿著筆，記錄下玄奘所講的內容，並且把內容懸掛在會場門外，讓所有的人都可以看到，並告知所有的人，無論是誰，都可以前來駁斥玄奘所講的內容，哪怕駁倒其中的一個字，戒日王

也會以斬首玄奘相謝。玄奘這時才明白，當日戒賢法師為何不讓自己前往，並深感法師的厚德。然而，從早上到晚上，竟然沒有一個人敢說出一句言辭來駁斥。戒日王對玄奘讚賞不絕。

第二天仍舊開壇講經，也請人們來辯駁玄奘的論說，仍然是無人敢上前來應對。就這樣一連十八天過去了，居然沒有一個人敢於前來駁斥玄奘。戒日王大喜，並給予玄奘布施，布施的物品有：金錢一萬，銀錢一萬，毛衣一百領。其他十八個國王也都向玄奘布施珍寶衣物。真可以說是錦繡堆積，琳琅滿目，而玄奘並不為之所動，一概辭謝，並不接受。

戒日王命人用一頭大象，馱玄奘在城中遊行，又命令貴族大臣等陪護著玄奘，並令人在沿途高唱道：「中國僧玄奘講經，無人敢駁詰。」就這樣在城環繞遊行一遍之後，才回到了國王的行宮。

十八天之後，遠方的各國國王、眾僧人以及外道，才漸漸離開這裡。之後，戒日王又舉行了無遮大會，時間長達七十五日。無遮大會本來是每五年舉行一次，每次戒日王都會把全國所有的積蓄都拿來施捨，沒有一點吝惜之情。今年的會期，剛好玄奘來到這裡講解佛經，所以不光是會期提前，它的規模也比往年的大會更大，更熱鬧。然而，像這樣盛大的講經大會，如果不是戒日王的大力舉辦，只怕沒有人能夠辦得到。而玄奘被戒日王所尊敬欽佩，在這一次的盛大集會中可見一斑。

大會散後，玄奘在戒日王的行宮裡住了一些時日。這座城是玄奘曾經遊歷過的地方，雖然現在又來到這裡，並得到國內人的崇拜，然而玄奘一心只想東歸，沒有心思再在這裡居住下去了。

於是，玄奘即向戒日王辭行。戒日王一聽，斷然回絕，說：「弟子正要與法師弘揚大法，度萬民於水火，法師萬萬不可離開。」其他國王也紛

紛挽留，鳩摩羅王還對玄奘發願說：「法師若留在我國，弟子願為法師造寺一百！」

　　玄奘去意已決，諸王苦留不放，那麼，玄奘是否能順利回國呢？

第二十八回
謝戒日淚別天竺 攜佛寶榮歸帝都

　　玄奘這時回國的心意已決，無心再留，見諸王苦留不放，即正色相告道：「諸王美意，玄奘盡領。故國離此千山萬水，我到這裡來是為了取真經求大法，之所以有今天這樣的成果，都是由於故國有一批賢德之人渴盼所致，他們正焦急地等待我回去弘傳大法，對此玄奘日夜不敢忘。請諸王不要再阻攔了！若把玄奘強留下來，故國的芸芸眾生就難得正法，望諸土體諒我意，早日允我東歸。」

　　諸王見玄奘去意已決，知難挽留，便不再說什麼。戒日王口氣也緩和了許多，說道：「弟子是敬重法師的品德，願意日日瞻奉。既然法師歸意已決，我就不敢再阻攔了。」

　　戒日王即命人施金錢等物，鳩摩羅王亦布施甚豐，玄奘僅從中揀出一件可以防雨的鹿毛織的披衣，其餘一概辭謝不受。

　　戒日王用素氎寫信，紅泥封印，派遣四名高官將信持送沿途各國，令各國迎送玄奘，為玄奘備鞍乘以馱載經卷、佛像等物。

　　北印度闍爛達羅國國王烏地多也是與會的十八國國王之一，由於順路便自告奮勇，願一路護送。於是，玄奘就將經卷與佛像交給烏地多王，戒日王又交給烏地多王大象一頭、金錢三千、銀錢一萬，以作玄奘沿途行資所用。然後戒日王等人與玄奘餞別，分手之際，哭聲不斷，玄奘再也抑制不住自己的感情，熱淚盈眶。

　　玄奘與烏地多王啟程，沿途僧俗夾道送行。相別三日後，戒日王還是放心不下，又和鳩摩羅王、跋吒王等人各率輕騎數百，趕來再送一程。如此殷勤備至，難以述說。

　　玄奘上路一個多月後，經過了許多個國家，行至毗羅那拏國都城。在這裡，玄奘巧遇那爛陀寺的同學獅子光和獅子月，他們在此為眾僧講授《俱舍》、《攝論》、《唯識論》等。同學相聚，無比高興，獅子光等人邀請玄奘開講《瑜伽》、《決擇》及《對法論》，玄奘就在這裡講了兩個月，講完後即辭別獅子光和獅子月，繼續往西北行，經歷數國，大約一個多月的光景，抵達烏地多王的本國闍爛達羅，熱情的烏地多王留玄奘住了一個月，虔誠供養。然後派專人繼續為玄奘開路，西行二十多天，到達僧訶補羅國。湊巧，有一百多個來自北方的僧人在此國修行完畢，要帶經像北歸，於是便與玄奘相伴同行。途經一條狹長的山澗，大約費時二十多日方能走出。澗內常有盜賊出沒，玄奘恐遭賊劫掠，常遣一僧先在前面領路，遇到盜賊即告以「遠來求法，所攜帶的全是經、像、舍利，願施主護佑，勿起異心。」這樣，玄奘率眾人，雖多次遇盜賊，都有驚無險，逢凶化吉。

　　走出峽谷，隊伍抵達咀又始羅國，鄰國迦溼彌羅國王遣使迎請玄奘，由於行李很多，行動不便，玄奘未能前往。在這裡停留七天後，又往西北行三天至信度河。此處河寬三四里，風平浪靜，水流清澄。玄奘乘象涉河而過，同行諸人則乘船而過，當船行至中流時，忽然風起浪湧，將船打得劇烈搖晃，守經人惶懼落水，經眾人急救才得以脫險，但五十捆經本及花果種子失落水中，無從救及。

　　迦畢試國王聽說玄奘法師北歸即將到來的消息，早已耐不住性子，攜太子急赴其屬國健陀羅國之烏鐸迦漢荼城迎候。這一天，忽聽屬下報說玄奘法師已到信度河岸，他便帶人急忙趕到河岸邊迎接。寒暄之後，玄奘說

起突遭風浪襲擊，丟失經本之事。國王問道：「船上是不是帶了花果的種子？」玄奘如實相答，國王道：「鼓浪傾船，原因就在這裡。這條河底藏有毒龍、惡獸，若有人攜帶寶物、奇花果種及佛舍利過河，船多覆沒。自古以來，都是如此。」

玄奘猛然醒悟，這才記起當年從這河裡過時，船公曾跟他講到這一點。現在看來，此言真是不虛。

迦畢試國王和玄奘一起回城，玄奘一行人寄住在一寺中。失了經本的玄奘真有些失魂落魄，他第二天就派人往烏仗那國抄寫丟失的迦葉臂耶部三藏。玄奘一行人在此停留了五十多天，其間忽有一日，一直關注玄奘行蹤的迦溼彌羅國王聽說玄奘在烏鐸迦漢荼城停留，便不顧路遠前來參拜，殷勤備至，和玄奘在一起盤桓了許多天才回國。

等抄經人歸來後，玄奘一行人即隨迦畢試王往迦畢試國方向前進，大約一個多月後，隊伍行至濫波國。迦畢試王遣太子先去，讓那裡的人在城外準備迎候，自己則陪同玄奘一起慢慢地向前走。到了濫波國的都城外，見道俗數千人，幢幡無數，都在城外熱烈迎候，他們高興地向玄奘禮拜，前後圍繞讚詠。玄奘被迎入一座大乘寺住下。迦畢試王當即宣布，將在近期召開無遮大會，以周給貧窶，惠施鰥寡，會期七十五天。此會雖不及戒日王的規模大，但也十分壯觀，堪稱盛大了。

玄奘把經像安置好後，便帶了些人到鄰國巡禮聖蹟。南行十五天，至伐剌拏國（役屬迦畢試國），再往西北行至阿薄健國，又西北行至漕矩吒國，又北行五百餘里至佛栗恃薩儻那國。再往東行又回到迦畢試境內。迦畢試王又為他作了七日大施法會，大施結束後，玄奘即告辭上路，迦畢試王將他送到瞿盧薩謗城，方才告別。別前，迦畢試王派一名大臣率士卒百

餘人，備足糧草資給，令他們護送玄奘一行人過大雪山。

大雪山即今興都庫什山脈。山嶺層巒疊嶂，極其崇峻，寒風淒烈，山上常年積雪，盛夏不消。玄奘一行人鑿冰向前，行進極其艱難，經過七天跋涉，終於到達了山頂。過此山嶺後，眾人策杖前行下山，又是七天，才到一高嶺，嶺下有村，約百餘戶，當晚，玄奘等人在村中宿下，至夜半時又重新上路。由於此地多雪澗凌溪，若無鄉人引導，會有墜入澗溪的危險，村民乘山駝為他們引路。此時，玄奘一行人只有七個人，另有二十多人是僱來的，除了人外，還有大象一頭、騾子十頭、馬四匹。到第二天白天，眾人渡過凌溪，達於嶺底。再沿盤山道又登一嶺，此嶺遠望似白雪皚皚，走近一看盡是白石，奇怪的是，此嶺雖然最高，卻不凝雪。天近黃昏時，眾人才到山頂。只見山頂寒風淒凜，風之大之冷，無人能正面而立。山上草木不生。飛鳥至此，山高風急，也多半會折翅撲地。

眾人又往前行進了幾個月，經過了多個國家，這天，玄奘一行人來到揭盤陀國。揭盤陀都城依山而建，國王崇敬三寶，姓葛沙氏，自稱是至那提婆瞿呾羅（漢日天種）。據傳此國以前是蔥嶺中的一片荒川，傳說波斯國王要娶漢公主，迎親至此，遇到兵亂，東西路絕，困於此處。負責迎娶的使者遂將公主置於孤峰（即今公主堡），此峰高聳入雲，峰下派兵層層守衛。三月過後，兵亂已平，東西路通，乃將公主接下，準備回國交差，未料公主已有身孕。使臣十分恐懼，問手下人是誰幹的？公主的侍女站出來說：「是神！每日正午時，總有一個男子從太陽中乘馬而下，與公主相會。」使臣說：「即使是日神所會，也恐難以讓國王信服，回去必是死罪，我們該如何是好？」大家便說：「不如待罪境外，靜觀其變。」於是，就在石峰上築宮造館，環宮築城，立公主為主，建官垂憲。

過了不久，公主產下一男，聰明壯美，母攝政事，子稱尊號，飛行虛

空，控馭風雲，威德遐被，聲教遠洽，四鄰莫不稱臣。後其王壽終，葬在此城東南方百餘里的大山岩石室中，其屍乾臘如木乃伊，玄奘到時屍猶未壞，像一個瘦弱的人在那裡睡覺，國人每年都要為王屍更衣，置香花獻祭。就這樣子孫世代相傳，以至於今王。因其先祖母是漢公主，父親為日天，故其自稱漢日天種。其王族的形貌特徵與中原漢人一樣，但穿衣打扮是胡服。

玄奘在此國逗留二十餘日，又向東北行了五天，突然遭遇盜賊劫路，同行商人驚駭萬分，紛紛登山逃命，可憐戒日王所送大象被賊人追逐，不幸墜崖溺水而死。盜賊過後，玄奘復與眾人繼續小心東進，由於大象已死，佛經佛像的運載變得非常困難，所幸馱馬尚有數匹，可以分擔。

行八百餘里，出蔥嶺至烏鎩國。又向北行五百餘里，到史國。此地寺院數百所，僧徒萬餘人，習學小乘教一切有部。這裡的僧人背誦經論個個滾瓜爛熟，但對經論的義理卻不甚了解。

從史國向東南行五百餘里，渡徙多河，越大沙嶺，至斫句迦國。繼續東南行八百餘里便到達地乳國。

于闐地當絲路南道之要衝，國中大半為沙磧，有寺院百所，僧徒五千于人，多學大乘。于闐王是非常驍勇而有智慧的人，他敬重佛法，自稱是毗沙門天的後裔。原來，此國從前虛曠無人，毗沙門天於此居住。阿育王的太子被挖雙目後，阿育王遷怒於太子的輔臣，將他們及其家族流放到雪山北邊的荒谷中。不久，他們在這裡適應新環境，過著逐水草而居的遊牧生活，後來他們遷徙到此國的西界，立王建國。同時，東土中國也有一個王子因罪被流放到這裡，居在此國的東界，被手下人推尊為王。於是，這塊昔日空曠無人的地方就有了兩支被流放的人群，分別居住於東西

兩部。時間一長，因風俗不通，兩國人馬經常因田獵不期而會於荒澤，互相爭鬥，衝突不斷。後雙方約定，將於某年某月某日，兵會於此。等到了會戰的那一天，東國人馬整軍百萬，西國人馬整軍數十萬，相會於荒澤。會戰開始，西兵失利，其王其將以及士卒被屠戮殆盡。東王乘勝滅亡西國，遷都作邑，建國安人，只是有一件事不美，國王直到年老體衰，未有後嗣。他怕國脈絕嗣，即前往毗沙門天神廟祈禱請嗣，於神像額上剖出一男，捧以回駕，國人稱慶。不久又往神廟禱求賜乳，神廟前的地面忽然隆起如乳，神童飲吮，遂至長大成人。如此代代相傳，國王即自稱毗沙門天的後裔，因其祖是吃地乳長大，故國名瞿薩旦那國，譯過來便是地乳國。

玄奘來到地乳國後，盤算著怎麼去高昌，忽然有一天，他在于闐碰到了一支商旅，其中有一個年輕人名馬玄智，自稱是高昌人，他告訴玄奘，高昌已在數年前被唐朝滅亡，麴文泰已於貞觀十四年（西元六四〇年）憂懼而死，高昌也已經改名為西州了。玄奘聽到此信痛悼不已，和他同歸的高昌弟子（小和尚）更是痛苦萬分。因此，玄奘便決定不再去高昌，而是從天山南道直接返回。

玄奘念念不忘丟失的經卷，遂又派人往屈支、疏勒等地去訪抄經本。他雖然馬上要返回了，但是心中也有些不安，因為當初他是違禁出國，現在雖然載譽歸來，但是用什麼方法才能讓朝廷知道自己出國的原因呢？另外，他從印度帶來的大象已溺水而死，所帶的經卷和佛像等數量很大，不好運載，他也需要朝廷提供說明。於是他寫了一封委婉的奏表，請馬玄智隨商隊帶到長安，伺機呈給唐太宗。表是這樣寫的：

沙門玄奘言，奘聞馬融該贍，鄭玄就扶風之師；伏生明敏，晁錯躬濟南之學。是知儒林近術，古人猶且遠求，況諸佛利物之玄蹤，三藏解纏之

妙說，敢憚塗遙而無尋慕者也。玄奘往以佛興西域，遺教東傳，然則勝典
雖來，而圓宗尚，常思訪學，無顧身命。遂以貞觀關，常思訪學，無顧身
命。遂以貞觀三年四月，冒越憲章，私往天竺。踐流沙之浩浩，陟雪嶺之
巍巍，鐵門嶔崡之塗，熱海波濤之路。始自長安神邑，終於王舍新城，中
間所經五萬餘里。雖風俗千別，艱危萬重，而憑恃天威，所至無鯁。仍蒙
厚禮，身不苦辛，心願獲從，遂得觀耆闍崛山，禮菩提之樹，見不見跡，
聞未聞經，窮宇宙之靈奇，盡陰陽之化育，宣皇風之德澤，發殊俗之欽
思，歷覽周遊一十七載。今已從缽羅耶伽國經迦畢試境，越蔥嶺，渡波謎
羅川歸還，達於于闐。為所將大象溺死，經本眾多，未得鞍乘，以是少
停，不獲賓士早謁軒陛，無任延仰之至。謹遣高昌俗人馬玄智隨商旅奉表
先聞。

　　玄奘將表封好交給馬玄智，然後就在于闐靜候音訊。于闐諸僧請他講
法，他先後講了《瑜伽》、《對法》、《俱舍》、《攝大乘論》，國王與道俗歸依
聽受，每天都有數千人之多。大約過了七八個月，有使從長安來，找到玄
奘，將唐太宗的手令持示玄奘，手令說：

　　「聞師訪道殊域，今得歸還，歡喜無量，可即速來與朕相見。其國僧
解梵語及經義者，亦任將來，朕已敕于闐等道使諸國送師，人力鞍乘，應
不少乏，令敦煌官司於流沙迎接，鄯善於沮沫迎接。」

　　玄奘見到唐太宗的信，非常高興，當即便啟程向長安出發。於闐王送
給他很多伕役、駝馬，並派使相送。

　　從於闐王城東行三百餘里至古戰場，再東行三十餘里至媲摩城。從媲
摩城東行便進入沙磧，大約二百餘里至尼壤城。尼壤城東行便進入流沙，
所謂「風動沙流，地無水草，多熱毒鬼魅之患，無徑路，行人往返，望人

畜遺骸以為標幟。」又行四百餘里，至吐火羅故國。又行六百餘里至折摩馱那故國。又東北行千餘里至納縛波國。然後輾轉到達唐境，

　　敦煌官員準備了人力鞍乘，恭迎玄奘。

　　玄奘來到沙州（今敦煌西）。沙州在武德五年（西元六二二年）以前名瓜州，之後改稱西沙州，貞觀七年（西元六三三年）改稱沙州，治敦煌。在沙州，他又上表報告行蹤，並等候批覆。這時唐太宗正在洛陽，立刻指示西京留守、左僕射梁國公房玄齡派人迎候。玄奘聽說太宗將親率大軍遠征高麗，怕來不及謁見，就兼程以進，於貞觀十九年（西元六四五年）正月二十三日，抵達長安西郊的漕上，負責迎候的官員沒想到玄奘行進的速度這麼快，因此當玄奘到了長安近郊時，竟沒有一個官員出迎，但是老百姓得知玄奘法師西天取經歸來的消息，便奔相走告，紛紛前往漕上迎接和觀禮，一時之間，小小的漕上被人擠得水洩不通。玄奘欲進不得，只好宿於漕上。

　　當日，在唐太宗的指示下，長安各大寺準備好帳輿、花幡等，參加往弘福寺送經、像儀式。第二天僧眾集於朱雀街之南，排成整齊的佇列，舉行盛大的安置法會。玄奘攜回的舍利、佛像、佛經計有：

　　大乘經二百二十四部；大乘論一百九十二部；上座部經、律、論十五部；大眾部經論十五部；三彌底部經、律、論十五部；彌沙塞部經、律、論二十一部；迦葉臂耶部經、律、論十七部；法密（即法藏）部經、律、論四十二部；說一切有部（即薩婆多部）經、律、論六十七部；因明論三十六部；聲明論十三部以及如來肉舍利一百五十粒；摩揭陀國前正覺山龍窟留影金佛像一軀，通光座高三點三尺；擬婆羅㚥斯國鹿野苑初轉法輪像刻檀佛像一軀，通光座高三點五尺；擬憍賞彌國出愛王思慕如來刻檀寫

244

真像刻檀佛像一軀，通光座高二點九尺；擬劫比他國如來自天宮下降寶階像銀佛像一軀，通光座高四尺；擬摩揭陀國鷲峰山說法華等經像金佛像一軀，通光座高三點五尺；擬那揭羅曷國伏毒龍所留影像刻檀佛像一軀，通光座高一點三尺；擬吠舍國巡城行化刻檀像等。

　　這些佛經佛像由二十匹馬負載，由朱雀街都亭驛起運，迤邐至弘福寺門前。各寺院的僧尼持法器追隨其後。珠珮流音，金花散彩，歌詠不斷。道路兩旁，都人士子、內外官僚，瞻仰而立，摩肩接踵，蔚為壯觀。

第二十九回
弘福寺玄奘開譯場 玉華宮太宗覽佛經

到長安的第一天，玄奘在街上遊行了一天，二十多里的路途上，人山人海，迎接的人群前呼後擁，只能緩慢行走，直至天黑才到達驛館。

夜深了，可玄奘毫無睡意。窗外呼嘯的寒風使他清醒，他仰望深邃而神祕的星空，似乎在感謝佛陀的保佑，這十七年間，他歷盡人間艱險與苦難，終於又回到了生育他的故土，當年離開這裡的時候是那樣的狼狽，歸來之時，朝廷如此禮遇，國人如此熱情，他不禁感慨萬千，不知不覺中已是熱淚盈眶。

玄奘不曾料到，更隆重的歡迎儀式還在後頭。朝廷已作出決定：在朱雀門大街上集中陳列他從印度帶回來的經卷和佛像，然後舉行護送他去弘福寺的盛大遊行。

正月二十八日，長安城一派節日的歡樂氣氛，朱雀大街上設案陳香，張燈結綵，街上更是熱鬧非凡，兩邊整齊地排列著幾百張寶案，寶案上掛著花團錦簇的帳幔，旁邊插著幡旗，主案上供奉著玄奘從印度帶回來的珍貴的佛像和佛經。川流不息的人群到街上拜謁瞻仰，讚不絕口。

不久，遊行開始了。樂隊走在最前面，接著是供著佛像、佛經的富麗堂皇的寶案、寶輿，一排排香爐隊伍緊隨其後。再後面是萬餘名身著袈裟的僧尼行列，一隊接著一隊。從朱雀大街到弘福寺，幾十里之間，傾城出動的老百姓，朝廷和外地官員都站在街道邊瞻仰，並燒香、投散紙花。官

府恐因擁擠發生事故，派出許多兵卒上街維持秩序，並明令就地燒香散花，不許跑來跑去。這是佛教傳入中國以來，難得一見的盛會。

玄奘終於到達弘福寺，然而，他的心情並未就此輕鬆下來，他深知，中國的情況與印度不同，朝野上下崇信佛教的人固然很多，但冷漠甚至持反對態度的人亦不在少數，畢竟尚未見到皇上，譯經的事尚未落實。在弘福寺稍作安頓之後，玄奘不顧長途跋涉的疲勞，又匆匆踏上趕往東都洛陽的旅途，他要面見唐太宗，當面爭取皇上對譯經事業的支持。

這時，太宗正調集兵馬，準備遠征遼東，但還是抽空在儀鸞殿接見玄奘。太宗親切地說：「法師西行求法，怎麼不給朝廷報告？」

玄奘回答說：「玄奘臨去之前，曾寫過幾個報告，未蒙批准，因求法心切，便擅自出關。現在想來又慚愧又害怕。」

太宗說：「出家人已遠離世俗，也難怪。你能捨命求法，惠利蒼生，是應該獎勵的。法師不必再為此事心煩。從中國到印度，山川險遠，語言風俗相異，真難想像法師是如何到達的。」

私自出境得到太宗的諒解，玄奘心裡一塊石頭落了地，說起話來便少了許多顧慮：「我聽說能夠乘疾風的人，到天池都不算遠；能借助龍舟的人，渡長江亦不為難事。自從陛下統御天下以來，四海清平、九域安定。您的仁德聖威猶如清涼的微風吹遍炎熱的南方，蔥嶺之外的戎夷君長，每見從東方飛去的鳥，就認為是從我們大唐出發的，立即躬身禮敬。況且我這個有手有腳的人，親自承受過聖教育化，仰仗陛下天威，所以能夠來去無阻。」

太宗一笑，說：「這是法師長者的話，朕哪裡敢當。」

接著，太宗詳細地詢問了往返的經過，從西出陽關直到印度境內，山

川氣候，物產風俗，帝王故跡，佛教遺蹤，都問到了。而這些在史書中很少有記載，玄奘卻談得有條有理，要言不煩。唐太宗聽了極為高興。

唐太宗對陪同接見的侍臣說：「從前符堅稱釋道安為神器，受到朝廷大臣們的尊重，朕今觀法師詞說典雅，見識淵博，不但無愧於古人，而且遠勝古人。」

在旁的長孫無忌插言說：「確如陛下所說。臣曾經讀過《三十國春秋》，知道釋道安的確實是知識淵博的高僧。可是那時佛教東傳不久，經論不多。他雖然努力鑽研，但多是一些枝節問題。哪裡比得上法師親到印度，探本求源，下過一番功夫？」

太宗說：「你說得對。」又對玄奘說：「佛國遙遠，那裡的聖蹟和法教，前代文書都不清楚。法師既然親眼目睹，應該寫一部書，給人們看看。」玄奘聽了，當即應允。

太宗和玄奘笑談了半天，覺得他博學多聞，口才流利，很有公卿的才能，就勸他還俗，輔助朝廷處理政務。

這真是出乎玄奘的預料，他做夢也想不到唐太宗會說出讓他還俗的話來，玄奘對唐太宗說：「玄奘從小出家，篤信佛教，對孔教一向生疏。陛下令我還俗，無異於把行舟擱在岸上，讓它變成朽木。玄奘希望畢生譯經傳法，以報國恩。這是玄奘平生的心願，若能如此，玄奘將非常感激。」玄奘這樣再三辭謝，唐太宗只好作罷。

本來唐太宗是在繁忙的軍務中抽暇作短暫接見，原來的打算是一種禮節性的接見，誰知在不知不覺中，兩人竟已經談了一天。在旁的長孫無忌說：「法師住在鴻薩寺，太晚怕來不及趕回去了。」太宗這才想起，現在已經快天黑了，於是忙說：「匆匆談了幾句，意猶未盡。朕打算請法師隨朕

東行，一路觀光。朕在軍務之餘，還可小敘，不知意下如何？」

玄奘辭謝道：「玄奘剛從遠路歸來，身體也不太好，恐不能陪駕東行。」

太宗又說：「法師孤身西行萬里，如今東行不遠，還用得著推辭嗎？」玄奘答道：「陛下東征，軍務繁忙。玄奘跟隨，只會增加途中麻煩。再說兵家相戰，戒律禁止觀看，玄奘不敢不奏明。望陛下體察苦衷，則玄奘幸甚。」這樣，太宗才又作罷。

玄奘乘機向太宗說：「玄奘從西域獲得梵文經本六百多部，計有五千餘卷，至今一字未譯。如今得知高山之南、少室寺之北的少林寺，遠離塵俗，泉林悠閒，是一個安靜的去處，玄奘希望去那裡譯經，請陛下明察。」

太宗說：「不用在山裡。法師西行後，朕給穆太后在長安造了弘福寺，寺中禪院十分清靜，法師就在那裡譯經吧。」

玄奘又說：「現在百姓好奇，見玄奘從西方回來，都想來寺院裡參觀，這樣寺院就成了鬧市，雖然人們並未觸犯綱紀，卻明顯妨礙法事，希望朝廷派人加以防守。」太宗說：「法師的意思是要保護佛經和譯經人的安全，理應如此。您可在這裡休息三五日，然後返回長安到弘福寺召集人員開始譯經，所有需要的東西，直接找玄齡平章辦理。」

據《高僧傳》記載，這次會見「從卯至酉，不覺時延，迄於閉鼓。」也就是說，是從早晨五時一直談到晚上七時，前後將近十四個小時。

太宗召見玄奘，是玄奘一生的重要轉捩點。就唐太宗而言，這是他調整宗教政策的一個步驟，這不僅促進了佛教的發展，同時也為譯經事業提供了可靠的政治和物質的保證。

這年三月，玄奘從洛陽回到長安，入居弘福寺，之後又搬到慈恩寺。從此，他便集中精力投入翻譯佛經的事業中，直到逝世前一個月才絕筆，前後共十九年。

玄奘深知，要把從印度帶回的佛經翻譯成漢文，是一項艱巨的任務。如果沒有合適的助手，不建立嚴格的規章，缺乏相應的物質保證，是不可能成功的。所以，玄奘一回來就寫信給房玄齡商討，列舉出所需人力和物資。房玄齡派專人把玄奘的要求告知唐太宗。太宗傳旨：「按法師所需要的供給，一定要做到十分周全。」這樣，在唐太宗的大力支持下，只用了兩個月，一切準備就緒。

首先是翻譯人員，均由政府下令從各地寺院調集。計有「證義」十二人，「綴文」九人，「字學」高僧一人，又有「證梵語梵文」高僧一人。此外，「筆受」、「書手」，也已報到，各種應用物品也都購置齊全。

在翻譯開始之前，玄奘擬訂翻譯計畫。玄奘是中國佛教法相宗的開拓者。他研究的重點是大乘瑜伽行派，但是他的學識並不局限於此。他還熟悉大乘中觀和小乘各主要部派。他雄心勃勃，希望透過翻譯和著述，把大小乘觀點貫通起來，把大乘中的「空」、「有」學術分歧融合起來。因此，玄奘的翻譯計畫是高屋建瓴的，注意到各宗派理論的來龍去脈。首先，以大乘瑜伽派的根本論典《瑜伽師地論》為中心，安排翻譯計畫，這是他捨命求法的主要目標。其次以瑜伽源流之一的小乘佛教毗曇之學總結性論著《俱舍論》為中心，譯出瑜伽派的重要論著。第三，再以中觀宗的根本典籍《大般若》為中心翻譯一系列著作，以使空、有之爭得到調和。

在翻譯前，玄奘還制訂了詳細的翻譯流程和方法。玄奘吸收了前代官辦譯場譯經的經驗，擬定了嚴密的集體合作、再加以分工的翻譯制度、流

程和方法。當時，官辦的譯場，由譯主和若干翻譯、助理人員組成。譯主，就是主譯人，也是譯場的總負責人。其他翻譯、助理人員各有不同的分工：

義證：是譯主的主要助手，負責審查譯文的意思是否與梵本有出入或錯誤，與譯主商量決定。

證文：需核通梵文，在譯主宣讀譯本時，檢查是否與原文有誤。

書手：也叫度語，把梵文的音義寫成中文，以使人名、地名、術語統一，前後一致。

筆受：負責記錄譯主的漢語譯文。

綴文：對譯文進行文字整理加工，使之合乎漢語語言結構。

參譯：校勘原文是否有錯，並將譯文翻回去，回證原文，是否有誤。

刊定：由於梵漢語文體制不同，因此要將譯文的章、節整理得簡明扼要。

潤文：對譯文進一步潤色，使之流暢優美。

梵唄：譯完之後，誦讀譯文，修正音節不和諧的地方，以便傳誦。

當年五月，弘福寺舉行譯經儀式，正式開譯。譯主玄奘坐在正位上，手執梵本，面向翻譯人員，用梵語大聲誦讀。坐在他左側的「義證」與他評量梵文的含義，而坐在右側的「證文」則查驗誦讀有無錯誤。這一步過去，再由譯主宣譯漢文，由坐在一邊的「筆受」記錄下來。然後，再經過「綴文」、「證譯」、「校勘」、「潤文」、「梵唄」等流程，一部書的翻譯才算完成。這是名副其實的集體翻譯，每次譯經時，各類職責的總人數有時達兩百人以上。

在這個集體翻譯中，玄奘作為譯主，真正做到了事事帶頭。為了做到有計畫地翻譯，他堅持做到今日事今日畢。他入住弘福寺時，已經四十六歲，搬到慈恩寺後，已年近半百。為此，他每天自定課程，如果白天因別事耽誤，一定在夜裡補上。往往是「三更暫眠，五更復起」，分秒必爭。

玄奘翻譯的態度更是嚴肅認真。儘管玄奘精通梵漢兩種文字，熟悉佛教典籍，又深諳佛教理義，翻譯起來得心應手，但仍一絲不苟地做好譯前譯後的細節。提出「既須求真，又須喻俗」的原則，也就是既要使譯文忠實於原文，又要通俗易懂。因此，他的翻譯以直譯為主，輔以意譯，務使表達精當，無損原意，形成一種「精嚴凝望」的翻譯文體。對重譯本，主要是力求完備，對舊譯的長處儘量保留。由於梵漢文字不同，直譯、意譯都難盡其意，玄奘則創造性地在節末加若干注釋性的說明，使文章更為明白曉暢。現代學者認為，玄奘的譯文已進入「化境」，既不因語言習慣的差異而露出生硬牽強的痕跡，又能保存原有的韻味。

玄奘回國後，十九年中共譯出佛經七十四部，一千三百三十五卷，一千三百多萬字。在數量上占隋唐時期的一大半，在品質上則達到了完美的程度。歷史上稱玄奘開創了「新譯」時期，使唐代的翻譯水準提高了不少，在翻譯史上寫下了劃時代的一頁。

貞觀二十二年（西元六四八年）六月十一日，唐太宗讓玄奘至坊州宜君縣鳳凰谷太宗避暑的玉華宮相見。玄奘到達之後，太宗非常高興，慰勞有加。太宗對玄奘的才識極其賞識，這次又對玄奘提起讓他還俗的事來，當初在洛陽宮奉見之際，太宗就勸他還俗輔政，和上次一樣，玄奘仍然堅決辭謝，太宗知道玄奘的譯經與弘揚佛法之志不可奪，即答應給予支持；又詢問《瑜伽師地論》，玄奘為唐太宗講述了大意，又讓人到長安取玄奘所譯《瑜伽師地論》，詳加御覽，覽畢對長孫無忌、褚遂良等侍臣讚嘆佛

教廣大而高深莫測，因敕所司選祕書省書手抄寫新翻經論為九本，分別賜給雍、洛、並、兗、相、荊、揚、涼、益等九州，輾轉流通，使率土之人同稟未聞之義。七月十三日，太宗施玄奘衲袈裟一領以示關懷。

八月，太宗應玄奘之請御製〈大唐三藏聖教序〉。太宗於明月殿召集百官，命玄奘坐，使弘文館學士上官儀將〈大唐三藏聖教序〉當眾宣讀：

蓋聞二儀有象，顯覆載以含生，四時無形，潛寒暑以化物。是以窺天鑒地，庸愚皆識其端，明陰洞陽，賢哲罕窮其數。然而天地苞乎陰陽而易識者，以其有象也；陰陽處乎天地而難窮者，以其無形也。故知象顯可征，雖愚不惑，形潛莫睹，在智猶迷，況乎佛道崇虛，乘幽控寂，弘濟萬品，典御十方，舉威靈而無上，抑神力而無下，大之則彌於宇宙，細之則攝於毫釐，無滅無生，歷千劫而不古，若隱若顯，運百福而長今，妙道凝玄，遵之莫知其際，法流湛寂，挹之莫測其源，故知蠢蠢凡愚，區區庸鄙，投其旨趣，能無疑惑者哉。然則大教之興，基乎西土，騰漢庭而皎夢，照東域而流慈。昔者分形分跡之時，言未馳而成化，當常現常之世，民仰德而知遵。及乎晦影歸真，遷儀越世，金容掩色，不鏡三千之光，麗像開圖，空端四八之相。於是微言廣被，拯含類於三途，遺訓遐宣，導群生於十地。然而真教難仰，莫能一其旨歸，曲學易尊，邪正於焉紛糾。所以空有之論，或習俗而是非，大小之乘，乍沿時而隆替。有玄奘法師者，法門之領袖也。幼懷貞敏，早悟三空之心，長契神情，先包四忍之行。松風水月未足比其清華，仙露明珠詎能方其朗潤，故以智通無累，神測未形，超六塵而迥出，只千古而無對。凝心內境，悲正法之陵遲，棲慮玄門，慨深文之訛謬。思欲分條析理，廣被前聞，截偽續真，開茲後學。是以翹心淨土，往遊西域，乘危遠邁，杖策孤征。積雪晨飛，途間失地，驚沙夕起，空外迷天，萬里山川，撥煙霞而進影，百重寒暑，躡霜露而前

蹤。誠重勞輕，求深願達。周遊西宇，十有七年，窮歷道邦，詢求正教。雙林、八水，味道餐風，鹿苑、鷲峰，瞻奇仰異。承至言於先聖，受真教於上賢，探賾妙門，精窮奧業，一乘五律之道，馳驟於心田；八藏三篋之文，波濤於口海。爰自所曆之國，總將三藏要文，凡六百五十七部，譯布中夏，宣揚勝業。引慈雲於西極，注法雨於東垂，聖教缺而複全，蒼生罪而還福，溼火宅之乾焰，共拔迷途，朗愛水之昏波，同臻彼岸。是知惡因業墜，善以緣升，升墜之端，唯人所托。譬夫桂生高嶺，雲露方得法其華，蓮出渌波，飛塵不能汙其葉。非蓮性自潔而桂質本貞，良由所附者高則微物不能累，所憑者淨則濁類不能沾。夫以卉木無知，猶資善而成善，況乎人倫有識，不緣慶而成慶？方冀茲經流施，將日月而無窮，斯福遐敷，與乾坤而永大。

另外，皇太子李治也作了一篇〈述聖記〉。太宗及太子李治所寫的兩篇序文一出，王公大臣及僧俗歡喜雀躍。弘福寺住持圓定及京城高僧聯名奏請鐫二聖序文於金石，藏之寺宇，得到太宗的許可。於是，弘福寺僧懷仁等集王羲之的字（行書），寫刻於碑石；後來，大書法家、尚書右僕射、河南公褚遂良又以楷書寫了兩本，一本刻在長安慈恩寺，一本刻在同州（今陝西大荔縣）倅廳。這些碑文到現在都成了有名的字帖。

有一次，太宗在玉華宮問玄奘「欲樹功德，何最饒益？」玄奘回答：「弘法度僧為最。」太宗即下詔「京城及天下諸州寺宜各度五人，弘福寺宜度五十人。」全國三千七百一十六座寺院，計度僧尼一萬八千五百餘人。這算是一次較大規模的度僧活動了。

貞觀二十一年（西元六四七年）八月，太宗突然派人召玄奘入宮，面對玄奘，唐太宗提出了一個要求，這要求可難壞了玄奘，到底這是個什麼要求呢？

第三十回
創唯識嘔心瀝血 弘佛法鞠躬盡瘁

　　唐太宗突然把玄奘叫來，不為別的，只為讓玄奘來翻譯老子的《道德經》。原來，自從玄奘西行求法後，擴大了中國在西域和印度等國的影響，中西交流往來不絕。唐朝的第一宗教是道教，於是有人想把道教的教義也傳向西方，這就有了太宗讓玄奘翻譯《道德經》五千言的事。

　　這是一個令玄奘頗感為難的任務：從宗教的角度來看，佛道是對立的。李唐代隋之後，為了從政治上否定楊隋，就需要否定楊隋的國教 —— 佛教。這樣，道教始祖李耳與唐高祖李淵同出一宗的附會之說，給李唐皇朝披上了一層君權神授的外衣。致使唐初佛道鬥爭呈現出與隋代相反的趨勢：道盛於佛。正是在這樣的情況下，佛教常常遭受儒道的責難。玄奘法師的主要精力固然是在譯經，卻不可能感受不到這樣的壓力，他所作的種種將「聖教」寄生於政治的努力，既是為了譯經事業得到保證，同時也有減輕佛教所受壓力的原因。現在讓他去幫助翻譯、宣傳常常責難於己的道教，從宗教情感上來說是不情願的，而且道教的很多內容自己也確實不熟悉。

　　然而，君命難違。況且，《老子》既是道教的根本，更是李唐始祖的箴言，如果不能妥善處理這個問題，西行回來後的種種努力可能前功盡棄，甚至還會影響將來的譯經工作。權衡再三，法師「高高興興」地應命而來，與道教徒蔡晃、成英一起反覆斟酌，「窮其義類，得其旨理，方為

譯之。」翻譯過程中，由於宗教立場不相同，法師因反對以佛教理論比附《老子》本義，與蔡晃、成英處得很不愉快，但最終還是完成了太宗交代的這一任務。玄奘用自己的委曲求全，換來了唐太宗對其譯經事業的關心和支持。

玄奘主持的譯場，同時也是他創立宗派的基地。玄奘在印度求學，主要是師承從無著、世親到戒賢的學說，這就是大乘「有宗」那一套具有完整體系的客觀唯心主義宗教哲學。玄奘把它全盤移植並創立了法相宗，也叫唯識宗。由於這一宗派在慈恩寺誕生，所以又叫慈恩宗。

玄奘為開派立宗，費了許多心血。在慈恩寺的幾年中，幾乎每天晚飯後都要講經說法，廳堂、廊廡都擠滿了聽眾，有譯場翻譯人員，有從外地慕名而來的學僧，還有韓國、日本的留學憎，一時號稱弟子三千人。玄奘在講完之後，大家提問質疑，互相討論，十分熱烈。在這個過程中，玄奘發現，團結和培養一批才華出眾的弟子，使之成為法相宗的核心和繼承者是很有必要的。

玄奘最得意的弟子是窺基。窺基是長安人。十七歲進慈恩寺，在玄奘的親自指導下學習佛教經典和梵文，精進不懈。沒幾年工夫，無論知識還是見解都有極大進步。到二十五歲時，即以青年學者身分參與玄奘的譯場工作，成為玄奘的得力助手，不少重要著作的翻譯，均由窺基一人筆受。

唐高宗顯慶四年（西元六五九年），玄奘計畫把瑜伽宗十大法師的十本著作分別翻譯出來。窺基建議以一家為主，綜合編譯，四人「筆受」，改由一人「筆受」。玄奘接受了這個建議。這項任務由玄奘和窺基合作完成，玄奘重點在譯，窺基則參照諸家編寫，這就是著名的《成唯實論》。窺基還據玄奘平日講授，寫成《成唯識論述記》。然後又寫《樞要》作為補

充。這樣就把法相宗的基本理論概括出來。從此，授徒講學盛極一時，所以，法相宗由玄奘開創，至窺基而實際成立。窺基著作等身，號為「百部疏主」，後來為慈恩寺住持，世稱「慈恩大師」。

法相宗成立後，慈恩寺進一步成為法相宗的國際交流中心。韓國、日本的留學僧紛紛來唐朝向玄奘學習，回國後大加弘揚，傳承不息，其中主要的有韓國的圓測和日本的道昭。

圓測是新羅（韓國）國的王孫，自幼出家，十五歲就到中國來留學，他精通漢語、梵語、藏語等六種語言，是有名的高僧。玄奘回國後，圓測即從師玄奘。幫助玄奘譯經。由於圓測的基礎與窺基不同，他在從玄奘師學後，形成自己的觀點，而與窺基有分歧，形成慈恩和西明兩派。

道昭是日本和尚，唐高宗永徽四年（西元六五三年）隨遣唐使來長安，即受學於玄奘門下。玄奘給他特別的優待。道昭學成回國時，玄奘送給他兩件禮物，一是自己親手抄寫的經文，一是煎藥用的鐺子，作為紀念。道昭回國時帶回大批經卷，放在平城右京禪院，後來在元興寺東邊又興建一座禪院，大力弘揚法相宗，成為法相宗在日本的第一代傳人。

玄奘在翻譯佛經、建立教派的同時，還完成了唐太宗交給他的介紹西域的任務，這就是舉世聞名的《大唐西域記》。這本書共有十二卷，十餘萬字，由玄奘口述，得意弟子辯機筆錄，花費十六個月時間，於西元六五六年七月完成。

玄奘在這部著作中，詳實地記錄了離開高昌後的旅行路線、里程和所見所聞。經後人研究確認，書中記述了一百三十八個城邦和國家，其中親身經歷一百一十個，傳聞得知二十八個。內容廣泛而豐富，包括地理位置、地形地貌、氣候物產、歷史沿革、風俗民情、宗教信仰和遺跡、文化

語言、政治情況等。涉及的地區非常廣闊,從新疆西部到伊朗和地中海東岸,南達印度半島、斯里蘭卡,北部包括今中亞南部和阿富汗北部,東到今中南半島和印尼一帶。書中的記載,都是玄奘採訪所得的第一手資料,很多為新舊唐書所未載。它生動地反映了西元七世紀以前中亞、南亞地區的歷史、地理概貌。由於上述地區的史地資料多已無聞,因此,《大唐西域記》就成為該地區,特別是印度古代史的重要依據,因而顯得特別珍貴。比如,咀叉始羅遺址、王舍城遺址、鹿野苑古寺、阿旃陀石窟和那爛陀寺遺址,就是根據該書的詳實記載發掘出來的。玄奘對戒日王等的詳細記述,更是「重建」印度古代史的基本材料。

玄奘作為佛教徒,特別留心各地的宗教問題。他每到一處,都記錄該地的宗教信仰、寺院和教徒人數,記錄所藏典籍、廟宇建築、文物以及佛教史上重要人物的活動等。如果把這些情況進行統計分析,就可以看出古代印度各國及其佛教傳播地區大、小乘和「異道」宗教勢力的消長和分布情況,可以勾勒出印度宗教發展簡史,對佛教史的研究具有重大價值。

在《大唐西域記》中,玄奘不僅搜集了許多優美動人的神話傳說、民間故事、奇風異俗,還對山川景物作了簡潔生動的描述,具有極高的文學欣賞價值。

《大唐西域記》一問世,就引起人們的廣泛關注。在中國境內廣泛傳誦不必說,甚至還有過回鶻文譯本。西元十九世紀中葉以後,陸續出版法文、英文、日文譯本,且幾次重譯。英、美、法、德、日和俄羅斯等國學者均對這部著作有過深入研究,並取得重要成果。它被推崇為世界歷史地理名著,成為世界文化寶庫中的一顆明珠。

玄奘的歷史功績,不僅在於他「乘危遠邁,杖策孤征」,歷盡艱險,

從印度取回真經，而且又將中國文化回報於印度。國際間的文化交流、不僅是雙向對流的，也是多向輻射的。玄奘又透過他的外籍弟子，把佛教文化遠播韓國和日本等地。他為中印、中韓、中日以及中國與中亞人民的友好往來樹立了一座千古不朽的豐碑。

到唐高宗顯慶四年（西元六五九年），玄奘已完成六百多卷佛經的翻譯，還想將大乘佛教另一部根本經典《大般若經》翻譯出來，因原有的譯本不全，譯文品質也不是很好，需要重譯。但又顧慮重重。一是長安人多事雜，不能專心譯經、二是年事已高，疾病纏身，深感人生無常，完不成任務。在弟子們的一再請求下，才下決心重譯。為此，他上書高宗，請求到城外玉華寺專心譯經。高宗同意，玄奘便帶領一批翻譯人員去玉華寺。

隔年正月初一，玄奘開始譯《大般若經》，梵本共二十萬頌，約合中文六百萬字。弟子們一看分量實在太大，要求刪繁就簡。玄奘一開始也同意，但他考慮再三，仍覺得以全譯為妥。

就這樣，玄奘開始了他一生中最後的衝刺。玄奘從印度帶回的《大般若經》有三種版本，每天譯前，都一如既往，用紅筆批點，遇有疑義，就用三種本子仔細校勘，考訂謬誤，一絲不苟。然後再口宣梵本，並譯成漢語，由弟子窺基、普光、玄側等人證義和筆受。

玄奘擔心經文太長譯不完，常勉勵大家說：「現在我已六十多歲了，我會在這座寺院終老。這部書太大了，我怕譯不完，希望人人努力，勿辭辛苦。」在他的帶動下，弟子們也更加努力。

唐高宗龍朔三年（西元六六三年），前後歷時近四年，《大般若經》終於譯完。玄奘極為高興，頓時覺得鬆了一口氣。為此，寺院舉行了一次慶功會。

　　自此以後，玄奘覺得身體每況愈下。有一天，他和弟子們說：「我搬到玉華寺來住，就是為了翻譯《大般若經》。現在譯完了，我的生命也快到頭了。如我死了，喪事從簡，用草席裹送遺體即可。然後送到山澗僻靜處安置，不要離行宮和佛寺太近。不淨之身，以偏遠地方為好。」大家聽了都難過得掉下眼淚。

　　麟德元年（西元六六四年）春天，一些弟子又請求他翻譯《大寶積經》，法師見大家態度誠懇，難以拒絕，就開始翻譯，可只譯了幾行，就覺得心裡異常難受。他說：「這部書與《大般若經》不相上下，我自知死期已近，力不能任。現在我要到蘭芝谷禮拜佛像，請隨我走一趟吧。」於是，弟子們攙扶著玄奘出寺院，僧眾們看到此景，一個個都掉下了眼淚。禮畢回寺後，玄奘即專心修行，不再翻譯。

　　該年正月初九，玄奘在房內不慎跌倒，雖只是小腿上破點皮，但從此一病不起。二月五日夜半，這位勤奮一生的偉大佛學學者、翻譯家和旅行家，與世長辭。

　　噩耗傳到長安，整個京師震動，高宗為之罷朝，連聲說：「吾失國寶矣！吾失國寶矣！」文武百官和僧眾等人也都極為悲痛。高宗傳旨：玄奘遺體運回長安，喪事由官家辦理。

　　弟子們遵照玄奘的遺囑，用草席裹著遺體，送回長安，靈柩安置在慈恩寺譯經院內。每天有數千人前來弔唁，向遺體告別。

　　四月十四日，在長安城東的白鹿原，舉行了隆重的葬禮。那一天，長安及附近有一百多萬人湧上街頭，送葬的行列長達幾十里。開頭是用三千匹絹彩結成的涅槃輦，上面安放著玄奘穿過的三衣 —— 內衣、上衣和大衣 —— 太宗賜給的價值百金的袈裟。隨後是一輛簡樸的大車，安置用草

席裹著的遺體，後面是一隊隊釘著素蓋、素幡、紙紮的金棺、銀槨、婆羅樹等五百餘件。長安的九部樂全體出動，悲涼的樂聲在天空迴盪，催人淚下。參與葬禮的人一個個都流淚哽咽。當晚在陵墓旁守墓者多達三萬人，可見玄奘在當時的影響之大、之深。

在西安市慈恩寺，巍峨矗立著一座大雁塔，登塔遠眺，西安市的風光一覽無遺。在唐代，凡是進士及第都要到大雁塔題名。騷人墨客，更留下許多不朽的詩篇。該地一直是西安的旅遊熱點，中外遊客，凡是有幸來西安的，大多都會到大雁塔來憑弔這位一千多年前「捨身求法」的高僧。

我們現在見到的大雁塔，是中式的七層寶塔，不是當初那個樣子，原塔是仿照印度「窣堵波」式樣修建的。武則天在位時，重建增加到十層，後因兵災，剩下七層。明代時大修過一次，在外層包了一層磚，真唐塔卻包藏在裡面。

這大雁塔是玄奘提議並親自參與修建的。在修建過程中，他常與工人們一起搬磚運土，在原塔的每 —— 塊磚裡，都浸透著他的心血和汗水。雖然歲月悠悠，歷經滄桑，幾經修復，今日的大雁塔已非昔日舊貌，但當遊人登臨時，誰不以崇敬的心情緬懷這位名僧的歷史功績並為他的精神所感動呢！

第三十回　創唯識嘔心瀝血 弘佛法鞠躬盡瘁

────── 附錄　玄奘年譜 ──────

西元六〇〇年，隋文帝楊堅開皇二十年

　　玄奘一歲，玄奘俗姓陳，名褘，排行第四，原籍河南陳留。出生於洛州緱氏縣遊仙鄉控鶴里鳳凰谷陳村，也就是現在的河南省偃師區的陳河村。

西元六〇四年，仁壽四年

　　玄奘五歲，母親病故。

西元六〇五年，隋煬帝大業元年

　　玄奘六歲，父親陳慧從江陵的令伊職位上退下來回到故鄉。

西元六〇七年，大業三年

　　玄奘八歲，父親陳慧教授玄奘《孝經》，從此開始攻讀經史。

西元六〇九年，大業五年

　　玄奘十歲，父親去世。

西元六一〇年，大業六年

　　玄奘十一歲，玄奘跟隨兄長長捷法師前往東都淨土寺，誦讀學習《維摩》、《法華》等經書。

西元六一二年，大業八年

玄奘十三歲，在東都淨土寺接受大理寺卿鄭善果引度為小沙彌。

西元六一四年，大業十年

玄奘十五歲，住在淨土寺研讀佛經，並且四處參學。

西元六一八年，唐高祖李淵武德元年

玄奘十九歲，因隋末農民起義，東都戰亂不斷，春季向兄長捷建議前往長安，到長安後他們住在莊嚴寺，接著又從長安前往成都。

西元六一九年，武德二年

玄奘二十歲，在成都跟隨寶暹聽講《攝論》，又向道基學習《毗曇》。

西元六二○年，武德三年

玄奘二十一歲，在成都受具足戒，正式出家為僧。

西元六二一年，武德四年

玄奘二十二歲，與兄長捷居住在成都空藏寺，研讀佛教經論。

西元六二三年，武德六年

玄奘二十四歲，從成都來到荊州天皇寺，講《攝論》、《毗曇》各三遍。

西元六二四年，武德七年

玄奘二十五歲，從荊州東下經過揚州、吳會等地，與名僧智琰相會，接著又北上相州跟隨慧休學習《雜心論》、《攝論》。

西元六二五年，武德八年

玄奘二十六歲，到趙州跟隨道深學習《成實論》。

西元六二六年，武德九年

玄奘二十七歲，到達長安跟隨道岳學習《俱舍論》，後又跟隨法常學習《攝論》、僧辯學《俱舍論》、玄會學《涅槃經》，從此玄奘聲名大振，譽滿京邑。

西元六二七年，貞觀元年

玄奘二十八歲，唐太宗李世民開始執政。玄奘為進一步求得佛教教理真諦，決心西遊。在他上表奏請西行，朝廷下詔不允的情況下，於秋八月因災情隨著逃難百姓離開了京城，乘機隻身西行，越玉門關，過五烽，度莫賀延磧，九死一生到達伊吾，也就是今天的新疆哈密市。

西元六二八年，貞觀二年

玄奘二十九歲，正月，自伊吾抵達白力城，即今天的新疆鄯善縣治，半夜趕到高昌，受到高昌王高度的禮遇，並結為兄弟，停留月餘，接受高昌王贈予的西行所需物品。因此，玄奘寫了〈謝高昌王送沙彌及國書綾絹等啟〉。經屈支，即今天的新疆阿克蘇區庫車縣，折服高僧木叉毱多。又經跋祿迦國，今天的新疆阿克蘇區，西北行越過凌山，沿伊塞克湖北岸向西北行，夏季到達素葉城，故址在今吉爾吉斯的托克馬克西南八公里處，在此會晤了統葉護可汗。統葉護可汗款待數日，派人護送至迦畢試國。玄奘經笯赤建國（原俄羅斯境內），窣堵利瑟國（原俄羅斯境內），過錫爾河與阿姆河之間的大沙漠，沿

著土耳其斯坦山脈，向西北方向前進，到達颯秣建國（原俄羅斯境內）。玄奘從此向西南行經羯霜那國，今烏茲別克撒馬爾罕以南的夏喀里希亞布茲地區，登上帕米爾高原，經古代中亞向南的重要交通孔道——鐵門（原俄羅斯境內），為帕米爾高原的險要隘口，到達吐火羅國，即今天帕米爾高原以西，阿姆河南一帶。南下到縛喝羅，今阿富汗北邊馬札里沙里夫，在這裡與小乘佛教徒般若羯羅（慧性）共同研究《毗婆沙論》，並與佛教學者達摩羯羅（法性）、達摩畢利（法愛）相互切磋。玄奘與三位學者研習佛典一個多月後，從縛喝羅國南行經揭職國，今阿富汗之達拉哈斯，東南進入艱險的大雪山，今興都庫什山脈；經吐火羅境到達梵衍那國，今阿富汗的喀布爾西北的巴米安；玄奘渡過黑嶺，也叫黑山，到達迦畢試國，今阿富汗的巴格拉姆，為國王邀請到大乘寺說法五天，當地著名高僧皆被玄奘折服。玄奘在這裡安居了一段時間，後到達當時北印度境內的濫波國，今阿富汗東境拉格曼；下嶺渡河巡禮那揭羅喝國，今阿富汗東北境的賈拉拉巴德地區；經健陀邏，今巴基斯坦的白沙瓦；經呾叉始羅國，今巴基斯坦的拉瓦爾品第；經烏剌尸國，今哈札拉地區；及至迦溼彌羅國，今喀什米爾。玄奘觀膜佛教遺跡，並到處參學。玄奘在王城，今喀什米爾的斯利那加，在此城的闍耶因陀羅寺學習《俱舍論》、《順正理論》及因明、聲名等學，並與大乘學者等討論佛法。

西元六二九年，貞觀三年

玄奘三十歲，春夏兩季在迦溼彌羅國鑽研梵文經典，為日後周遊「五印度」和回國翻譯事業奠定基礎。秋季，玄奘啟程，經過半奴嗟國，今喀什米爾西南的蓬奇；過遏邏瘏補羅國，今喀什米爾西南的拉喬里，到達磔迦國，今巴基斯坦的旁遮普，在大森林遇盜，脫險後，跟隨此國一老婆羅門學習《經百論》和《廣百論》一個月。玄奘東行五百餘里到達那僕底國，今印度北境的費羅茲普爾，在這裡的突舍沙那寺學習《對法論》和《顯宗論》。

西元六三〇年，貞觀四年

玄奘三十一歲，玄奘在那僕底國學習，停留了四個月；向東北行到闍爛達羅國，今印度東北境的賈朗達爾，在那伽羅馱那寺跟隨柄達羅伐摩學習《眾事分毗婆沙》，停留了四個月。玄奘又經屈露多國，今印度北部亞斯河上游，西姆拉西北的蘇丹普爾；經設多圖盧國，今印度北部蘇特里傑河東面的薩興；經波坤夜旦羅國，今印度北方的拜拉特地區；進入中印度境內的祿菟羅國，今印度北方的馬圖拉；經薩他泥溼伐羅國，今印度北方的塔內薩爾，秋末冬初到達窣祿勒那國，約今印度北部羅塔克以北地區，在這裡跟隨瘏耶菊多學習《經部毗婆沙》。

西元六三一年，貞觀五年

玄奘三十二歲，春初學完《經部毗婆沙》，渡河至祿底補羅國，今印度北部拉賈斯坦的曼達瓦爾，巡禮佛跡，跟隨密多斯那學習《怛垂三第鑠論》（《辯正論》）、《隨發智論》。夏末，玄奘北行經婆羅吸摩補羅國，今印度北部包里加爾瓦地區、到達戒日王直接統治的羯若鞠

闍國，都城為曲女城，今印度恆河西岸的卡瑙季。在跋達羅毗阿羅寺住了三個月，跟隨毗離耶犀那三藏學習《佛使毗婆沙》和《日冑毗婆沙》，並周遊各國，頂禮佛跡。玄奘在阿喻陀國，今印度北方的烏德，至阿耶穆法國，約今印度烏德東南的阿桑加爾，途中遇到信奉難近母的印度教徒，險遭殺害祭神，以鎮定機智死裡逃生。玄奘脫險後遊歷巡禮印度諸國，約在十月初到達那爛陀寺，今印度比哈爾地區巴特那以東的巴爾貢，跟隨戒賢法師學習。

西元六三二年，貞觀六年

玄奘三十三歲，戒賢為玄奘開講《瑜伽師地論》，共講了三遍。此後，又講了《順正理論》、因明學、聲明學以及《集量論》等各一遍，同時又就學婆羅門教經典，各類梵書。

西元六三三年，貞觀七年

玄奘三十四歲，在那爛陀寺學習。

西元六三四年，貞觀八年

玄奘三十五歲，在那爛陀寺學習。

西元六三五年，貞觀九年

玄奘三十六歲，在那爛陀寺學習。

西元六三六年，貞觀十年

玄奘三十七歲，春初玄奘周遊「五印度」，隨處問學。至伊爛拿缽伐多國，今印度比哈爾地區的蒙格埃爾地區，跟隨薩婆多部學者怛他揭

多菊多（如來密）、羼底僧訶（師子忍）學習《婆沙順正理》等，在此停居了一年。

西元六三七年，貞觀十一年

玄奘三十八歲，遊歷印度各國，在他行到憍薩羅，今印度那格浦爾以南，錢德拉普爾及其以東康克爾地區，跟隨一位擅長因明學的婆羅門學習《集量論》一個月。後又到達馱那羯磔迦國，今印度南部泰米爾納德地區克里希納河口處，遇到通曉大眾部三藏的蘇部底（善現）和蘇利耶（日）二法師，於是停數月學習大眾部的《根本阿毗達磨》。之後，又遊歷了一些王國。

西元六三八年，貞觀十二年

玄奘三十九歲，遊歷印度各國，到達缽伐多國，大約是今喀什米爾的查謨地區，跟隨幾個著名佛教學者學習正量部的《根本阿毗達磨》、《攝政法論》和《教實論》。

西元六三九年，貞觀十三年

玄奘四十歲，從缽伐多國返回那爛陀寺；玄奘又到附近的低羅擇迦寺向般若跋陀羅研究薩婆多部三藏及聲明、因明等學，住了兩個月；又到枚林山的勝軍論師處研習《唯識抉擇論》、《窺義理論》、《十二因緣論》、《成無畏論》、《不住涅槃論》、《莊嚴經論》等。

西元六四〇年，貞觀十四年

玄奘四十一歲，從勝軍論師處學習完畢，正月初四回到那爛陀寺，玄奘開講《攝大乘論》、《唯識抉擇論》。玄奘著《會宗論》三千頌（已

佚)。夏季,玄奘在那爛陀寺折服順世學派婆羅門的論難,用梵文寫下《制惡見論》(今佚)。東印度迦摩縷波國,今印度阿薩姆西部地區,國王鳩摩羅(童子王)強行邀請玄奘到迦摩縷波國,玄奘為之講經說法一個多月,並用梵文寫出《三身論》(今佚)。秋季,戒日王遣使敦促玄奘到羯朱溫羅國,今印度恆河以北的拉傑馬哈爾地區,戒日王對玄奘極為尊敬並決定為他在曲女城舉行學術論辯大會。

西元六四一年,貞觀十五年

玄奘四十二歲。春初,曲女城的學術論辯大會開始,儀式隆重,玄奘為論主。經過十八天的辯論,玄奘取得全勝,萬眾歡騰,爭為玄奘贈送稱號,大乘眾人尊玄奘為「摩訶耶那提婆」(大乘天),小乘眾人尊玄奘為「木義提婆」(解脫天),從此聲名遠震「五印度」。戒日王請玄奘參加第六次七十五天「無遮大會」。之後,玄奘辭行回國。

西元六四二年,貞觀十六年

玄奘四十三歲,歸國途中。

西元六四三年,貞觀十七年

玄奘四十四歲,歸國途中。

西元六四四年,貞觀十八年

玄奘四十五歲,寓居瞿薩旦那都城在城中的小乘薩婆多寺,開講《瑜伽》、《對法》、《俱舍》、《攝大乘論》。之後,玄奘從天山商路直接返回,在渡河時失落經本,於是派人訪求、傳抄。玄奘又遣馬玄智隨商隊往長安替自己上表朝廷,報告自己「私往天竺」十七年的原因,並

聽候發落。因此，玄奘在于闐等了八個多月，才得到唐太宗李世民宣回的敕令。

....

西元六四五年，貞觀十九年

玄奘四十六歲，正月二十四日行抵長安西郊漕上，唐太宗在洛陽，敕西京留守房玄齡使有司迎接玄奘。二十五日玄奘進入長安，並將西行取得的經、律、論及如來肉舍利、佛像等送往弘福寺安置。後玄奘赴洛陽，二月初一謁見唐太宗，唐太宗命玄奘在長安弘福寺禪院譯經。三月初一，玄奘返回長安入居弘福寺進行譯場工作，到五月準備就緒，開始翻譯佛經。

....

西元六四六年，貞觀二十年

玄奘四十七歲，居弘福寺譯經。七月十三日，玄奘將所譯的五部經論和《大唐西城記》上表於唐太宗，並請其作經序。

....

西元六四七年，貞觀二十一年

玄奘四十八歲，住弘福寺譯經。玄奘奉敕命把《老子》譯為梵文，與印度交流。又將《大乘起信論》從漢文譯為梵文。

....

西元六四八年，貞觀二十二年

玄奘四十九歲，住弘福寺譯經。七月初一，唐太宗敕玄奘到坊州宜君縣鳳凰谷玉華宮，勸其還俗，為玄奘婉言拒絕，後唐太宗詢問《瑜伽師地論》大意，並遣使至京取論本，親自觀看。玄奘請唐太宗作經序。八月四日，唐太宗撰成〈大唐三藏聖教序〉，太子李治又作〈述聖記〉，玄奘均上表啟謝。慈恩寺落成，十二月玄奘奉敕入住。

西元六四九年，貞觀二十三年

玄奘五十歲，住慈恩寺翻經院譯經。四月，玄奘陪同唐太宗到翠微宮，為其說法及講「五印度」見聞，直到五月太宗染病駕崩。五月，玄奘回到慈恩寺專心譯經、講經。

西元六五〇年，唐高宗李治永徽元年

玄奘五十一歲，住慈恩寺譯經。

西元六五一年，永徽二年

玄奘五十二歲，住在慈恩寺譯經。

西元六五二年，永徽三年

玄奘五十三歲，住在慈恩寺譯經。年初，玄奘奏請造塔安置經像，兼防火災，高宗許可，就在慈恩寺西院營建大雁塔。

西元六五三年，永徽四年

玄奘五十四歲，住在慈恩寺譯經。

西元六五四年，永徽五年

玄奘五十五歲，在慈恩寺譯經。二月，法長返回印度向玄奘辭行，玄奘復書智光、慧天，並贈送信物；又把在回國途中渡河時失落的經本名單附上，請其設法抄寫寄來。

西元六五五年，永徽六年

玄奘五十六歲，在慈恩寺譯經。五月，玄奘宣講印度邏輯學的專著

《因明入正理論》和《因明正理門論》。奉御呂才著《因明注解立破義圖》三卷，對玄奘門徒神泰、靖邁、明覺的著作，提出四十條不同意見，進行學術辯論，歷時半載，據佛教徒記載，以玄奘勝出告終。

西元六五六年，唐高宗顯慶元年

玄奘五十七歲，在慈恩寺譯經。三月，唐高宗應玄奘的請求，撰就〈慈恩寺碑文〉，遣使頒寺。五月，玄奘舊病復發，唐高宗遣御醫治療。痊癒後，唐高宗把玄奘接到凝陰殿的西閣供養，仍從事翻譯。

西元六五七年，顯慶二年

玄奘五十八歲，二月，唐高宗到洛陽敕玄奘陪從，住翠微宮繼續譯經。四月，玄奘陪同唐高宗前往明德宮，住飛華殿譯經。五月，敕命玄奘回洛陽積翠宮譯經，途中，回鄉與其姐張氏相見，並改葬父母棺柩。

西元六五八年，顯慶三年

玄奘五十九歲，正月，隨唐高宗回到長安。六月十二日，西明寺建成。七月，唐高宗命玄奘居住在西明寺。這一年，玄奘曾參與史官編撰的《西域圖志》。

西元六五九年，顯慶四年

玄奘六十歲，住在西明寺譯經。玄奘上表請求前往距離京師較近的玉華寺譯經，獲得高宗許可。十月，玄奘帶領僧徒到坊州玉華寺專心譯經。

西元六六〇年，顯慶五年

　　玄奘六十一歲，住玉華寺譯經。

西元六六一年，龍朔元年

　　玄奘六十三歲，住玉華寺譯經。

西元六六三年，龍朔三年

　　玄奘六十四歲，住玉華寺譯經。

西元六六四年，麟德元年

　　玄奘六十五歲，正月初九日，玄奘因跌倒腿傷，病勢嚴重，到二月五日夜半與世長辭。四月十四日，遵照玄奘的遺囑，將其葬於白鹿原。

西元六六九年，總章二年

　　敕命將玄奘墓遷徙於樊川北原。

大唐高僧玄奘，一個人的西域歷險：

漢傳佛教史上最偉大的譯經師！雖然沒有大鬧天宮地府，卻比小說還要精采的漫長征途

作　　者：劉燁，李爭平

發 行 人：黃振庭

出 版 者：崧燁文化事業有限公司

發 行 者：崧燁文化事業有限公司

E-mail：sonbookservice@gmail.com

粉 絲 頁：https://www.facebook.com/
　　　　　sonbookss/

網　　址：https://sonbook.net/

地　　址：台北市中正區重慶南路一段六十一號八
　　　　　樓 815 室

Rm. 815, 8F., No.61, Sec. 1, Chongqing S. Rd.,
Zhongzheng Dist., Taipei City 100, Taiwan

電　　話：(02)2370-3310

傳　　真：(02)2388-1990

印　　刷：京峯數位服務有限公司

律師顧問：廣華律師事務所 張珮琦律師

定　　價：375 元

發行日期：2023 年 11 月第一版

◎本書以 POD 印製

Design Assets from Freepik.com

國家圖書館出版品預行編目資料

大唐高僧玄奘，一個人的西域歷
險：漢傳佛教史上最偉大的譯經
師！雖然沒有大鬧天宮地府，卻比
小說還要精采的漫長征途 / 劉燁，
李爭平 著 . -- 第一版 . -- 臺北市：
崧燁文化事業有限公司 , 2023.11
面；　公分
POD 版
ISBN 978-626-357-695-7(平裝)
857.7　　112015252

電子書購買

臉書

爽讀 APP